JESUS ME AMA

Quem disse que não existe o homem perfeito?

DAVID SAFIER

JESUS ME AMA

Quem disse que não existe o homem perfeito?

Tradução:
Chrystal Caratta

Planeta

Título original: *Jesus liebt mich*

Preparação: Gabriela Ghetti

Revisão: Gabriele Kayser Rufino

Diagramação: SGuerra Design

Ilustrações: Ulf K.

Capa adaptada do projeto original

CIP-BRASIL. CATALOGAÇÃO-NA-FONTE
SINDICATO NACIONAL DOS EDITORES DE LIVROS, RJ

S134j
Safier, David, 1966-
Jesus me ama / David Safier ; [tradução de Chrystal Caratta]. - São Paulo : Planeta, 2012.
304p.

ISBN 978-85-7665-803-0

1. Ficção alemã. I. Caratta, Chrystal. I. Título.
12-0831. CDD: 833
CDU: 821.112.2-3

2012

EDITORA PLANETA DO BRASIL LTDA.
Avenida Francisco Matarazzo, 1500 — 3º andar — conj. 32B
Edifício New York
05001-100 — São Paulo — SP
www.editoraplaneta.com.br
vendas@editoraplaneta.com.br

Para Marion, Ben e Daniel...
amo vocês

1

Duvido que Jesus tenha tido essa cara – pensei observando um quadro da Santa Ceia na sala paroquial. Ele era árabe e judeu, então por que é que, na maioria dos quadros, ele se parece com um dos *Bee Gees*?

Não fui mais longe com meus pensamentos, já que no momento seguinte o padre Gabriel entrou na sala. Um senhor de certa idade, de barba, olhar acanhado e profundas rugas de preocupação, normais a qualquer um que tivesse passado mais de trinta anos de sua vida cuidando de seu rebanho.

Sem rodeios, ele me perguntou:

— Você o ama, Marie?

— Amo... é... claro que eu amo Jesus... um homem da melhor estirpe – respondi.

— Eu estava me referindo ao homem com o qual você deseja se casar aqui, na minha igreja.

— Ah...

Padre Gabriel e suas perguntas indiscretas. A maioria das pessoas da nossa pequena comunidade em Malente acreditava que ele se interessava genuinamente pelos outros. Eu, ao contrário, acreditava que ele era apenas curioso.

— Amo – retruquei –, claro que eu o amo.

Meu Sven era mesmo um homem digno de amor. Um homem doce. E que fazia eu me sentir protegida. Daqueles que não se importavam em estar com uma mulher cujo IMC era motivo de intermináveis lamúrias. E acima de tudo: eu tinha certeza de que o Sven não me trocaria por uma comissária de bordo – como meu ex, o Marc, que eu desejo que queime no fogo do Inferno. E com a ajuda dos demônios mais criativos do lugar.

— Sente-se, Marie – Gabriel empurrou sua poltrona de leitura até a escrivaninha. Eu me sentei e afundei-me naquele estofado de couro negro de uns setenta anos enquanto Gabriel se ajeitava em sua mesa. Olhei para ele e tudo ficou muito claro: era hora da sabatina.

— Então você gostaria de se casar na Igreja? – perguntou Gabriel.

"Não, em um galinheiro", seria a resposta certa, mas tentei ser simpática:

— Sim, era sobre isso que eu gostaria de conversar com o senhor.

— Eu só tenho uma pergunta, Marie.

— Qual?

— Por que você gostaria de se casar na Igreja?

A resposta mais honesta seria: porque não existe nada mais quebra--clima que um casamento no cartório. E desde menina eu sonhava com um casamento na Igreja, vestida de branco – e ainda sonho, mesmo que meu cérebro me diga que não há nada mais brega. Mas quem é que se interessa por um casamento racional?

Confessar isso não me pareceu a decisão mais acertada para o meu propósito. Então, reticente, respondi com o melhor sorriso que eu pude tirar da cartola:

— Eu... preciso casar na Igreja, perante a Deus...

— Marie, você não vai nem à missa – Gabriel me interrompeu sem a menor cerimônia.

— Eu... eu tenho muitos compromissos profissionais.

— No sétimo dia, você deve descansar.

Eu descansava no sétimo dia. E também no sexto. E muitas vezes eu caía na festa mesmo doente, para descansar nos primeiros cinco dias. Mas acho que não era isso que o Gabriel estava querendo dizer.

— Há vinte anos, nas minhas aulas de crisma, você já duvidava de Deus – advertiu Gabriel.

Que memória a desse cara! Ele ainda se lembrava disso. Naquela época eu tinha 13 anos e saía com um gatinho, o Kevin. Nos braços dele eu me sentia no céu, e foi com ele que eu dei meu primeiro beijo. Infelizmente ele não queria só me beijar. Ele queria mesmo era se enfiar debaixo do meu suéter. Eu não deixei, achei que ainda precisávamos nos conhecer melhor. Uma opinião que ele não compartilhava. E por isso, na festa de comemoração do final do curso de crisma, ele se enfiou no suéter de uma outra, bem diante dos meus olhos. E o mundo, como eu o conhecia, terminou naquele momento.

Ver o Kevin tratando os peitos da outra com a mesma sensibilidade que um padeiro sovava uma massa de um pão também não me consolou. Nem mesmo minha irmã Kata, dois anos mais velha, pôde me acalmar. E olha que ela dizia coisas bem sagazes como: "Ele não te merecia", "Ele é um completo idiota" ou "Ele deveria ser executado por um pelotão de fuzilamento".

Então, fui até Gabriel e perguntei com os olhos cheios de lágrimas:

— Como é possível que Deus exista se ele permite que haja no mundo coisas tão vis como decepções amorosas?

— Você se lembra também do que eu te respondi? – perguntou Gabriel.

— Deus permite que as pessoas sofram por amor porque ele deu aos homens o livre-arbítrio – respondi quase com desdém.

Também me lembro de que, naquele tempo, achei que Deus poderia suspender o direito ao livre-arbítrio do Kevin.

— Eu também tenho livre-arbítrio – explicou Gabriel –, falta pouco para eu me aposentar e não caso mais pessoas que não me convençam que temam a Deus. Espere por meu sucessor, ele virá em seis meses.

— Mas nós queremos nos casar agora!

— E isso é problema meu por quê? – perguntou ele me provocando.

Eu me calei e me perguntei: dar uma sova em um padre é pecado?

— Não gosto quando tentam usar minha igreja como salão de eventos – explicou Gabriel me olhando com olhos de reprovação. Eu estava a um passo de me sentir culpada, minha raiva cresceu em um sentimento ruim e difuso.

— Você sabe que há outra igreja na cidade.

— Mas eu não quero me casar lá!

— E por que não?

— Porque... porque... – eu não sabia se eu deveria dizer isso mesmo. Mas também, que diferença faria? A impressão que o padre Gabriel tinha de mim já não era das melhores. Então, eu disse um pouco desanimada: "Porque foi naquela igreja que meus pais se casaram".

A doçura que tomou conta de Gabriel era inacreditável:

— Você já tem mais de trinta anos, já devia ter superado a separação de seus pais.

— Claro, claro. Superei. Seria uma bobagem não ter superado – respondi. Eu levava umas horas de terapia na bagagem, até que o tratamento ficou muito caro pra mim. (A verdade é que todos os pais deveriam ser obrigados a fazer uma poupança-terapia no momento do nascimento dos filhos, que seria resgatada por seus psicólogos anos mais tarde).

— Mas então você teme que o fato de se casar naquela igreja em que seus pais se casaram possa trazer mau agouro? – prosseguiu Gabriel.

Depois de refletir um pouco, assenti com a cabeça:

— Sou supersticiosa.

O olhar dele era de inesperada compreensão. Parecia que seu amor ao próximo começava a aflorar.

— Está certo – disse –, vocês podem se casar aqui.

Eu mal podia acreditar:

— O senhor... o senhor é um anjo, pastor!

— Eu sei – respondeu e riu curiosamente melancólico.

Quando Gabriel percebeu que eu tinha compreendido seu sorriso, pediu que eu me fosse.

— Rápido, antes que eu mude de ideia.

Saltei da poltrona aliviada e me apressei em direção à porta. Então meu olhos encontraram outro quadro, dessa vez representando a ressurreição de Cristo e pensei: *Parece mesmo que ele vai começar a cantar "Stayin' alive"*.

2

— Eu não te falei que o padre Gabriel era um cara legal? – disse Sven sentado no sofá de frente para o terraço e massageando meus pés em nosso pequeno apartamento. Ele – ao contrário de todos os outros homens – gostava de fazer isso, fato esse que eu atribuía a um defeito genético. Meus ex-namorados não passavam mais de dez minutos me massageando e, em troca desse esforço hercúleo, esperavam uma enorme recompensa e uma noite de sexo selvagem. Especialmente o Marc, amante de comissárias, que eu espero que logo, logo passe pelas mãos dos mais criativos demônios no Inferno, aqueles com especialização na arte da castração.

Antes de conhecer o Sven, eu já tinha passado dos trinta, era solteira e minha vida sexual não existia. Cada vez que eu via mulheres com seus filhos, eu ouvia meu relógio biológico fazer tique-taque. E cada vez que uma dessas mães ultracansadas me sorriam com cumplicidade e me contavam que uma mulher só poderia se sentir feliz, completa e em paz consigo mesma depois de ter filhos, minha megafrágil autoconfiança ficava abalada. Nesses momentos eu só conseguia me acalmar com uma música que eu havia inventado especialmente para essas situações: "Eu não fui punida com uma gravidez, larari lararà. Não fui punida com uma gravidez, larari lararà".

Era um tempo em que eu tentava me conformar que terminaria meus dias como uma dessas mulheres que são encontradas por pura sorte pelos funcionários de uma empresa de limpeza, morta há sete meses e sozinha em seu apartamento de dois quartos – e então encontrei o Sven.

Antes disso, passando por um dos cafés em Malente, eu tinha cantado a musiquinha sobre a punição da maternidade um pouco alto demais para o gosto de uma dessas mães recém-saídas do forno, irritantes até a última fralda. A mãe, feliz e realizada, jogou na minha cara toda sua serenidade, e juntamente com isso também seu café. Eu tropecei, caí e bati a cabeça na quina de uma das mesas. Com um corte na testa, peguei o primeiro táxi para o hospital e fui recebida pelo Sven. Ele era enfermeiro e estava longe de ser um deus grego – combinávamos. Eu chorava enquanto o médico dava os pontos no corte, e ele me deu um lenço. Quando reclamei das manchas em minha blusa, ele me consolou. E quando eu estava agradecendo por tudo que ele tinha feito, ele me convidou para comer uma pizza. 15 pizzas depois, eu me mudei para a casa dele e estava muito feliz de não precisar nunca mais ver meu apartamento de dois quartos.

Mais 84 jantares depois, o Sven me pediu em casamento com todas as formalidades necessárias: de joelhos, com um anel maravilhoso que custou pelo menos um mês do seu salário. Enquanto isso, o time infantil de futebol que ele treinava deu forma a um enorme coração de rosas cantando "Como é grande meu amor por você".

Ele me perguntou: "Você quer ser minha mulher?".

Por um milésimo de segundo, eu pensei: *Se eu disser que não, essas crianças vão ficar traumatizadas pro resto da vida.*

E então respondi placidamente: "Claro que eu quero!".

Sven usava óleo com essência artificial de rosas para massagear meus pés. E, então, meus olhos encontraram o *Diário de Malente*. Ele tinha publicado o anúncio de um imóvel.

— Você... marcou alguma coisa ali?

— Estão construindo nessa região... e por um preço que conseguimos pagar.

— E... por que a gente deveria olhar isso? – perguntei alarmada.

— Ah, uma coisa maior não seria ruim... se um dia os filhos vierem.

Filhos? Ele acabou de dizer filhos? Na minha época de solteira, eu até olhava para as mães com um pouco de inveja, mas desde que encontrei Sven passei a pensar que eu ainda tinha um pouco de tempo antes de, como um zumbi de ressaca, começar a me gabar da minha plenitude.

— Eu... acho que deveríamos aproveitar nossa vida de casal um pouco mais – ponderei.

— Eu já estou com 39, você com 34. A cada ano que esperamos, aumenta nossa chance de ter um filho com problemas – explicou Sven.

— Você tem um jeito bem interessante de convencer uma mulher a engravidar – respondi e tentei rir um pouco.

— Desculpe – o Sven sempre se desculpava muito rápido.

— Tudo bem.

— Mas... você quer ter filhos, não é? – perguntou.

Eu não sabia o que deveria responder. Eu queria mesmo filhos? Minha pausa teve a gravidade de um minuto de silêncio quando o cada vez mais ansioso e inseguro Sven perguntou novamente: "Não é mesmo, Marie?".

Como eu não podia ver esse bom homem sofrendo, descontraí:

— Claro, uns 15.

— Um time de futebol mais os reservas – sorriu ele, feliz. E então beijou meu pescoço. Assim ele começava as tradicionais preliminares. Mas ele precisava de muito, muito tempo para me fazer entrar no clima.

3

"Estação de tratamento de água faz trinta anos", sem o menor sinal de excitação, escrevi o título da minha matéria da primeira página. Quando me formei em jornalismo eu queria trabalhar em uma revista como a *Time*, mas para isso eu precisava ter alcançado uma média melhor que cinco. Então fui pra Munique trabalhar na *Juliette*, a revista da mulher moderna, que mantinha o nível de tensão e atenção por não mais que aproximadamente uma página. Não era um emprego dos sonhos, mas em dias bons eu me sentia como a Carrie de *Sex and the city*. Para ser como ela só me faltava uma conta bancária de cinco dígitos para as roupas de marca e 15 quilos a menos de gordura.

Eu poderia ter ficado pro resto da vida na *Juliette*. Mas infelizmente o Marc era editor-chefe da revista. Infelizmente ele era supercharmoso. Infelizmente viramos um casal. Infelizmente ele me trocou pela comissária magrela e infelizmente eu não reagi a isso de maneira muito sublime: tentei passar com o carro por cima dele.

Mas eu nem queria atropelá-lo de verdade.

Era só ele ter dado um pulinho pro lado pra sair do meu caminho.

Depois disso acabei pedindo demissão da revista e o máximo que eu consegui com meu currículo medíocre foi uma vaga na (uau!) *Gazeta de*

Malente, e essa vaga só deu certo porque meu pai conhecia o editor. Voltar para minha cidade natal aos 31 anos foi como pendurar na parede uma placa que dizia: "Oi, meu nome é Marie e eu sou um fracasso".

A vantagem de trabalhar em uma redação tão empoeirada era que eu tinha tempo de sobra para pensar sobre a disposição das mesas e dos convidados no casamento, o que é sobretudo uma ciência em si. Pensar em como eu deveria posicionar meus pais divorciados era o que mais me atormentava. Enquanto eu quebrava a cabeça com isso, o papai entrou na redação e tornou minha tarefa ainda mais penosa. Penosa de dar enxaqueca.

— Preciso te contar uma coisa agora – ele me cumprimentou.

Eu estava espantada, havia em seu rosto, em outros tempos pálido, uma luz especial. Ele estava usando bastante água de colônia, e o pouco cabelo que lhe restava estava – acredite! – penteado.

— Pai, dá pra esperar um pouco? – perguntei. – Eu não tenho muito tempo, preciso escrever um artigo sobre todos os detalhes que eu nunca quis saber sobre a eliminação de excrementos.

— Eu tenho uma namorada! – ele abriu o jogo abruptamente.

— Pai... pai... isso é maravilhoso! – gaguejei e me esqueci dos excrementos.

O papai tinha uma namorada? Isso foi uma surpresa sem igual. Eu fiquei imaginando como seria essa mulher: uma senhora elegante do coral da igreja talvez? Ou uma das pacientes de seu consultório de urologia (embora, então, eu prefira não imaginar como teria sido o primeiro encontro).

— Ela se chama Svetlana – os olhos do papai brilharam.

— Svetlana? – repeti tentando reprimir todos os preconceitos sobre nomes eslavos de mulher – Bonito nome!

— Ela não é só bonita. Ela é perfeita! – seu brilho ofuscava toda a sala.

Meu Deus, ele estava apaixonado! Pela primeira vez em mais de vinte anos. E embora eu sempre tenha desejado que ele se apaixonasse, eu não sabia qual era minha opinião sobre isso agora.

— Você vai se dar bem com a Svetlana – disse o papai.

— Ah é?

— Vocês têm a mesma idade!

— Hein?

— Quase a mesma.

— Como assim? Ela tem quarenta?

— Não, 25.

— Quantos anos?

— 25!

— QUANTOS ANOS?

— 25!

— QUANTOS AAANOS?

— Por que você fica repetindo a pergunta?

Porque o hemisfério direito do meu cérebro quase derreteu com a imagem de meu pai namorando uma garota de 25 anos.

— Onde, como, de onde ela é exatamente? – perguntei tentando concatenar as ideias.

— De Minsk.

— Rússia?

— Bielo-Rússia – ele me corrigiu.

Eu fiquei irritada e desejei que uma câmera estivesse escondida em algum lugar.

— Já sei o que você está pensando.

— Que tem uma câmera escondida por aqui?

— Tudo bem, talvez eu não saiba o que você está pensando.

— O que você achou que eu estava pensando? – me interessei.

— Que a Svetlana está atrás do meu dinheiro, só porque eu a conheci em um site de relacionamentos na internet...

— Onde você a conheceu? – interrompi.

— No www.amor-europaoriental.com.

— Nossa, www.amor-europaoriental.com, isso sim é um site sério!

— Você está sendo irônica, não é?

— E você, ingênuo! – respondi.

— É a agência que tem a melhor classificação no www.testesitesde-relacionamento.com.

— Ah bom, se o www.testesitesderelacionamento.com diz, então a Svetlana deve mesmo ser uma senhora de alta classe que não se interessa pelo seu dinheiro nem pela cidadania alemã – fiz um comentário ácido.

— Você não conhece a Svetlana! – ele se ofendeu.

— E você?

— Mês passado eu fui para Minsk.

— Espera aí! Pode ir parando. Para tudo! – pulei da cadeira e parti pra cima dele – você me disse que ia visitar Jerusalém com o coro da igreja. Você estava superanimado com a Basílica do Santo Sepulcro.

— Eu menti.

— Você mentiu para a sua própria filha? – eu não conseguia entender.

— Caso contrário, você teria me impedido.

— Com força policial, caso fosse necessário.

Papai suspirou:

— A Svetlana é uma criatura encantadora.

— Eu acredito. Já estou encantada por ela – respondi.

— Mas...

— Sem mas. Você é completamente maluco de se deixar levar por uma mulher assim.

Papai respondeu num misto de teimosia e mágoa: "Você não está feliz por mim!".

Isso ressoou dentro de mim. Claro que eu ficava feliz com todas as alegrias dele. Desde o meu 12º ano de vida, desde o dia em que a mamãe o abandonou eu queria ver o papai feliz novamente.

Quando ele, branco como um fantasma diante de mim, explicava que a mamãe tinha saído de casa, eu não consegui acreditar. Eu perguntei para ele se não havia mesmo nenhuma chance de ela voltar para nós.

Ele silenciou. Por muito tempo. Por fim, apenas assentiu com a cabeça em silêncio. E então começou a chorar. Eu precisei de um tempo até compreender tudo: meu pai chorava. Como ele não conseguia mais parar, eu o abracei. E ele chorou mais no meu ombro.

Nenhuma criança de 12 anos deveria ver o pai chorando assim.

Eu pensei apenas: *Bom Deus, por favor, faça tudo ficar bem novamente, que a mamãe volte para nós.* Mas minhas preces não foram ouvidas. Talvez Deus estivesse salvando vítimas de uma enchente em Bangladesh.

E agora, finalmente, papai estava feliz de novo. Depois de todos esses anos. Mas em vez de eu me alegrar por ele, eu tinha medo de vê-lo chorar novamente. Essa Svetlana iria partir o coração dele, eu tinha certeza.

Decidido, ele me disse:

— E para sua informação, eu vou levar a Svetlana ao casamento.

Então ele foi embora e bateu a porta, um tanto dramático pro meu gosto. Eu ainda fiquei olhando para a porta por alguns momentos, mas depois minha atenção voltou para o posicionamento dos convidados. E então a enxaqueca se instalou.

4

Não importa o que o padre Gabriel pensava de mim, eu conversava bastante com Deus. Eu não acreditava piamente em um Senhor Todo-Poderoso no Céu, mas eu desejava que ele existisse. E então eu rezava todas as vezes antes da decolagem e do pouso de um voo comprado em promoção. E também antes do sorteio dos números da loteria. Ou quando eu desejava com todas as minhas forças que o tenor do apartamento debaixo perdesse a voz.

Mas acima de tudo, eu rezava para que essa Svetlana não partisse o coração do papai.

Minha irmã mais velha, Kata, que parecia uma versão selvagem de Meg Ryan com seus cabelos loiros rebeldes, achava minhas preces bobas e deixava isso muito claro. Ela veio para Malente uma semana antes do casamento. Estávamos correndo em volta do lago.

— Marie – Kata estava sorrindo –, se existe um Deus, por que então há coisas como os nazistas, as guerras ou a música do Michel Teló?

— Porque Deus deu ao homem o livre-arbítrio – respondi citando o Gabriel.

— E por que ele dá o livre-arbítrio para os homens ficarem se digladiando?

Pensei um pouco e respondi derrotada: "*Touché*!".

A Kata sempre foi a mais esclarecida de nós duas. Aos 17 anos ela largou a escola, se mudou para Berlin, saiu do armário e se assumiu lésbica, começou uma carreira de cartunista de uma tirinha diária em um jornal de circulação regional. O título era *Sisters*. Sobre duas irmãs. Sobre nós.

A Kata também era a mais preparada fisicamente de nós duas. Ela continuava com fôlego, enquanto eu, oitocentos metros depois, já não achava mais a menor graça em correr em volta daquele lago.

— Você quer parar? – ela perguntou.

— Preciso perder dois quilos antes do casamento – resmunguei.

— Então você continua pesando 69 quilos – sorriu Kata.

— Ninguém gosta de magrelas espertalhonas, sabia? – respondi à altura.

— Eu acho legal que depois de vinte anos o papai esteja fazendo sexo de novo – Kata trouxe o assunto amor-Europa-Oriental à tona.

O papai fazendo sexo?

Essa era uma imagem que eu poderia ter passado minha vida sem. Mas que agora, para meu horror, tinha grudado no meu lobo frontal.

— Ele deve estar bastante feliz...

Kata não teve chance de falar mais nada, levei minhas mãos às orelhas e comecei a cantar bem alto: Lalalá, eu não quero ouvir isso. Lalalá, isso não me interessa!

Kata parou de falar. Eu tirei as mãos dos ouvidos.

— Mas, veja bem, os homens – começou de novo rindo – que ficam sem um relacionamento sério por muito tempo costumam ir atrás de prostitutas.

Levei as mãos aos ouvidos novamente e cantarolei o mais alto que eu podia: "Se você continuar falando, eu vou te bate-er".

Kata sorriu:

— Estou impressionada. Como você é adulta!

Eu estava muito sem ar para responder alguma coisa e me joguei no banco mais próximo, embaixo de uma castanheira.

— E continuo me impressionando com seu condicionamento físico – completou Kata.

Joguei uma castanha na cabeça dela.

Kata apenas sorriu. Ela não era nem um décimo tão sensível quanto eu. Enquanto eu resmungava por causa de uma unha quebrada, ela passou sem reclamar por um tumor no cérebro há uns cinco anos. Ou, como ela mesma diz, "a chance de descobrir quem são meus amigos de verdade".

Quando ela estava doente, eu voava para Berlim todos os fins de semana para visitá-la no hospital. Era difícil ver o quanto minha irmã sofria, a dificuldade que ela tinha em pegar no sono por causa das dores insuportáveis. Comprimidos ajudavam pouco com a dor. Injeções também não faziam efeito. E a quimioterapia causava náuseas: minha irmã, cheia de vida, se transformou em uma criatura careca e raquítica, que protegia sua cabeça com um lenço estampado com caveiras. Parecia que ela ia ser contratada por Jack Sparrow para trabalhar no navio pirata Pérola Negra. Depois de seis semanas, reparei que a então namorada de Kata, Lisa, não ia mais a visitar.

A Kata só disse: "Nós terminamos".

— E por quê?

— Tínhamos interesses diferentes – respondeu Kata com cara de poucos amigos.

— Quais? – nervosa, eu queria saber.

Kata riu num misto de raiva e alívio:

— Ela quer sair para se divertir à noite, e eu estou vomitando por causa da quimioterapia.

Minha irmã estava decidida a vencer o tumor. Quando eu perguntei de onde ela tirava tanta força, ela me respondeu: "Não tenho outra escolha. Não acredito em vida após a morte".

E eu rezava por Kata sem contar pra ela, porque isso só a teria irritado.

Agora a luta estava quase vencida – se nos próximos meses não houvesse nenhuma reincidência, ela teria uma vida longa pela frente. E eu saberia de uma vez por todas se Deus escutava minhas preces. Era ali que ele tinha que agir. Um tumor não tem nada a ver com o livre-arbítrio dos homens.

— Por que você está tão pensativa? – perguntou Kata e eu não quis falar sobre o tumor, uma vez que ela poderia, naturalmente, não suportar que a doença dela afetasse mais a mim que a ela própria. Eu levantei do banco e comecei a voltar pra casa.

— Não vamos correr mais? – perguntou Kata.

— Prefiro perder peso com uma dieta.

— E por que cargas d'água você quer emagrecer? – perguntou Kata. – Você sempre diz que o Sven te ama como você é.

— O Sven sim, eu não – respondi.

— E vocês vão querer ter filhos logo? – Kata perguntou sem segundas intenções.

— Ainda é cedo – respondi.

Kata ficou me olhando, com aquele olhar que ela me dava quando queria saber algo mais.

— Olha, ali tem um cisne negro – tentei, com pouca elegância, mudar de assunto.

— Com o Marc você queria ter filhos – lembrou Kata, que nunca me deixava mudar de assunto quando eu queria.

— O Sven não tem nada a ver com o Marc.

— E é por isso que eu estou perguntando – disse séria. – Você amou muito o Marc, tanto que na segunda semana você já me revelou o nome dos filhos que você gostaria de ter com ele. Mareike e...

— ... Maia – completei acanhada. Eu sempre quis duas meninas que tivessem a mesma relação que eu tenho com a Kata.

— E o que aconteceu com Mareike e Maia? – perguntou Kata.

— Quero aproveitar nossa vida de casal – respondi –, os pestinhas precisam esperar até a hora de me irritar.

— Isso tem a ver com o Sven de alguma forma? – perguntou incisivamente.

— Que bobagem!

— E assim ela termina a discussão! – e parou de se enveredar no assunto. Eu me perguntei, insegura, se eu realmente tinha um motivo para encerrar a discussão. Será que eu não queria mesmo ter filhos?

5

Enquanto isso

Enquanto se distanciavam do lago de Malente, um cisne negro nadou até a margem. Lá, escorregando nos cascalhos, ele se esforçou para chegar ao caminho próximo à margem, balançou suas penas molhadas e... se transformou-se no George Clooney.

Clooney passou a mão sobre seus cabelos, já secos e brilhantes, arrumou seu elegante terno preto de marca e se sentou à sombra no banco do parque, no mesmo em que as duas irmãs haviam acabado de se sentar. Ele ficou lá um tempo esperando por algo. Ou por alguém. E ele jogava umas castanhas nos patos do lago com tanta força que eles eram nocauteados e afundavam. Mas nem essa pequena diversão proporcionava alegria ao homem. Ele estava cansado. Padecendo da síndrome de Burnout. Ah, esse maldito século.

Antes ele ainda conseguia, mas há muito tempo não dava mais: não importava o quanto ele se esforçasse, os homens eram muito, muito melhores em fazer da Terra um Inferno do que ele, o próprio Lúcifer.

Claro, ele tinha ótimas ideias para fazer os homens sofrer: neoliberalismo, reality shows, *Odair José (ele tinha um orgulho especial de "Vou tirar você desse lugar"), mas no fim das contas, ele não era mais páreo para os homens. Eles eram criativos demais, usando e abusando de seu livre-arbítrio idiota.*

— Quanto tempo! – disse de repente uma voz atrás dele.

Lúcifer se virou e viu o padre Gabriel.

— Há exatos seis mil anos desde a última vez – respondeu Lúcifer –, quando Ele me enxotou do Céu. Ou melhor dizendo, me empurrou do penhasco.

Gabriel assentiu com a cabeça:

— Bons tempos!

— Sim, eram – concordou Lúcifer.

Os dois sorriram um sorriso cúmplice e de profundo pesar, de dois homens que uma vez tinham sido amigos e que, hoje, não mais se reconheciam.

— Você parece cansado – disse Lúcifer para Gabriel.

— Obrigado, você também – respondeu o padre.

E os dois sorriram um pouco mais.

— Então, por que esse encontro? – quis saber Lúcifer.

— Eu trago uma mensagem de Deus – respondeu Gabriel.

— E o que é?

— O Juízo Final está próximo.

Lúcifer pensou por um momento e suspirou aliviado: "Até que enfim!".

6

Nosso casamento começou como muitos outros: com uma crise de nervos da noiva. Tremendo, paralisada na porta da igreja, dentro da qual todos os convidados estavam esperando. Na verdade, tudo estava quase tão perfeito quanto eu gostaria: a igreja estava cheia de convidados, todos ficariam boquiabertos com meu maravilhoso vestido branco que me caía como uma luva, isso depois que consegui ficar com a minha boca fechada por três longos quilos. Mas o melhor era: pulamos a parte do casamento no civil. Eu ia dizer o romântico "sim" na igreja. E o juiz daria fé ali mesmo no local. Como eu disse, quase tudo estava perfeito. Só havia um problema: meu pai não quis entrar com a noiva na igreja.

— Você não deveria ter sido tão dura com a Svetlana – disse a Kata.

— Mas eu não fui dura! – respondi com lágrimas nos olhos.

— Você a chamou de vadia siberiana.

— Tudo bem, talvez eu tenha sido um pouco dura – dei o braço a torcer.

Antes de entrar no carro que me levaria até a igreja, decidi que agiria com toda naturalidade do mundo no meu primeiro encontro com a Svetlana. Mas quando eu me encontrei com essa mulher que estava com uma crosta de maquiagem, mas muito bonita e delicada, ficou claro que ela ia partir o coração do papai. Essa modelete não poderia estar apaixonada por ele. Eu tive uma visão e vi o papai chorando nos meus braços de novo. E como eu não conseguia suportar essa imagem, pedi para Svetlana voltar para a Bielo-Rússia. Ou logo de uma vez pra Sibéria. Isso deixou o papai irritado. Ele brigou comigo. Eu tentei mostrar que ele estava sendo usado. Ele me xingou mais ainda. Eu surtei. E como eu surtei, ele também surtou. E o que se seguiu foram expressões como "vadia siberiana", "filha ingrata" e "papai-Viagra".

Por que é que na maioria das vezes a gente machuca as pessoas que quer proteger?

— Venha – disse Kata enxugando minhas lágrimas e me segurando pela mão –, eu entro com você.

Ela abriu a porta pra mim, o órgão começou a tocar. Nos braços da minha amada irmã, eu entrei plena na igreja milimetricamente decorada e caminhei em direção ao altar. A maioria dos convidados estava lá por causa do Sven. Muitos eram parentes dele. Os outros eram amigos do time de futebol, seus colegas do hospital, vizinhos... Na verdade, metade de Malente era de amigo ou parente do Sven. Eu mesma não tinha muitos amigos. Na verdade, só um realmente: Michi era magro e franzino, tinha o cabelo encaracolado e costumava vestir uma camiseta que dizia "A beleza é supervalorizada".

Nós nos conhecíamos desde a escola. Na época, ele fazia parte de uma minoria muito esquisita: ele era um coroinha.

Ainda hoje Michi era o único homem realmente com fé que eu conhecia. Todos os dias ele lia a Bíblia. Sobre isso, um dia ele me disse: "Marie, o que está na Bíblia tem que ser verdade. As histórias são tão complexas que ninguém poderia ter inventado isso".

Michi acenou com a cabeça me encorajando e eu sorri. Na terceira fila, estava meu pai, e meu sorriso foi passear novamente. Ele ainda parecia estar bravo comigo, enquanto Svetlana olhava insegura para o chão e provavelmente se perguntava o que nós alemães entendíamos por hospitalidade. E também sobre união familiar.

Na primeira fila, bem longe do papai, estava minha mãe que, com seus cabelos curtos e pintados de vermelho, parecia uma líder sindical. Sua vitalidade era visivelmente maior que antigamente, quando ela, vestindo um roupão azul, sentou-se à mesa do café da manhã e contou pra mim e para a Kata: "Vou me separar do seu pai".

Mamãe explicou pra nós, crianças em choque, de maneira extremamente delicada, que ela não amava mais o papai há muito tempo, que ela só tinha ficado esse tempo todo por nossa causa e que ela não poderia mais continuar vivendo uma mentira.

Hoje eu sei que essa foi a decisão certa para ela. Ela pôde realizar seu sonho de estudar psicologia, sempre barrado pelo papai. Agora ela morava em Hamburgo, tinha um consultório para – vejam! – terapia de casal e era muito, muito mais confiante que antes. Mesmo assim, uma parte de mim ainda desejava que a mamãe tivesse continuado vivendo uma mentira.

— Um casamento é um caminho difícil – avisou o padre Gabriel no sermão impostando sua voz –, mas o resto é ainda mais difícil.

Não foi um sermão "Nossa-que-dia-feliz-vamos-todos-comemorar". Mas também eu não esperava outra coisa do padre Gabriel. Eu já me dei por satisfeita que ele não falou sobre "homens que usavam minha igreja como salão de festas".

Durante o sermão, Sven olhava para mim maravilhado. Tão maravilhado que eu não conseguia suportar não estar tão maravilhada quanto ele, embora meu desejo mais íntimo fosse estar completamente maravilhada, e só não estava porque tinha acabado de brigar com o papai.

Eu me esforcei para brilhar. Mas quanto mais eu me esforçava, mais fraca eu ficava. Diante do Sven, pensando em coisas horríveis, eu olhei para o nada, olhei um pouco para igreja e parei meu olhar em Jesus crucificado. Primeiro pensei nas brincadeirinhas que fazíamos durante as aulas de crisma: "Ei, Jesus, quer dar uma volta conosco?", "Ah Paulo, hoje não dá. Estou pregadão".

Mas então eu vi os pontos vermelhos nas mãos, em que os pregos foram cravados. Senti um calafrio. Crucificações, que brutalidade! Quem foi que pensou nisso? Que coisa mais triste. Quem inventou isso deve ter tido uma infância horrorosa.

E Jesus? Ele sabia o que esperava por ele. Por que ele não tentou se livrar? Claro, para perdoar os pecados do mundo. Ele morreu por nós. Mas ele tinha escolha? Ele poderia escolher ser sacrificado? Esse era seu destino desde criança. Para isso seu Pai o enviou à Terra. Mas que Pai é esse que exige que seu filho se sacrifique? E o que a *Super Nanny* teria dito para esse pai? Muito provavelmente: "Vá para o cantinho do castigo".

De repente fiquei com medo: não era uma ideia muito boa criticar Deus dentro da igreja. Muito menos no próprio casamento.

"Perdoe, Deus", disse eu em pensamento pra ele. Mas é que Jesus precisava mesmo sofrer para morrer? Isso era realmente necessário? Quer dizer, ele não poderia ter morrido de outro jeito que não a crucificação? De uma forma mais humana? Talvez com uma poção do sono?

Por outro lado, comecei a pensar que, se ele tivesse morrido enquanto dormia, em vez de cruzes, as igrejas seriam decoradas com camas.

— Marie! – o padre Gabriel me chamou com certa veemência.

Em choque, olhei pra ele e disse: "Sim, presente!".

— Eu te fiz uma pergunta – disse.

— Claro, claro. Eu ouvi – falei baixinho.

— E você gostaria de respondê-la?

— Agora sim, por que não?

Olhei para o Sven, que parecia inseguro. Então olhei para a nave da igreja, vi olhos irritados por todos os lados, pensei como eu poderia sair dessa, mas nada me ocorreu.

— Ahn... qual foi mesmo a pergunta? – me voltei insegura para o Gabriel.

— Se você aceita o Sven como seu legítimo esposo.

Tive calafrios novamente. Foi um desses momentos que o melhor a fazer era cair em coma como se nada tivesse acontecido.

Metade da igreja riu, a outra metade estava horrorizada, e o sorriso inseguro de Sven ficou amarelo.

— Brincadeira – disse Gabriel.

Respirei aliviada.

— Eu apenas perguntei se você estava pronta para os votos.

— Desculpe, eu estava perdida em pensamentos – expliquei acanhada.

— E no que você estava pensando?

— Em Jesus – respondi falando a verdade. Os detalhes sobre Jesus, preferi guardar só pra mim.

Gabriel ficou satisfeito com a resposta, os convidados também, e Sven sorriu aliviado. Não ouvir o padre por estar perdida nos próprios pensamentos sobre Jesus era uma desculpa aceitável.

— Então vamos começar com os votos? – perguntou Gabriel. Eu assenti.

Um silêncio sepulcral se fez dentro da igreja.

Gabriel se voltou a Sven:

— Sven Harder, você aceita Marie Holzmann como sua legítima esposa, prometendo amá-la e respeitá-la, na saúde e na doença, na riqueza e na pobreza, até que a morte os separe?

Sven tinha lágrimas nos olhos e respondeu:

— Sim, aceito.

Dá pra acreditar? Havia um homem que queria se casar comigo. Quem diria!

Gabriel se voltou pra mim, e eu fiquei extremamente nervosa, minhas pernas tremiam e meu estômago revirava.

— Marie Holzmann, você aceita Sven Harder como seu legítimo esposo, prometendo amá-lo e respeitá-lo, na saúde e na doença, na riqueza e na pobreza, até que a morte os separe?

Eu sabia que nessa hora eu deveria dizer "Sim, aceito!". Mas de repente eu me dei conta de que "até que a morte os separe" era um tempo considerável. Um tempo bem considerável. Isso deve ter sido inventado quando a expectativa de vida, na época de Cristo, era de trinta anos, antes que as pessoas morressem em suas cavernas de barro ou fossem comidas por um leão no Circo Máximo. Mas hoje? Hoje os homens esperam viver até os oitenta, noventa anos. Se a medicina continuar avançando, os homens viverão tranquilamente até os 120 anos. Por outro lado, eu não tinha seguro de saúde, então eu viveria só uns oitenta ou noventa anos mesmo, o que já era tempo suficiente...

— Hummm... – Gabriel chamou minha atenção.

Eu estava tentando ganhar tempo. As pessoas deveriam pensar que eu não tinha ouvido nada por estar afogada em minhas emoções. Meu olhar se voltou à porta. Lembrei-me de *A primeira noite de um homem* quando Dustin Hoffman sequestra a noiva da igreja, e me perguntei se havia chances de o Marc saber do meu casamento, ir até Malente e entrar com tudo na igreja... Pensar no Marc nesse momento com certeza não era um bom sinal.

— Marie, esse é o momento em que você precisa dizer "Sim" – explicou o padre Gabriel com um tom um pouco grave.

Como se eu não soubesse!

Sven mordia os lábios de tanto nervosismo.

Olhando para os convidados, vi minha mãe e me perguntei: será que eu e o Sven vamos terminar como ela? Em algum momento eu teria que falar para as minhas filhas, na mesa do café da manhã: sinto muito Mareike e Maia, há muitos anos eu não amo mais o pai de vocês?

— Marie, responda, por favor – solicitou Gabriel.

Em toda a igreja, só se podia ouvir uma coisa: meu estômago revirando.

— Marie... – sussurrou Sven. Ele estava entrando em pânico.

Eu pensei nas lágrimas das minhas filhas ainda não nascidas. E eu entendi, de repente, por que eu não queria ter filhos com o Sven.

Eu o amava. Mas não o suficiente para o resto da minha vida.

Mas o que iria machucá-lo mais? Se eu dissesse "não" agora ou se eu me separasse dele mais tarde?

7

— O que foi que eu fiz? O que foi que eu fiz? – eu perguntava sentada no chão frio do banheiro feminino da igreja.

— Você disse "Não" – respondeu Kata sentada ao meu lado e cuidando para que todo o papel higiênico que eu estava usando fosse direto para o cesto de lixo.

— Eu sei o que eu disse! – gritei.

— Mas foi o certo a se fazer. Foi corajoso e honesto – Kata me consolou e puxou mais uma folha de papel higiênico. – Não são todos que têm essa coragem. A maioria das pessoas no seu lugar teria dito "sim" e dado início a um grande erro. Tudo bem, você poderia ter achado um momento melhor para dizer isso ao Sven.

— Os convidados já se foram? – perguntei.

— Sim. E as crianças vão ficar traumatizadas pro resto da vida com casamentos – riu Kata.

— E... o que aconteceu com o Sven?

— Ele está ali fora querendo conversar com você.

Parei de chorar. O Sven estava me esperando? Se eu explicasse tudo para ele, talvez ele entendesse que eu quis poupá-lo de mais dor. Que nós dois seríamos infelizes. Claro, ele entenderia, apesar de toda a dor pela qual eu o tinha feito passar. Ele era um homem compreensivo.

— Deixe-o entrar – pedi para Kata.

— Não creio que seja uma boa ideia...

— Deixe-o entrar!

— Com "creio que não seja uma boa ideia" eu quis dizer que essa é uma ideia completamente descabida.

— Deixe-o entrar! – insisti.

— Ok!

Kata se levantou e se foi. Eu tentei me recompor. Com meu vestido amassado, fui até o espelho e vi meus olhos inchados de tanto chorar, manchados pela maquiagem. Joguei um pouco de água fria no rosto, e a maquiagem derreteu ainda mais.

Sven explodiu banheiro adentro, seus olhos estavam muito vermelhos, com certeza ele também tinha chorado. Eu esperava que ele pudesse me perdoar. Ele era um homem tão superior, com certeza ele iria me perdoar.

— Sven... – comecei procurando as palavras certas para consertar o estrago.

— Quer saber, Marie?

— Sim? – respondi cautelosamente.

— A partir de agora, você pode massagear seus próprios pés... se é que essa sua barriga gorda vai deixar você alcançá-los!

Eu fiquei em choque.

Sven saiu do banheiro e bateu a porta atrás dele.

E Kata voltou, passou o braço em volta de mim e disse:

— Parece que ele não te amava tanto assim do jeito que você é.

Eu gostaria de passar o resto do ano no banheiro da igreja, mas o padre Gabriel não era favorável a essa ideia. Muito delicado, ele me pediu que eu me fosse, incrivelmente sem nenhum pingo de rispidez. "Afinal", disse ele, "em nenhum lugar da Bíblia está escrito que a pergunta 'Você aceita?'deva ser respondida com um sim".

Ao deixar a igreja, meu olhar encontrou ocasionalmente a imagem de Jesus. Eu me lembro de como Gabriel disse na aula de crisma que Jesus tinha transformado água em vinho para celebrar um casamento. Ah, parece que hoje não iríamos precisar de um convidado desse para a festa.

Quando cheguei na frente da igreja, vi que os amigos e parentes do Sven já haviam deixado o lugar, o que me aliviou plenamente. Por um segundo, eu pude imaginar um apedrejamento. Agora, apenas minha família nuclear estava presente: mãe, pai, Michi e Svetlana – que deveria estar se perguntando em que tipo de família ela estava se metendo.

Agora papai acusava mamãe: "Você é culpada de tudo. Por sua causa, essa menina é incapaz de criar laços". Quando eu ouvi isso, tive vontade de voltar pro banheiro.

Antes que eu pudesse me virar, minha mãe me viu e já se apressou: "Meu amor, se você precisar de alguém para conversar..."

Ai! Era o que me faltava. Terapia com a minha mãe.

— Você será muito bem-vinda se quiser voltar para Hamburgo comigo – ofereceu, mas isso era mais uma mistura de culpa e reflexo de terapeuta que amor de mãe verdadeiro.

Papai se aproximou e propôs: "Você também pode voltar para o seu antigo quarto".

Não fazia mais diferença se eu tinha xingado a Svetlana ou se ele ainda estava bravo comigo: eu era filha dele, e ele sempre tinha um lugar pra mim na casa dele. Isso era reconfortante.

Michi também queria me ajudar. "Você pode dormir lá em casa. Tenho filmes de terror para a gente se divertir: *Jogos mortais*, *Jogos mortais 2*, *Noiva em fuga*".

Apesar de tudo, eu tive que rir. O Michi sempre foi melhor em me fazer rir que o Sven ou que o Marc. Uma pena que meus hormônios não compartilhavam sua paixão pelo humor.

— Vá para a casa do Michi – Kata se aproximou – e durma com ele.

Eu não podia acreditar no que ela tinha acabado de sugerir e fiquei vermelha, meio de raiva, meio de vergonha.

— Isso distrai. E ele é afim de você há séculos – completou.

— Primeiro ele não é afim de mim há séculos – rebati –, e depois eu e o Michi temos uma amizade platônica.

— Marie – respondeu Kata –, Platão era um idiota.

Eu recusei os filmes de terror com o Michi e a terapia com a minha mãe, aceitando o convite do papai. Pouco depois entrei no meu quarto de criança. Continuava igual: horrendo e vergonhoso. Na parede havia alguns cartazes de algumas *boy bands*, cujos integrantes hoje, muito provavelmente, devem estar vivendo de programas de subsídio do governo. Tirei o vestido de noiva e fiquei de calcinha, eu não tinha outras roupas ali, e me joguei na cama. Profundamente deprimida, fiquei olhando para o teto em que havia uma grande mancha de mofo – o telhado estava estragado. Papai queria mandar arrumar, o que era uma boa ideia, ou parecia, já que eu ia ficar pro resto da vida nesse quarto. Eu não queria mais sair para viver naquele mundo idiota.

Kata se sentou no chão e se apoiou na cama. Ela não falava nada, mas ficou desenhando suas tirinhas tranquilamente. Depois de um tempo, apareceu o resultado:

— Pro resto da semana, suas tirinhas vão falar do desastre do meu casamento? – perguntei.

— Pelas duas próximas semanas – Kata sorriu.

— E por quanto tempo você vai continuar me desenhando?

— Enquanto você não crescer – respondeu carinhosa.

— Eu já cresci! – protestei sem muita certeza.

Kata me deu um olhar compreensivo e disse:

— Não cresceu, não!

— Diz a mulher que nunca mais vai se relacionar com ninguém – desde que a Lisa a abandonou no hospital, Kata só tinha romances de uma noite.

— É muito mais sensato não deixar seu coração se envolver com coisas ou pessoas e em vez disso, aproveitar o momento – respondeu Kata num tom pouco encantador.

Essa frase me mostrou que ela sentia uma profunda decepção em seu coração e que estava completamente desiludida com o amor. Muito desiludida. Mas eu estava muito cansada para conversar com ela sobre isso.

— Você poderia me deixar sozinha? – pedi depois de um segundo em silêncio.

— Se é que você pode ficar sozinha! – disse ela pisando em ovos.

— Eu posso – assegurei.

Minha irmã me deu um beijo na testa, fechou seu bloco e se foi. Eu peguei um papel e uma caneta na minha antiga escrivaninha e me sentei na cama para fazer uma lista de pontos positivos e negativos da minha vida. Minha terapeuta recomendou fazer essas listas para que, em momentos de crise, eu pudesse perceber que minha vida não era tão ruim quanto eu achava que era.

Pontos negativos na minha vida

1. Eu abandonei um casamento por que não amava o suficiente o homem com o qual eu iria me casar.
2. E amava demais um homem que me trocou por uma comissária manequim 38.

3. A última vez que eu vesti um manequim 38 eu tinha 13 anos.
4. Eu odeio mais meu trabalho que um palestino odeia um judeu.
5. Também não tenho perspectiva de outro emprego.
6. Além disso, não tenho amigos.
7. Assim, metade da cidade me odeia pelo que eu fiz com o Sven.
8. Estou dormindo de novo no meu quarto de criança.
9. Com 35 anos.
10. Parece que a Kata tem razão: eu ainda não cresci.

Nada mais me ocorreu. Apenas dez pontos negativos. Muito longe de ser um milhão. Nada mal. Todavia, eram pontos cruciais da minha vida: amor, profissão, amigos e caráter. Mas nem tudo estava perdido. Aqui estão meus pontos positivos.

Pontos positivos na minha vida

1. Eu tenho uma irmã como a Kata.

Precisei de muito tempo até pensar em um segundo ponto.

2. Não dá pra piorar.

Nesse momento, ouvi meu pai gemendo no quarto de baixo. E a Svetlana gritava: "Vem! Vem!".

Cortei o item dois da lista.

8

Enquanto isso

Algumas pessoas sacrificam seu casamento por amor, outras sacrificam sua profissão e há ainda aqueles que sacrificam sua sanidade mental. Mas, se comparados ao pastor Gabriel, essas pessoas são apenas bebês resmungões. Há trinta anos ele sacrifica não só toda sua existência como também algumas outras coisas que não podem ser desprezadas, como suas asas e sua imortalidade. Tudo isso porque ele, um anjo, se apaixonou por uma mortal. Isso acontece com muitos anjos, mas o Gabriel sempre achou que não fosse cair nessa. Ele era um arcanjo. O Arcanjo Gabriel! O representante de todos os anjos! Aquele que trouxe à Maria a notícia de que ela teria um filho.

Mas um dia, olhando para a Terra, ele viu uma jovem que tocou profundamente seu coração (metaforicamente, porque anjos não têm órgãos de verdade). E mais ainda: ao vê-la, ele ficou realmente muito feliz por não ter órgãos, caso contrário eles teriam todos se reposicionado em seu corpo, tamanha felicidade.

Desde a primeira vez que Gabriel viu essa criatura, ele se perdeu. Durante sua existência imortal, ele viu mulheres muito mais bonitas: Cleópatra, Maria

Madalena, aquela jovem misteriosa pintada por Leonardo da Vinci... E também mulheres muito mais fortes, aquela tal Joana D'Arc, por exemplo, era admirável, embora fosse também um pouco irritante com toda aquela vida que pulsava dentro dela.

Ao contrário, a moça pela qual ele se apaixonou era bem comum. Uma como tantas outras, que não se destacaria em nenhuma multidão. Ele não conseguia explicar o motivo de tanta fascinação, nem o porquê de ele, de repente, sentir falta de coisas aparentemente sem importância, como observá-la penteando os cabelos por horas a fio. É, o amor tem essa característica inacreditavelmente irritante de não poder ser explicado. Nem mesmo por anjos.

Por muito tempo, Gabriel lutou contra seus sentimentos. Então, pediu a Deus que o transformasse em um mortal para que ele pudesse fazer parte da vida dessa jovem. Deus atendeu seu pedido, ele perdeu suas asas e desceu à Terra como mero mortal para tentar ganhar o coração de sua amada. Em vão. Ela não o amava.

Esses homens e seu estúpido livre-arbítrio.

Essa jovem que ele tanto amava se casou com outro homem. E teve duas filhas com esse homem: Kata e Marie.

Na manhã seguinte ao casamento frustrado de Marie, sem que ninguém esperasse, Gabriel batia à porta da casa da mãe da moça, com a qual manteve contato por todas essas décadas. Ela não sabia que ele ainda a amava. Ela também não sabia que, no passado, Gabriel havia sido um anjo. Deus proibiu que ele e os outros trezentos anjos, que nos últimos mil anos se tornaram humanos em busca do amor (entre eles, pasmem, Audrey Hepburn), revelassem suas origens.

— Você leu a Revelação de João na Bíblia, Sílvia? – perguntou Gabriel.

— Li, e ela me surpreendeu de todas as formas – respondeu Sílvia, mãe de Marie.

— A maioria das pessoas não conhece essa revelação – disse Gabriel um pouco frustrado. E ela está nos últimos 22 capítulos da Bíblia.

— A maioria das pessoas não lê os livros até o fim – Sílvia sorriu.

— Mas é importante ler os livros até o fim! – insistiu Gabriel. Ele ficava um pouco incomodado que as pessoas encarassem os escritos sagrados como um tipo de restaurante self-service, selecionando apenas as passagens que melhor lhes conviesse. Quando ele vai a um self-service, come um pouco de cada uma das opções. Ou pelo menos comia. Agora, pra fazer isso, só às custas de muito antiácido. Ser mortal tem mesmo suas desvantagens.

— Ora, vamos! – sorriu Sílvia – Nessa parte da Bíblia, há uma passagem sobre a batalha final entre o Bem e o Mal. Parece um rascunho de O senhor dos anéis.

— Não parece nada com O senhor dos anéis *– Gabriel protestou.*

— Mas quase: Lúcifer envia os três Cavaleiros do Apocalipse para a Terra...

— São quatro Cavaleiros! – Gabriel a corrigiu – Guerra, Fome, Peste e Morte.

— E Jesus retorna dos Céus para salvar a Terra de Lúcifer e de seus Cavaleiros! – Sílvia prosseguiu com o enredo.

— É isso mesmo que vai acontecer – insistiu Gabriel.

— E depois disso, Jesus e Deus, juntos, farão da Terra o Reino dos Céus – Sílvia parecia se divertir ainda mais com a história.

— Exatamente!

— Eu diria que esse tal de João, que escreveu textos para a Bíblia, devia fazer bicos cuidando de pezinhos de maconha...

Gabriel sentiu um medo sagrado de que sua amada não levasse a Bíblia a sério e foi direto ao ponto:

— Nem todos os homens serão aceitos por Jesus no Reino dos Céus.

— Ah, e agora eu devo começar a temer a Deus?

Como Gabriel estava muito envolvido com ela, acabou achando esse comentário um pouco gracioso.

— É isso mesmo! Mas que droga! – esbravejou Gabriel.

Esse ímpeto deixou Sílvia irritada:

— Essa foi a primeira vez que eu ouvi você dizer um palavrão!

— Todos aqueles que não temem a Deus serão punidos – Gabriel colocou a questão com muita calma.

— E, por isso, nós que não tememos a Deus temos uma vida melhor aqui e agora, já que não nos deixamos intimidar com essas ameaças da Bíblia – ela respondeu.

Sílvia olhou para o relógio e viu que deveria ir, pois tinha uma consulta marcada. Gabriel ficava muito doce quando estava perto dela. Por que só hoje ela percebeu isso? Claro, porque seu ex-marido tinha se arranjado com essa vadia siberiana e ela teve medo de envelhecer sozinha e sem companhia. Essa era a análise que ela fazia como psicóloga. E ela também sabia que era perfeitamente normal reagir dessa forma ao novo amor de seu ex-marido. E, não menos importante, sabia que precisávamos viver tudo aquilo que nos fazia bem.

Então, antes de ir, Gabriel disse:

— Eu venho te ver à noite.

Ela deu um beijo fraterno em sua bochecha. E desceu as escadas com passos apressados.

Gabriel levou a mão à bochecha: então era assim que era ganhar um beijo dela. Agora seu medo de perdê-la era ainda maior que o de antes. Mas ele não tinha mais tanto tempo para salvar seu amor. Jesus já estava de volta à Terra.

9

Quando acordei em meu quarto, não havia mais dúvidas: eu era uma m.o.n.s.t.r.a. (mulher de trinta, obsessiva, neurótica, solteira, triste, ridícula e antiquada). Sofrendo e sem a menor energia, me joguei na cama. Eu estava vivendo uma vida de cão. A noite tinha sido péssima, e agora ela se transformara em um dia chuvoso. Em vez de estar voando para a minha lua de mel em uma ilha paradisíaca do Mediterrâneo e comendo *croissants* servidos pela comissária de bordo, eu estava no meu antigo quarto observando as gotas de chuva cada vez maiores que caíam do lado de fora e me perguntando se não seria uma boa ideia adotar o vício do alcoolismo.

Abandonei as gotas de chuva, observei o quarto e encontrei meu antigo *micro system*. Quando eu era adolescente, toda vez que eu sofria uma decepção amorosa eu escutava *I will survive* e dançava no meu quarto como um canguru que tinha tomado ecstasy.

Eu entrava em um estado de excitação profundo por quatro minutos, até voltar a mim depois e me perguntar se eu realmente sobreviveria. E eu, então, toda suada, colocava pra tocar "I am what I am", mas isso fazia ainda menos efeito. Nessa música eu sempre me perguntava: *What* exatamente *am I*?

Hoje eu não precisava me perguntar isso, porque eu já sabia: eu sou uma m.o.n.s.t.r.a. E eu também tinha certeza de que, a não ser por um milagre, eu não sobreviveria.

Juntei minhas mãos e comecei uma oração para Deus: "Deus, por favor, faça com que tudo volte a ficar bem. De alguma forma. Não tenho a menor ideia como. O importante é que tudo fique bem. Se você conseguir, prometo ir à igreja todos os domingos. De verdade. Prometo. Não importa quão tediosos sejam os sermões. E prometo não bocejar nem ficar questionando sobre Jesus... quer dizer, eu já questiono sobre Jesus, mas prometo nunca mais levantar as questões que levantei ontem. E eu também vou dar um décimo, ou como você diz, o dízimo do meu salário para obras de caridade... ou, melhor dizendo, um vintízimo, senão não consigo pagar minhas contas. Por outro lado, se você fizer muita questão, acho que consigo doar um quínzimo e ainda assim eu poderia comprar um carro... certo, certo! Se for mesmo necessário, eu contribuirei com o dízimo. O importante é que eu não me sinta tão mal como me sinto agora. Isso valeria todo o dinheiro do mundo. Quem é que precisa de um carro? Ele polui o meio ambiente. O que você acha do nosso acordo? Eu me torno uma carola e ainda paro de jogar CO_2 na atmosfera, e você faz tudo voltar a ficar bem. Se você estiver de acordo, me mande um sinal... ou, espera aí! Não, não, não! Vamos fazer de outro jeito: se você estiver de acordo, não me dê NENHUM sinal!"

Eu esperaria alguns segundos e, se nenhum sinal viesse, o que não era completamente improvável – daí, a genialidade da minha proposta –, tudo ficaria bem novamente. Eu poderia ser feliz, mesmo com pouco dinheiro. Eu perderia a chance de ter um carro e iria todos os domingos à igreja.

Eu queria muito que Deus não me desse nenhum sinal.

Nesse exato momento, uma gota saindo de uma goteira no teto pingou bem na minha testa. Frustrada, me levantei, limpei o rosto e olhei para aquela argamassa mofada. Se Deus realmente existisse, esse era um sinal. E isso significava que ele não estava de acordo com a minha proposta. Pensei em como eu poderia melhorar a oferta: Deus não poderia exigir que eu me tornasse freira. Por outro lado, se continuássemos assim eu nunca mais faria sexo novamente, e essas freiras deveriam ser divertidas, elas sempre apareciam em livros e filmes, no começo sempre muito rígidas, mas tinham muita presença de espírito nas piadas sobre as madres... e talvez um dia qualquer chegasse um padre, na época da colheita das maçãs, um tipão como o Ryan Gosling... com o coração partido, como o meu, talvez sua esposa tivesse caído de um penhasco na Irlanda, levando consigo o bebê deles nos braços... e ele nunca mais teria vivido um amor, situação que mudaria imediatamente quando ele me visse, claro...

Nesse momento alguém bateu à porta.

— Quem é? – perguntei reticente.

— Sou eu! – reconheci a voz do papai. Ele tinha me acolhido, mas ainda não tínhamos feito as pazes.

— O que... o que você quer? – perguntei. Era só o que me faltava brigar com o papai de novo. Eu não tinha energia pra isso.

— Tenho um carpinteiro aqui comigo, ele veio ver a goteira no teto.

Olhei para a poça no chão, senti o gosto de argamassa na boca e pensei: *Esse homem bem que podia ter vindo um dia antes!*

— Ele precisa entrar pelo alçapão do seu quarto para chegar até o telhado – continuou.

Meu rosto estava inchado e amassado, e eu me sentia tão miserável quanto um cachorro abandonado. Ninguém poderia me ver assim. Por outro lado: quase toda a cidade de Malente já tinha uma péssima impressão sobre mim, então que diferença faria o que esse homem iria pensar de mim? E se eu fosse vegetar nesse quarto pro resto da minha vida, então seria ótimo que o teto não despencasse sobre a minha cabeça.

— Um momento! – eu disse pro papai – Vou só vestir uma roupa.

Já bastava que ele me visse com a cara cheia de argamassa, eu não precisava aparecer de calcinha e sutiã.

Mas a verdade era que eu não tinha nenhuma roupa ali, elas estavam todas no apartamento que eu dividia com o Sven, mas eu haveria de encontrar alguma coisa no armário, alguma roupa da minha adolescência.

Eu abri o armário e encontrei agasalhos e calças *jeans*. Vesti um agasalho da Noruega e fiquei parecendo uma salsicha norueguesa sem umbigo. Eu também não servia nas calças. Elas não passavam no meu quadril. Parece que eu cultivei um pneu a mais por década de vida.

— Marie, quanto tempo vai levar isso? – papai estava impaciente.

Amarga, pensei: *As roupas da Kata não vão me servir. E as roupas da Svetlana, menos ainda. Então nem vou me dar ao trabalho de perguntar nada.*

— Marie! – senti a pressão vindo do lado de lá da porta.

Então, não me restou outra escolha: entrei de volta no meu vestido de noiva. Com o rosto amassado, eu agora parecia um fantasma. Só faltava eu tirar minha cabeça e levá-la embaixo do braço. Mas eu estava me sentindo bem.

Abri a porta. Papai ficou um pouco irritado:

— Já não era sem tempo!

Então ele se virou para alguém.

— Marie, esse é o Joshua. Ele é um bom homem e vai consertar o telhado.

Um homem de estatura mediana, vestindo calça *jeans*, camisa e botas de couro entrou no quarto. Ele tinha uma pele um pouco bronzeada, cabelos compridos e um pouco ondulados e uma barba cheia de estilo. Minha visão estava um pouco embaçada, mas por um milésimo de segundo eu achei que ele se parecia com um dos *Bee Gees*.

10

— Joshua, essa é a Marie, minha filha – papai nos apresentou e prosseguiu. – Ela não anda sempre com essas roupas.

Os olhos castanhos do homem não se abalaram, era como se ele já tivesse visto uma cena dessas. Fiquei completamente desnorteada olhando naqueles olhos, tão ternos.

— Bom dia, Marie – disse com uma voz grave e aveludada, que me deixou ainda mais perdida. Ele pegou minha mão para me cumprimentar. O aperto de mão dele era firme. E o estranho foi que esse aperto de mão me deu uma sensação de proteção.

— Frblmf – gaguejei. Eu não estava em condições de dizer nada coerente.

— Muito prazer – disse ele sério. Mas com aquela voz!

— Frddlff – respondi.

— Só vou dar uma olhadinha no teto – explicou. E eu respondi com um "Brmmlf" uníssono.

Ele soltou minha mão e de repente eu voltei a me sentir desprotegida. Eu queria que ele pegasse minha mão de volta. Agora!

Mas o Joshua abriu o alçapão no teto, puxou a escada para baixo e subiu. Ele se movimentava de forma elegante, e eu me dei conta de que eu estava olhando fixamente para a bunda dele. Só quando o homem já tinha sumido para dentro do sótão é que eu consegui voltar a pensar com clareza. Deixei seu traseiro lindo pra lá, saí do quarto apressada e bati na porta do antigo quarto da Kata. Minha irmã abriu de calcinha e sutiã e bocejou como um jacaré em processo de digestão de um pigmeu.

— Dá pra você me arrumar umas roupas? – perguntei.

— Você quer que eu vá até a casa do Sven?

— Se eu mesma for, posso provocar o início de um conflito que terminará em mortes em todas as cidades da região.

— Do jeito que ele estava nervoso ontem, isso é bem possível... – Kata concordou comigo.

Ela bocejou novamente, se espreguiçou e pareceu que tinha acordado. Ela estava com dor de cabeça e isso fez uma onda de medo passar por todo o meu corpo.

Kata notou o pânico em mim e me acalmou:

— O tumor não voltou. É que ontem à noite eu tomei um vinho de péssima qualidade.

Eu queria dar um beijo nela de alívio, mas ela me impediu com a mão.

— Primeiro você toma um banho, depois sai beijando os outros.

Depois do banho, me arrastei até a cozinha para tomar uma xícara de café. Sozinha. Papai tinha saído com a Svetlana para passar o dia na praia mais próxima. Com todas as minhas forças, tentei reprimir o pensamento de que essa mulher ia se tornar minha nova mãe. Quando consegui, voltei a pensar sobre minha vida: como é mesmo? É preciso aprender alguma coisa com os momentos de crise. Seria ridículo se eu não conseguisse usar essa crise para colocar minha vida de volta nos trilhos, para um caminho muito melhor. É isso!

Mas e se eu não conseguisse? E se eu continuasse infeliz e afogada em lamentações?

Então achei melhor voltar a pensar na Svetlana.

Melhor ainda: pensar no tal do Joshua.

Ele tinha um carisma inacreditável. E aqueles olhos, e aquela voz. Eu aposto que se ele se engajasse em alguma causa poderia encantar muitas pessoas sobre muitas coisas, como por exemplo... isolantes térmicos.

O que foi mesmo que ele disse? Que era um prazer me conhecer. Aquilo me pareceu sincero. Ele não falou aquilo olhando para os meus seios, como a maioria dos outros homens.

Ele já me tratou sem formalidades, antes mesmo de perguntar se podia. Mas talvez isso tivesse acontecido porque ele era de algum lugar mais ao sul. Talvez da Itália. Talvez ele tivesse uma casa na Toscana, construída por ele... sem camisa!

Mas o que ele estava fazendo aqui? Ele tinha passado dificuldades em sua terra? Talvez problemas profissionais?

Nossa, eu estou pensando demais sobre a vida de um homem com o qual eu não consegui trocar mais que uns grunhidos.

Meu fluxo de pensamento foi interrompido pela Kata, que voltava do apartamento do Sven com duas malas cheias de roupas.

— Como ele está? – eu quis saber.

— Ele está do mesmo jeito que você.

— Como se tivesse sido atropelado? – perguntei.

— Exatamente.

Eu me senti muito culpada, eu nunca tinha feito um homem sofrer tanto. Normalmente, quem sofria por eles era eu. Dei um suspiro e perguntei:

— Você precisa mesmo ir embora hoje?

Eu queria muito que ela ficasse comigo.

— É melhor eu ficar até você melhorar.

— Pelos próximos cem anos? – perguntei triste.

— Enquanto for preciso – respondeu ela rindo.

Eu a abracei.

— Você está me sufocando! – ela resmungou. E eu respondi calmamente:

— Eu sei!

Depois de cinco minutos, eu já a tinha sufocado tudo que eu queria, me vesti e me alegrei de finalmente poder colocar uma calça e um agasalho. Subimos e ficamos no quarto de Kata fazendo coisas que nos interessavam mais nesse momento: ela queria desenhar, e eu queria ficar deprimida me lamentando.

Quando entramos no quarto dela, ouvi o Joshua cantando no telhado. Em uma língua completamente desconhecida pra mim. Não era italiano. Sua voz era grave e me acalmava. É muito provável que eu também tivesse me acalmado se ele estivesse cantando alguma coisa como: "Quem tem medo do Lobo Mau, Lobo Mau, Lobo Mau!"

Eu disse pra Kata que eu precisava buscar uma coisa e que eu já voltava. Então eu fui para o meu quarto, subi a escada do sótão e entrei no telhado.

O Joshua tinha acabado de tirar uma janela do lugar e a estava colocando de lado. Ele parecia muito concentrado. Era um homem que se esquecia da vida enquanto estava trabalhando.

Quando Joshua me viu, parou de cantar. Eu queria saber qual música era aquela e perguntei:

— Vddl dlll?

Não consegui ir mais longe. Olhei para o chão envergonhada, me recompus e tentei novamente:

— O... que... é... que... o senhor estava cantando?

— Um salmo sobre a alegria no trabalho.

— Ah tá – respondi nervosa. Eu acho improvável que alguém possa usar as palavras "alegria" e "trabalho" numa mesma frase. E a palavra "salmo", nunca. — E em que língua? – agora eu já conseguia olhar pra ele e construir uma frase quase sem nenhum erro. O truque era não olhar profundamente para aqueles olhos castanhos.

— Hebraico – respondeu.

— É sua língua materna?

— Sim, eu venho dos arredores do que hoje a gente chama de Palestina.

Palestina. Não era tão atrativo quanto a Toscana. O Joshua era um refugiado?

— E por que você saiu de lá? – perguntei.

— Minha missão lá já havia sido cumprida – respondeu Joshua como alguém que se resigna aos caminhos do destino. Ele parecia sereno. E extremamente sério. Sério demais! Eu fiquei me perguntando como seria ver esse homem dando uma gargalhada.

— Você quer sair pra jantar comigo hoje à noite? – perguntei.

Joshua ficou surpreso. Mas não tanto quanto eu quando me dei conta do que acabara de dizer. Não tinha nem vinte horas que eu havia deixado o Sven no altar, e agora eu já queria sair para um encontro com um cara apenas para ver como ele gargalhava?

— Desculpe?

— Grddlff – respondi.

Em pânico, pensei se eu deveria voltar atrás, mas decidi que era melhor continuar em minha empreitada. Então eu disse espirituosa:

— Com certeza, há um salmo sobre comida.

Ele me olhou ainda mais surpreso. Meu Deus, que vergonha!

Ficamos em silêncio e eu tentei ler no rosto do homem se ele queria sair comigo ou se ele me achava uma vaca sem limites que entendia tanto de salmos quanto de física quântica.

Mas era impossível ler qualquer coisa em seu rosto, ele era tão diferente de todos os outros. E não só por causa da barba.

Eu olhei pro chão novamente e estava a um segundo de dizer: "Deixa pra lá!". Então ele respondeu:

— Há muitos salmos que falam sobre pão e outras comidas.

Eu olhei pra ele novamente e ele disse:

— Eu adoraria sair pra jantar com você, Marie.

Foi a primeira vez que ele sorriu pra mim. Mas foi um sorriso tímido. Nem de longe uma gargalhada. Mas foi divino.

Com esse sorriso, ele poderia ter me convencido a fazer coisas muito além de comprar isolantes térmicos.

11

— Meu Deus, onde eu estava com a cabeça de convidá-lo para um encontro? – resmunguei tentando voltar ao meu estado normal. Eu estava na frente do espelho do banheiro antes de sair para jantar, com aquele rosto inchado de tanto chorar. Com a maquiagem, eu o tinha deixado com uma aparência um pouco melhor que Nova Orleans depois do furacão Katrina.

— Esse homem não faz parte do meu ideal de homem – expliquei pra Kata. – Ele tem uma barba. E eu odeio barba.

— Eu me lembro de que você gostava de barba – riu Kata.

— Eu tinha seis anos!

Kata riu ainda mais e piscou pra mim.

— E além disso – eu disse – o Joshua é da Palestina. E canta salmos.

— Se você está querendo chegar a algum lugar, é melhor você me dar uma dica...

— E se o Joshua for um maluco religioso? Depois ele é um daqueles tipos que voam horas e horas e não estão nem aí com a decolagem e com o pouso, e sim com colisões em arranha-céus.

— Acho ótimo que você seja tão aberta e livre de preconceitos! – disse Kata.

Eu pensei comigo se eu deveria me envergonhar por meus preconceitos, mas cheguei à conclusão de que eu não tinha vontade nenhuma pra fazer isso. Eu já tinha muitos motivos para me envergonhar, eu estava operando além da minha capacidade de envergonhamento.

— Mas barba e horas de voo são só desculpas, seu problema é que você está com a consciência pesada por causa do Sven.

— Parece errado eu sair com alguém agora – confessei.

— O que há de errado em se divertir um pouco?

— Como é que eu posso me divertir um dia depois do casamento das trevas?

— Fácil. Você vai se divertir quando o homem te mostrar as ferramentas dele...

Eu a olhei com a cara amarrada e ela fechou a boca, deixando pra lá a observação que faria sobre a chave de rosca dele...

Eu olhei novamente pro espelho e percebi que maquiagem pode ser tão boa quanto a própria pele.

— Vou desmarcar!

— E o que você vai fazer hoje?

— Refletir sobre a minha vida...

— Ah, sim! Isso não parece mesmo muito divertido.

Ela tinha razão. Eu iria voltar para a minha cama e ficar pensando que eu precisava de um apartamento novo, mas não tinha dinheiro nem pra imobiliária, nem para o depósito da fiança, eu já tinha pegado um empréstimo enorme pra bancar o casamento e estava completamente dura. Em último caso, isso significava que: eu precisava morar um tempo com o papai e continuar ouvindo a Svetlana gritar "Vem!" naquela frequência em que os cachorros enlouquecem.

A Kata leu meus pensamentos e disse uma coisa sábia:

— Vá ao seu encontro. Com certeza você vai se deparar com alguma coisa melhor que depressão.

Combinei de encontrar o Joshua no Da Giovanni, uma cantina italiana ideal para a ocasião: era um ambiente idílico de frente pro mar, a comida era boa e o Giovanni, dono do lugar, tinha roubado a namorada do Sven e tido quatro bambinos com ela. Isso significava que: o Sven nunca ia àquele restaurante. Boicote desde sempre. Isso garantiria que ele não me veria com o Joshua e nós evitaríamos que o *Diário de Malente* viesse amanhã com a seguinte chamada na primeira página: "Síndrome de Amok no lago".

O Giovanni me pôs numa mesa no terraço, de frente para o lago. Eu mal tinha me sentado, o Joshua chegou. Ele vestia exatamente as mesmas roupas que usava mais cedo, mas, como um milagre, elas não estavam sujas.

— Boa noite, Marie – ele me cumprimentou e sorriu. Ele tinha mesmo um sorriso maravilhoso. Será que ele fazia clareamento nos dentes?

— Boa noite, Joshua – respondi ao cumprimento e ele se sentou ao meu lado. Eu esperava que ele fosse sugerir algum assunto. Mas ele não disse nada, parecia estar satisfeito apenas de olhar para o lago e aproveitar os últimos raios de sol que batiam em seu rosto. Então tentei iniciar uma conversa.

— Há quanto tempo você está em Malente?

— Cheguei ontem.

Uau! Isso era inacreditável!

— E você foi direto consertar nosso telhado? – perguntei um pouco confusa.

— Gabriel sabia que vocês precisavam de alguém para fazer isso.

— Gabriel? Padre Gabriel?

— Estou morando no quarto de hóspedes dele.

Meu Deus, espero que o Gabriel não tenha falado nada sobre o caos da minha vida.

— Você conhece o Gabriel há muito tempo? – perguntei tentando descobrir se o velho padre tinha dito algo sobre minha desastrosa entrada na igreja – Vocês são bons amigos? Conversam bastante?

Joshua respondeu:

— O Gabriel era amigo da minha mãe. Ele trouxe a mensagem pra ela de que eu iria nascer.

Que história estranha. O Gabriel sabia da gravidez da mãe do Joshua? E se sabia, por quê? Ele não era obstetra. Nem morava na Palestina. O Gabriel tinha dormido com a mãe dele?

Mas essas perguntas eram todas muito indiscretas para um primeiro encontro, e continuariam sendo mesmo que estivéssemos no 17º. Então perguntei outra coisa:

— Quando você saiu da Palestina?

— Há quase dois mil anos.

Joshua não riu. Ou ele tinha o humor mais seco de todos os tempos, ou ele realmente gostava de voar por horas.

— E onde você morou durante esses dois mil anos? – tentei brincar, sem ter 100% de certeza se ele também estava brincando.

— No céu – respondeu sem nem um traço de ironia.

— Você não está falando sério!

— Estou, sim – respondeu.

E eu pensei: *Merda! É um louco de avião!*

Tentei me acalmar. Com certeza, o Joshua era um cara supernormal que estava a algum tempo na Alemanha, caso contrário ele não falaria tão bem a língua. Ele tinha um senso de humor curioso, talvez sua piada tivesse se perdido na tradução.

Estávamos esperando o cardápio, em silêncio e olhando para o mar. Joshua não se importava com o silêncio. Eu sim. Esse não era meu conceito de diversão.

Mas o que eu estava esperando? Como iríamos nos conectar? Éramos muito diferentes. Ele era religioso. Eu, deprimida.

Isso tudo foi uma tremenda ideia de girico. Pensei se eu deveria me levantar e ir embora, explicando pra ele que isso tudo tinha sido uma grande bobagem. Ainda não estava muito tarde para eu voltar pra casa, me enfiar debaixo das minhas cobertas e me torturar com perguntas de como eu poderia ter uma vida feliz sem me encher de psicotrópicos.

O Joshua deve ter notado no meu rosto que eu estava me sentindo mal e disse algo lindo:

— Olha, um pássaro! – mas não foi isso que foi lindo – Ele não colhe, ele não semeia, por isso não precisa se preocupar com nada.

Observei o pássaro, um rouxinol para ser mais precisa, e pensei que realmente ele não precisava se preocupar se morreria sozinho ou não. Ele só precisava se preocupar se viraria um banquete para um italiano enquanto migrava para o sul.

— E os homens também não precisam se preocupar – continuou Joshua. – Quem é que consegue viver mais tempo aqui apenas porque teve muitas preocupações na vida?

Ele tinha razão, embora soasse como alguém que leu muitos livros de autoajuda.

— *Não vos inquieteis com o dia de amanhã, pois o amanhã trará os seus cuidados; basta ao dia o seu próprio mal* – disse Joshua.

Era uma frase simples. Mas muito bonita. E quando dita por um homem com esse carisma, essa voz aveludada e esses olhos ternos, era impossível duvidar dele.

Pela primeira vez depois do meu "não" no altar, eu senti uma pontinha de esperança.

Decidi ficar e dar uma pizza de chance ao nosso encontro. O Giovanni trouxe o cardápio, e o Joshua não conseguia entendê-lo muito bem. Eu precisei explicar até o que era uma pizza. Por fim ele se decidiu por uma pizza vegetariana.

— Carne e queijo juntos não fazem parte da culinária Kosher – explicou.

— Kosher? Os mulçumanos também comem isso?

— Não sou muçulmano, sou judeu.

Um judeu da Palestina, há mesmo de tudo nessa vida, pensei e me alegrei, já que, via de regra, judeus não atacam arranha-céus. Mas ainda assim me perguntei se ele era um desses judeus malucos. Mas se ele fosse um judeu maluco, ele deveria ter aqueles cachinhos nos cabelos, certo? Como é que eles conseguem fazer esses cachinhos? Com *baby liss*?

— E você? – Joshua interrompeu meus pensamentos sobre penteados judeus ortodoxos.

— Eh... o quê?

— Em que Deus você acredita?

— Eh... eu sou cristã – respondi.

Joshua riu. E eu não tinha ideia do que poderia ser tão engraçado. Será que o Gabriel tinha falado alguma coisa de mim?

— Desculpe... cristão é uma designação que ainda me causa estranheza.

Agora ele ria de verdade. Só um pouquinho. Não era alto. Mas só essa risada já era capaz de me fazer sentir plena.

Durante os próximos minutos, nossa conversa engatou. Perguntei onde ele tinha aprendido sua profissão e ele me explicou que seu padrasto tinha ensinado tudo pra ele.

Padrasto? Será que ele era uma criança neurótica filha de pais separados como eu? Espero que não.

O Giovanni trouxe os pedidos, e o Joshua saboreou sua pizza e sua salada como se aquela fosse mesmo sua primeira refeição em dois mil anos. Enquanto tomava vinho, ele deixou escapar:

— Ah, senti tanta falta disso!

Uma faísca de vida parecia tomar conta do carpinteiro. Nossa conversa foi ficando mais animada e eu contei pra ele:

— Quando era criança, eu achava barbas como a sua muito legais. Eu mesma queria ter uma.

Isso fez o Joshua sorrir de novo.

— E sabe o que minha mãe me disse?

— Não sei, conte – pediu ele bem-humorado.

— Ela disse: "Uma barba dessas é um cemitério de restos de comida!".

Agora o Joshua deu uma risada alta. Acho que ele conhecia bem esse problema.

Era uma risada linda.

Tão pura.

Tão livre.

— Fazia muito tempo que eu não ria – disse Joshua.

Ele refletiu um pouco e disse com toda sinceridade de sua alma:

— As gargalhadas são o que eu mais senti falta.

E eu nunca fiquei tão feliz em ter feito alguém gargalhar.

Esse homem era interessante, estranho, incomum – mas íntegro e, preciso admitir, muito fascinante.

12

Eu queria descobrir mais sobre o Joshua e decidi levar o encontro para a próxima etapa. Naquela que a gente descobre se ele tem uma namorada. E se não, se ele tem uma ex que ainda o faz sofrer.

— E quem foi que te fez rir assim pela última vez? – perguntei.

— Uma mulher maravilhosa – ele respondeu.

Saber que havia uma mulher maravilhosa na vida dele me deixou mais atordoada do que eu imaginava.

— E... o que aconteceu com ela?

— Ela morreu.

Ah, meu Deus! Se eu quisesse alguma coisa com ele – o que não era o caso, mas poderia ser que um dia eu quisesse –, então eu precisaria lutar contra uma defunta. Isso ia ser bem difícil, e não apenas pelo fantasma da presença dela.

Então me decidi que eu nunca iria querer nada com o Joshua.

Mas então eu vi a tristeza nos olhos dele e de "nunca querer nada" passei a querer tomá-lo nos braços e consolá-lo.

Mas ele agia como alguém que não tinha o hábito de estar nos braços de ninguém.

— O nome dela era igual ao seu – disse Joshua com um olhar triste.

— Holzmann? – perguntei assustada.

— Maria.

Deus, como eu sou idiota!

— A Maria sabia ser muito espirituosa em suas piadas sobre rabinos – ele se animou novamente.

— Rabinos? – perguntei confusa.

— E sobre os romanos!

— Romanos?

— E os fariseus!

Certo, pensei me esforçando para não entrar em parafuso.

— Está certo que os fariseus não são motivo de piada – completou Joshua.

— É... não... claro que não! – gaguejei um pouco. – Fariseus são... não há nada de engraçado sobre eles!

Joshua olhou para o lago, ele estava claramente pensando em sua ex, e disse:

— Logo eu a verei novamente.

Que frase mais mórbida.

— Quando o Reino dos Céus se estabelecer na Terra – completou Joshua.

Reino dos Céus? Meu cérebro disparou um alarme de emergência. Capitão Kirk, sentado na ponte do meu lobo frontal, gritou pelo alto-falante:

— Scotty, precisamos sair daqui! Tire-nos daqui!!

Scotty, que estava na casa de máquinas do tronco cerebral, respondeu:

— Não dá, capitão!

— E por que não?

— A gente ainda não pagou a pizza!

— E quanto tempo vai demorar até que o Giovanni traga a conta? – esbravejou Kirk aumentando o volume de sua voz para se sobrepor ao alarme que ficava cada vez mais alto.

— Pelo menos dez minutos! Oito, se pedirmos a conta a-go-ra! – veio a resposta da casa de máquinas.

— Não temos oito minutos, ele acabou de falar do Reino dos Céus!

— Então não temos outra saída, capitão!

Já que eu não podia fugir dali, só havia uma possibilidade: eu precisava mudar de assunto. Com muito esforço, pensei numa saída para a conversa e achei uma:

— Olha, Joshua, tem alguém fazendo xixi ali na moita!

Confesso, havia formas mais elegantes de mudar de assunto.

Mas era verdade: na margem do lago, havia um mendigo usando uma moita como banheiro. Claro, um lugar tão idílico como Malente com certeza sofreria de particularidades como desemprego e pessoas que conversavam na calçada com o lampião aceso.

— Esse homem é um mendigo – percebeu Joshua.

— É verdade – confirmei.

— Precisamos partilhar o pão com ele.

— O quê? – perguntei assustada.

— Vamos partilhar o pão com ele – repetiu Joshua.

— Partilhar o pão? – pensei. A gente só faz isso com patos.

O Joshua se levantou e queria mesmo ir até o mendigo e trazê-lo para nossa mesa. Esse encontro estava começando a parecer uma viagem para o Inferno.

— Não precisamos partilhar o pão com ele – eu disse com uma voz um pouco mais alta com ar de imposição.

— Dê-me um motivo para que não façamos isso – respondeu o Joshua com muita calma.

— Eh... – eu tentei achar um argumento lógico, mas não consegui pensar em outra coisa a não ser: – Nós... não temos pão. Só pizza!

Joshua riu:

— Então vamos partilhar a pizza!

Ele disse essas palavras, foi até o mendigo e o trouxe para nossa mesa.

O mendigo, que se chamava Frank e tinha quase quarenta anos, fazia uma ideia diferente da minha sobre o que era partilhar: ele comeu toda a nossa pizza e deixou apenas o vinagrete e a salada de acompanhamento para nós. Enquanto isso, ele contava que passou o último ano na prisão porque, como não tinha dinheiro, assaltou uma loja de telefones celulares.

— E por que uma loja de telefones e não um banco? – perguntei.

— Eu achei que eles tinham ganhado muito mais dinheiro do que deviam com as tarifas astronômicas que cobram.

Podíamos acusar o Frank de várias coisas, por exemplo, seu desinteresse por desodorantes, mas seu pensamento lógico estava intacto.

— E como foi que você chegou a esse ponto de necessidade? – perguntou Joshua, depois que o Frank explicou o que era uma loja de telefones celulares. O Joshua deu um pouco mais de vinho para o miserável. Ele demonstrava compaixão. Compaixão demais para o meu gosto. Virei para ele e disse:

— Vamos pagar e ir embora?

Mas o Joshua foi claro:

— Vamos continuar partilhando o pão com ele.

Pensei comigo e com muita raiva: do jeito que esse cara fede, vou partilhar outras coisas daqui a pouco.

Então o Frank respondeu a pergunta do Joshua:

— Eu perdi meu trabalho na Previdência.

— E por quê?

— Parei de ir lá.

— E você teve um motivo para isso? – perguntou Joshua.

Frank se retraiu. Provavelmente ele se lembrou de algo muito doloroso.

— Você pode ser sincero comigo – disse Joshua com sua voz calma e segura que sinalizava: "Você pode confiar em mim. Você não vai se machucar".

— Minha mulher morreu em um acidente de carro – explicou Frank.

Ah, meu Deus!, pensei.

— E a culpa foi minha.

Agora até eu tinha compaixão pelo Frank e estava dividindo meu próprio vinho com ele.

E eu bebia também.

O Frank contou do amor que sentia por sua esposa e da terrível noite do acidente. Tinha sido a última vez que ele havia conversado longamente com alguém. Frank estava indo para uma festa por uma estrada de terra com sua esposa, Carol. Na faixa contrária, um carro fez uma ultrapassagem. Os carros colidiram de frente e a Carol morreu na hora. Mas ela ainda tinha muitos planos para a vida dela: ela havia, por exemplo, acabado de começar um curso de dança do ventre.

— Você estava dirigindo muito rápido? – eu quis saber.

Frank balançou a cabeça negativamente.

— Você poderia ter reagido de outra forma? – continuei perguntando.

Ele balançou a cabeça no mesmo movimento negativo.

— E por que você é culpado? – perguntei engolindo seco.

— Porque... porque ela morreu, e eu não – ele respondeu e começou a chorar. Era a primeira vez que ele falava para alguém do seu sentimento de culpa, e pela primeira vez ele podia expressar sua dor de alguma forma. O Joshua segurou a mão dele, deixou o Frank chorar por um tempo e perguntou:

— Sua mulher era uma boa pessoa?

— Ela era a melhor – respondeu Frank.

— Então seja você também – disse Joshua com seu tom de voz que convencia qualquer um.

Frank parou de chorar e perguntou com certa ironia:

— Então eu não devo mais roubar nenhuma loja de telefonia?

Joshua negou com a cabeça.

Frank engoliu o choro, agradeceu do fundo de seu coração, se levantou e se foi. Dava até pra imaginar que ele iria ficar limpo por um tempo. Esse Joshua poderia ficar rico abrindo uma clínica de reabilitação em Beverly Hills.

Ele sorriu pra mim:

— Às vezes as pessoas só precisam que a gente escute o que elas têm a dizer para espantar seus demônios.

De repente eu passei a achar a ideia de compartilhar o pão muito boa.

13

Joshua e eu deixamos o restaurante e caminhamos em silêncio às margens do lago na direção do centro. Dessa vez eu não me importava com o silêncio. Eu estava apreciando o pôr-do-sol com o Joshua. O lago de Malente não era tão impressionante como uma ilha no Mediterrâneo, mas era bonito o suficiente para proporcionar alguns bons momentos.

O Joshua me deixava confusa: ora eu queria fugir com ele, ora eu queria apenas ouvir sua voz, ora eu reprimia meus pensamentos de querer dormir com ele. E pra mim não estava claro se ele também estava reprimindo esses sentimentos. Analisando objetivamente, ele não tinha me dado nenhum sinal para que eu pudesse pensar assim. Ele não mediu meu corpo de cima a baixo e não paquerou nem um pouco comigo. E por que não? Eu era assim tão feia? Eu não era boa o suficiente pra ele? O que ele achava que ele era? Como carpinteiro, ele com certeza não estava assim tão bem cotado no mercado dos solteiros.

— Por que você está me olhando com essa cara de brava? – perguntou Joshua. E eu respondi:

— Nada não, às vezes meu rosto fica assim, franzido.

— Não fica, não – respondeu – sua feição é muito amigável.

Ele disse isso sem ironia nenhuma na voz. Ele nunca era irônico. Eu não tive a impressão nem por um minuto que suas ações e seus gestos fossem artificiais, planejados ou para causar boa impressão. Ele achava mesmo que eu tinha uma feição amigável. Isso tinha sido um elogio? Pelo menos era melhor que o eterno "amo cada quilo seu" do Sven.

Eu sorri. Joshua sorriu de volta. E eu interpretei isso como uma paquera.

Estávamos vagando pelo centro e, de dentro de um bar, escutamos um grupo de pessoas cantando "Que tudo vá para o Inferno".

Joshua ficou alarmado quando ouviu aquilo.

— O que aconteceu? – perguntei para ele.

— Isso é um cântico do Diabo.

Antes que eu pudesse dizer qualquer coisa, ele entrou como uma bala no bar que se chamava Poco Loco. Apressei-me atrás dele. No bar havia mais ou menos uns vinte jovens, entre homens e mulheres, com cara de funcionários de um banco, na frente de um karaokê. Os homens tinham afrouxado sua gravata, e as mulheres, aberto seus terninhos. Estavam todos relaxados, todos cantavam e se divertiam dançando ao som da música. Era uma festa de karaokê, planejada para acontecer depois de um dia inteiro preenchendo intermináveis formulários de transferência.

Joshua ficou irritado: pessoas que cantavam e dançavam *do jeito que o diabo gosta* não o agradavam muito.

— Parece que eles estão dançando pelo bezerro de ouro.

— Não exagere – resmunguei –, é apenas um karaokê. Não é o bezerro de ouro. E ouvir essa música é como estar no Inferno. Não mais que isso.

Então fui até o bancário que estava com o microfone na mão e perguntei:

— Me empresta?

O homem, do tipo funcionário do mês, pensou um pouco o que ele deveria responder, enquanto isso eu tomei o microfone da mão dele e apertei a mão de Joshua.

— O que você quer cantar? – perguntei.

Ele ficou reticente, sem saber o que eu esperava dele.

— Isso é divertido! Quais são suas músicas favoritas?

Joshua pensou e respondeu:

— A música de que eu mais gosto é o salmo do rei Davi.

Eu olhei para a máquina de karaokê e respondi:

— Certo, você vai cantar *La Bamba*.

Apertei o botão, e a música começou a tocar, mas o Joshua não entrou no clima, ele se esforçou, mas estava só tentando me agradar. Ele tentou cantarolar junto uns trechos, mas depois de *soy capitan, soy capitan* largou o microfone de lado. Aquilo não era pra ele. Eu deixei o microfone logo em seguida. E me arrependi de tê-lo forçado a fazer aquilo.

E o bancário veio até mim e perguntou:

— Já acabou o show do *Vozes Mortas*?

Eu olhei ao meu redor e vi os bancários todos muito nervosos. Foi quando eu pensei:

— Pelo visto é comigo.

Eu ia devolver o microfone pra ele. Então o Joshua veio.

— Eu queria muito cantar. Tem aí alguma coisa mais calma?

— Não queremos nada mais calmo – disse o bancário. – Vamos cantar *99 red balloons*!

Eu vi que o Joshua realmente queria cantar. Talvez ele não quisesse me decepcionar. Do jeito estranho dele, isso era bonitinho.

Então eu puxei o bancário de lado e disse bem baixinho: “Deixe ele cantar, ou eu vou pisar nos seus balões. E então você terá só noventa e sete”.

Então ele disse:

— Talvez uma música mais calma não seja uma ideia tão má assim.

Fui até o karaokê, procurei um pouco e achei *Sentado à beira do caminho* de Roberto Carlos. Joshua pegou o microfone e começou a cantar com aquela voz linda: “Olho pra mim mesmo e procuro/E não encontro nada/Sou um pobre resto de esperança/À beira de uma estrada...”

Quando ele terminou, metade dos bancários de Malente estava aos prantos.

E gritavam: "Mais um! Mais um! Mais um!".

Uma jovem bem delicada foi até Joshua e sugeriu:

— Que tal *We will rock you?*

O Joshua perguntou irritado:

— *Nós vamos apedrejar você*???

Mas nem de longe ele ficou tão irritado quanto a jovem e eu.

Procurei de novo no catálogo de músicas e encontrei apenas músicas pouco apropriadas para o Joshua, como *Do you think I'm sexy*, *Bad* ou *Ai, se eu te pego*.

— Acho que já podemos ir – sugeri. Mas os bancários fascinados não queriam nos deixar ir. Então, Joshua perguntou para a multidão:

— Posso cantar um salmo pra vocês?

Em coro, responderam:

— Claro, o que você quiser.

Joshua começou a cantar. Ele cantou um lindo salmo escolhido – parece que instintivamente – para os bancários. Um dos versos era assim: "Se as suas riquezas aumentam, não ponha nelas o coração".

Quando ele terminou, os bancários aplaudiam efusivamente. E gritavam: "Bravo! Mais um! Mais um!".

E então Joshua cantou mais um salmo. E, incentivado pelos bancários, mais um. E ainda outro. No total foram oito salmos, até que o bar fechasse. O cara do bar fez questão de não nos cobrar o vinho – e até mesmo os bancários, que beberam de caipirinhas a vinho tinto a noite inteira, tiveram sua dívida perdoada – e todos se despediram de Joshua agradecendo muito pela noite. E quando eu olhei para os bancários indo embora, tive a sensação de que no outro dia eles esqueceriam as dívidas de seus clientes no banco.

Joshua me acompanhou até a casa do meu pai, e eu estava animada e um pouco alta. Fazia muito tempo que eu não bebia tanto vinho quanto esse homem bebeu (e ele continuava parecendo muito tímido; ele estava acostumado a beber ou o metabolismo dele era mais rápido?). Com certeza, essa também havia sido a noite mais curiosa que eu tinha passado com um homem, tirando o dia que o Sven me disse, em um hotel em uma ilha do Mediterrâneo, que, como o hotel estava lotado, não seria problema que dividíssemos o quarto com a mãe dele por uma noite.

O Joshua tinha um jeito especial de tocar os homens. E eu também estava tocada com ele. Mas eu não tinha certeza se a recíproca era verdadeira. Ele me achava bonita? Ele ainda não tinha olhado pros meus seios. Será que ele era *gay*? Isso explicaria por que ele é um homem tão agradável.

— Foi uma noite maravilhosa – sorriu Joshua.

Ah, talvez ele me achasse bonita!

— Comi, cantei e, sobretudo, eu ri – Joshua continuou. – Fazia tempo que eu não tinha uma noite tão boa quanto essa na Terra. E eu tenho que agradecer a você por isso, Marie. Obrigado.

Ele me olhou com aqueles olhos agradecidos. Dava quase pra acreditar que fazia mesmo muito tempo que ele não se divertia tanto.

Com boa vontade, dava até pra acreditar que aquilo era um interesse por mim. E eu tinha boa vontade. Minhas pernas estavam tremendo tanto que, se tivessem tremido mais um pouco, eu começaria a dançar Charleston.

— Você quer subir? – perguntei sem pensar e me assustei comigo mesma. Meu inconsciente queria dormir com esse homem?

— O que nós vamos fazer lá em cima? – perguntou Joshua sem nenhuma pista.

Não, eu não podia dormir com ele. Havia muitos motivos para eu não dormir com ele: o Sven, o Sven e o Sven. E também por causa da Kata, já que eu teria que ouvir comentários sobre a chave de rosca dele pelos próximos anos.

— Marie?

— Sim?

— Eu fiz uma pergunta!

— É, você fez – confirmei.

— Você pode respondê-la?

— Claro!

Silêncio.

— Marie?

— Sim?

— Você ia me responder uma pergunta.

— E qual era mesmo a pergunta?

— Pra que eu deveria te acompanhar até lá em cima? – perguntou novamente. Ele realmente parecia não saber do que se tratava o assunto. Que louco! Ele estava impaciente. E isso o deixava ainda mais atraente.

Mas se ele não tinha nem ideia do que eu queria com ele lá em cima, eu poderia ir com calma no relacionamento e me proteger de cometer o meu próximo erro. Ou ainda pior: tomar um fora dele.

Eu poderia evitar isso tudo. Eu só tinha que controlar essa cabeça bêbada de vinho para não responder "tomar um café".

— O que você quer fazer comigo? – ele perguntou novamente.

— Martelar!

— Martelar?

Droga de vinho!

— Eu quis dizer marilar!

— Marilar?

— Sim! – sorri tranquilamente.

— O que é isso?

Meu Deus, como eu podia saber?

— Eu... eu quis dizer martelar mesmo... no telhado – expliquei.

— Você quer trabalhar comigo no telhado?

— Sim! – respondi satisfeita por ter conseguido sair do enrosco.

— Mas a essa hora nós vamos acordar seu pai e sua irmã – ponderou.

— Claro, e por isso vamos deixar pra lá.

Joshua me olhou espantado. Eu sorri.

— Então ele disse:

— Ok, então amanhã martelamos juntos.

— Eu ouvi isso! – gritou uma voz agressiva atrás de nós. Eu me virei e de trás de uma árvore apareceu o Sven. Ele ficou esperando por mim a noite toda na frente da minha casa?

Ele estava horrível. Bêbado e com muita raiva.

— Você me enganou! – ele gritou.

— Não enganei – respondi.

— Não, claro que não – ele respondeu com ainda mais raiva. – Aposto que você já estava de caso com esse tipo aí há muito tempo.

— Meu amigo – disse Joshua tranquilamente se colocando entre nós –, não levante sua voz para a Marie.

— Cala a boca, seu *hippie*! Ou eu vou enfiar a mão na sua cara! – ameaçou Sven.

— Não faça isso – advertiu Joshua sereno. Então o Sven deu um tapa na cara dele.

— Meu Deus! – gritei e voltei os olhos pro Joshua. Ele estava com a mão na bochecha, parecia que o tapa tinha sido forte.

— Vamos, venha me enfrentar se você for homem mesmo! – gritou Sven para Joshua.

Mas o Joshua ficou parado, não fez nada, absolutamente nada. Ele parecia muito mais forte que o Sven, que por sua vez estava bêbado, e poderia com facilidade tê-lo imobilizado. Além disso, ele não estava tão alcoolizado quanto o Sven. Mas o Joshua não deu nenhum sinal de que cairia na provocação.

— Não vou brigar com você, meu ami...

— Eu não sou seu amigo! – Sven partiu pra cima dele novamente. Dessa vez com um soco.

— Ahhhh – gemeu Joshua. Essa deve ter doído.

— Vamos, lute!

Mas o Joshua ficou parado na frente do Sven, em paz, sem nenhum sinal de agressividade. Estava bancando o Gandhi. Sven, ao contrário, partiu pra cima dele novamente. Joshua foi ao chão. Sven pulou em cima dele e continuou batendo e batendo.

— Vamos, seu marica!

Em pânico, pensei:

— É, Joshua, vamos! Não deixe ele te bater assim!

Mas o Joshua não bateu no Sven. E o Sven continuou socando o Joshua. Eu não podia aguentar isso. Empurrei o Sven para a grama a fim de tirá-lo de cima de Joshua.

— Pare já com isso!

Sven parecia nervoso e deu uma baforada na minha cara. Por um breve momento, achei que ele fosse me bater também. Mas ele não bateu. Ele se afastou de Joshua e me disse:

— Não quero te ver nunca mais! – e se foi.

Enquanto ele ia, gritei o mais alto que eu pude:

— Pois é isso que você vai ter!

Então olhei pro Joshua, que estava se levantando e tinha um corte nos lábios. Eu fiquei com a consciência pesada, no final das contas a culpa tinha sido minha pelo fato de o Sven estar tão hostil. Mas eu também estava irritada com o Joshua, se ele tivesse se defendido só um pouco não estaria tão machucado. E eu não estaria me sentindo tão culpada.

— Por que você não se defendeu?

— Se alguém te bater na face direita, oferece-lhe também a outra – respondeu Joshua calmamente.

E isso me deixou ainda mais irritada:

— Quem você acha que é? – acusei-o – Jesus?

Joshua ainda estava meio zonzo, mas ele olhou dentro dos meus olhos e disse:

— Sim, sou eu.

14

— Scotty, tire-nos daqui! – gritou Kirk.

— Mas capitão...

— Sem mas nem meio mas! Ele acredita do fundo do seu coração que é Jesus! – insistiu Kirk,

— Ainda assim não podemos evaporar daqui.

— Por quê? – Kirk estava quase dando meia volta.

— Porque ele está machucado!

Kirk refletiu um pouco: *Scotty tem razão, não podemos deixar o Joshua nessa situação!*

Mas isso não agradou o Kirk.

— Scotty?

— Sim, capitão!

— Tem uma coisa que eu queria te dizer.

— O que, capitão?

— Você é bem irritante!

Eu apoiei o Joshua, que ainda tinha as pernas bambas e os lábios sangrando. E ele me disse num tom de voz ameno:

— Com certeza você quer saber por que estou aqui.

Não, não quero. Não me interessava de qual sanatório ele tinha saído. E por isso, respondi:

— Não fale nada, você precisa descansar. Vou te levar até o Gabriel.

— Não é preciso, consigo ir sozinho – disse Joshua, e eu quis acreditar que aquilo era verdade, pois eu queria me livrar dele o mais rapidamente possível.

Ele andou dois passos e caiu. Droga!

O Sven bateu nele com mais força do que eu achei. Eu fui com ele até a casa paroquial. Mais uma vez o Joshua começou...

— Eu voltei à Terra para...

E eu só disse:

— Shhhh.... Eu não queria saber. As loucuras que eu tinha na minha vida agora já me bastavam. Eu não precisava das dele.

Toquei a campainha da casa paroquial, e Gabriel abriu a porta de pijamas. Uma visão que eu poderia facilmente ter vivido sem.

O Gabriel me ignorou, ele estava muito chocado em ver o Joshua naquele estado.

— O que você fez com ele? – quis saber.

— Finalizei ele no 12º *round* com um direto de esquerda! – respondi irritada.

— Esse não é o melhor momento para suas colocações espirituosas – respondeu Gabriel com muito mais severidade que em qualquer uma das aulas de crisma.

Então expliquei o que havia acontecido. Gabriel parecia muito irritado, me puxou de lado e disse apenas:

— Deixe o Joshua em paz!

E eu respondi:

— Com muito, muito, muito, muito, muito, muito, muito, e mais 497 muitos, prazer.

Gabriel levou Joshua para dentro. E então me ocorreram três coisas curiosas: Primeiro, que o Gabriel tratava Joshua como um servo trata seu senhor. Segundo, Gabriel tinha duas cicatrizes enormes nas costas. E terceiro, ouvi uma voz perguntar "O que está acontecendo?", e essa voz era muito parecida com a da minha mãe.

Apressei-me na direção de uma das janelas, olhei para dentro e lá estava ela: minha mãe estava lá. Vestida só de calcinha e sutiã.

E agora eu estava sóbria novamente.

15

Enquanto isso

Gabriel levou Joshua para o quarto de hóspedes, cuidou de suas feridas e ficou de vigília ao pé de sua cama até que ele adormecesse. Por que o Messias tinha saído com Marie? Gabriel não conseguiu achar nenhuma resposta plausível e foi até a mãe de Marie que estava em sua cama. Para o ex-anjo, essa era uma visão quase inacreditável. Por décadas ele quis se unir a ela, e agora seu sonho tinha se tornado realidade. Ele sorriu. Os anjos bem sabiam que Deus tinha um senso de humor peculiar, màs só agora Gabriel tinha compreendido isso. Que os homens fizessem sexo desde o início dos tempos era apenas uma piada requintada do Todo-Poderoso.

E uma atividade maravilhosa.

Era uma pena que o mundo iria acabar a qualquer momento, e as chances de a amada de Gabriel ser aceita no Reino dos Céus eram próximas de zero. Ele tentou converter Sílvia, mas ela tinha colocado a Bíblia dele de lado e começado a fazer carinho em sua orelha. Então ele se esqueceu dessa história de conversão.

Mas mesmo que seu grande amor fosse aceito no Reino dos Céus, Gabriel duvidava que sexo fosse algo previsto no Reino de Deus.

A mãe de Marie perguntou ao Gabriel:

— Por que você está tão preocupado?
Gabriel disse que estava tudo bem e deu-lhe um beijo.

— Aconteceu alguma coisa com o carpinteiro? – Sílvia não desistia fácil. Ela era psicóloga.

Gabriel refletiu. Ele não poderia revelar o segredo. Ele não poderia dizer a ela que, antes da grande batalha entre o Bem e o Mal em Jerusalém, Jesus queria andar um pouco por entre os homens na Terra para executar seu tão adorado trabalho de carpinteiro e que, por isso, o Messias tinha vindo até Gabriel, o anjo que mais amava Jesus e até o tinha avisado que os tempos eram outros, muito diferentes, e ainda que andar por entre os homens talvez não trouxesse tantas alegrias para ele. Porém, o Messias era um tipo muito cabeça dura, ninguém conseguia convencê-lo do contrário uma vez que ele já tinha se decidido. E Gabriel podia menos ainda contar a Sílvia que Jesus, ou Joshua, tinha tido um encontro com a filha dela.

O que ele queria com a Marie?

— Você pode me responder a pergunta ainda essa noite? – perguntou Sílvia.

Ele se voltou pra ela e disse simplesmente:

— O carpinteiro é um grande homem.
— Mas não do seu tamanho – brincou mãe de Maries, e Gabriel ficou vermelho. Uma coisa era clara: durante todo o resto do tempo em que o mundo existisse da forma como ele é hoje, ele não pararia de pensar no senso de humor de Deus sobre esse grande truque que era o sexo.

Sílvia começou a beijá-lo novamente. Ela se interessava, sem sombra de dúvidas, pelos problemas dele, por outro lado fazia muito tempo que ela não dormia com um homem. O papo de psicóloga.

Mas Gabriel só se entregaria àquela festa apaixonada pela metade. Ele estava pensando no Joshua. Sua tarefa era grande. Ele tinha que estabelecer o Reino de Deus na Terra. E ninguém poderia impedi-lo. Por outro lado: uma pessoa tão medíocre quanto Marie não poderia jogar areia no plano do fim dos tempos. Ou será que podia?

16

Atordoada, entrei na casa do meu pai e dei de cara com a Svetlana. Ela estava descalça, vestia um roupão e, encostada na pia, tomava um café em plena madrugada. Diante dos meus olhos, vi como ela dormia com meu pai. E eu preferia ter meus olhos arrancados.

— O que foi aquele barulho aí fora mais cedo? Parecia uma briga – perguntou Svetlana. Ela falava alemão muito bem. Parece que ela tinha estudado. Provavelmente na Universidade Federal da Bielo-Rússia, no curso de casamento por correspondência.

Eu estava muito irritada. Não era da conta dela que barulho tinha sido aquele. Eu não tinha obrigação de conversar com ela. Por que ela não ficou lá em Minsk? Por que acabaram com essa droga de Cortina de Ferro? Onde estavam os regimes totalitários quando a gente mais precisava deles?

— Me deixe em paz – respondi mal-humorada. – E não ande por aqui com tão pouca roupa.

Svetlana me olhou com ódio. Eu olhei fixamente pra ela, talvez assim eu conseguisse espantá-la. O Super-Homem a teria transformado em pó com sua visão de fogo.

— Você está sendo indelicada comigo – retrucou. – Eu gostaria que você mudasse sua atitude.

— Tudo bem, vou ficar ainda mais indelicada – respondi.

— Você quer que eu vá embora – constatou.

— Não necessariamente. Você também pode entrar em combustão espontânea.

— Acredite você ou não, eu amo seu pai.

— Claro, você o conhece há três longas semanas – esbravejei.

— Às vezes não é preciso mais que um olhar para que a gente se apaixone.

Por que será que nesse momento o Joshua veio a minha cabeça? Eu reprimi os pensamentos sobre o carpinteiro e disse:

— O que você estava procurando naquela agência virtual de relacionamentos era um homem que te tirasse da Bielo-Rússia.

— Sim, e eu agradeço a Deus que eu tenha conhecido um homem como o seu pai. Ele é um homem maravilhoso.

Bufei com desdém.

— E ele será um ótimo pai para a minha filha.

— Sua o quê?

— Filha.

— SUA O QUÊ?

— Filha. Agora ela está com a minha mãe em Minsk.

— SUA O QUÊ?

— Você está se repetindo.

— SUA O QUÊ?

— Exatamente o que eu disse.

Eu não podia aceitar. Agora meu pai também teria que sustentar uma catarrentinha.

— Minha mãe chega com ela hoje em Hamburgo.

— E a vovó também vai se mudar pra cá?

— Não tenha medo, a vovó vai pegar o primeiro voo de volta para Minsk.

— Parece que economia não é seu forte.

— A menina não pode voar sozinha. E minha mãe só tem um dia de folga na repartição.

— E essa festa é financiada por quem?

— O que você acha? – respondeu Svetlana com um quê de tristeza na voz.

— Você é realmente uma em mil.

— E você não tem ideia do que é minha vida – respondeu Svetlana. – E não tem o direito de me julgar.

— Claro que eu tenho, estamos falando do meu pai – tentei ameaçá-la com o olhar.

Então Svetlana respirou fundo e disse com toda calma do mundo:

— Eu entendo que você se preocupe com seu pai. Mas eu nunca vou magoá-lo tanto quanto você fez com seu noivo.

Engoli seco. Eu não tinha como retrucar. A Svetlana voltou para o quarto. Na porta da cozinha, ela se virou novamente pra mim e disse:

— Não julgue, para não ser julgada.

E se foi. Eu a olhei ir e quis julgá-la. E até executá-la sumariamente.

O melhor seria eu também tomar um café agora – do jeito que essa noite tinha sido, até a cafeína seria boa para me acalmar. Mas então eu vi o bloco de desenhos da Kata, que estava em cima da mesa da cozinha. Ela tinha desenhado mais uma tirinha, o que me distraiu dos problemas:

... CORRER OS 100 M RASOS OU DOMINAR O KAMA SUTRA.
MAS NÃO É MUITO LEGAL QUANDO SUA HABILIDADE É MEDITAR...
... DANÇAR CALIPSO...
... OU SE PARECER COM O RONALDINHO.
EU SEI O QUE EU POSSO FAZER MELHOR QUE QUALQUER OUTRA PESSOA NO MUNDO!
O QUE, MARIE?
ME APAIXONAR PELOS HOMENS ERRADOS.

Deixei a tirinha de lado. Era verdade? Eu sempre me apaixonava pelos homens errados?

Deitada na minha cama e, pra variar, olhando para as manchas no teto, fiquei pensando sobre os homens da minha vida: o padeiro de peitos Kevin, o traidor Marc e, sobretudo, o Sven. Eu nunca imaginei que ele pudesse ser tão violento. Mesmo com a consciência pesada por acreditar que a agressão dele tinha sido provocada por mim, fiquei feliz de tê-lo abandonado no altar.

Mas o Joshua era diferente de todos os outros homens, tão doce, despretensioso e amigável. E era um ótimo cantor. Pena que ele era um lunático.

Mas eu tinha ficado curiosa para saber que tipo de lunático ele era. Peguei o computador do meu pai e encontrei duas notícias de homens que se diziam Jesus. Um era simplesmente maluco. Seu delírio foi desfeito quando ele, para provar suas habilidades divinas, pulou de um muro. O outro era um padre em Los Angeles que dizia ser Jesus e metia a mão no bolso de seus seguidores, até acumular a uma fortuna de milhões de dólares. Ao ver um inescrupuloso desse tipo, eu já começava a ter ideias: "Olha só, vamos pregá-lo na cruz para descobrir se ele é Jesus mesmo". O Joshua não era desses que usava seu delírio para tirar vantagem de ninguém. Ao contrário, ele era um daqueles tipos que pulam de um muro. O que será que o tirou dos trilhos e o deixou tão maluco? A morte da sua ex, talvez?

Eu estava pensando demais em um carpinteiro que tinha uns parafusos a menos.

Então me deitei novamente, apaguei a luz e decidi pensar em outra coisa que não no Joshua... e sua voz maravilhosa... e sua risada... e seu carisma... e os olhos! ah, os olhos!... Ai, droga!

Tentei pensar em outra pessoa. Um homem legal. George Clooney, por exemplo, boa ideia, o melhor ator de todo o universo, mas seu sorriso não era tão lindo quanto o do Joshua, e os olhos também não... ah, os olhos!

Ah, meu Deus! Nem o George Clooney era capaz de me fazer parar de pensar no Joshua.

Então só me restava uma alternativa: pensar no Marc. Por causa daquele restinho de sentimento que eu tinha por ele, eu abandonei o Sven no altar. Eu pensei no Marc... em seu corpo... em seu carisma... que não podiam ser comparados ao do Joshua... a aura do Joshua era mais iluminada... e ele era um homem melhor... e tinha uma voz linda... e os olhos... os olhos... olhos, olhos...

Não! O Joshua era maluco, mas nem o Marc era capaz de tirá-lo dos meus pensamentos. Minha irmã tinha razão: se alguém sabia se apaixonar pelos homens errados, esse alguém era eu.

17

— Jesus? – Kata teve uma crise de riso na mesa do café da manhã, e eu fiquei com raiva por ter contado sobre o episódio do encontro. Depois de uns minutos, ela conseguiu parar de rir e me olhou muito, muito séria:

— Você já fez um teste de gravidez?

— Eu não dormi com ele! – respondi.

— Mas você está se esquecendo da Imaculada Conceição – disse e voltou a ter outra crise de riso.

Joguei um pão nela. E uma colher. E um potinho. Ela só parou de rir quando eu peguei o vidro de geleia.

— Isso não é engraçado – protestei.

— Não, claro que não – Kata não conseguiu segurar as gargalhadas.

Quando ela conseguiu se acalmar, pegou um pão para comer e franziu o rosto. Ela estava com dor de cabeça novamente.

— Isso não é resultado do vinho de péssima qualidade – disse eu preocupada.

— Claro que é – respondeu Kata sem dar margens para contestação.

— Quando é o próximo exame de rotina?

— Em três semanas.

— Você não pode adiantá-lo?

— Não é nada.

— E se for? – eu temia por ela de verdade.

— Daí – disse Kata –, Jesus pode vir me curar!

Eu joguei outro pão na cabeça dela.

A campainha tocou. Olhamos pela janela da cozinha e lá estava o Joshua com sua caixa de ferramentas.

— É só falar do Messias... – brincou Kata e tomou seu café.

— Agora eu vou ouvir piadas sobre o Joshua o resto do dia?

— Algumas você vai poder ler nas próximas tirinhas – respondeu.

A campainha tocou de novo.

— Você não quer abrir a porta para o filho de Deus?

— Não, quero bater na filha do urologista – respondi com mais ironia que doçura.

— Toda essa raiva não vai deixar Jesus feliz – ela começou a ler a *Gazeta de Malente,* que aliás ainda esperaria cinco dias pela minha volta, e me deixou a tarefa de ir abrir a porta. O papai não estava lá para recebê-lo. Tinha ido buscar a catarrentinha com a Svetlana no aeroporto em Hamburgo. Dei um suspiro, levantei e fui abrir a porta. O que eu vi me deixou assustada: todas as feridas do Joshua haviam cicatrizado. Nenhum olho roxo, nenhum arranhão, nenhum lábio inchado.

— Bom dia, Marie – ele me cumprimentou. Ele parecia feliz em me rever. E seu sorriso fez meus joelhos estremecerem novamente.

— Estou pronto para martelar com você – disse ele entusiasmado.

Ouvi a crise de riso da Kata na cozinha.

Fechei a porta da cozinha e disse:

— Não sei se é uma boa ideia.

— Você não acredita em mim quando eu digo que sou Jesus.

Por que ele não disse: "Olha, aquela cena do Jesus ontem foi só uma piada boba! Eu só falei aquilo porque eu fumo maconha demais"?

Eu poderia viver com isso. Assim poderíamos ter construído um futuro.

— Você não tem fé – Joshua pontuou objetivamente.

E você deveria estar numa camisa de força, pensei.

— Escute, se você é mesmo Jesus – eu disse –, então pule de um muro.

— Hein? – aquilo tinha deixado Joshua confuso.

— Ou transforme água em vinho, caminhe sobre as águas, ou transforme o mar em vinho e deixe todos felizes. Ou faça um adoçante que tenha um gosto bom.

— Acho que você não entendeu muito bem a função dos milagres – então ele passou por mim com cara de poucos amigos e subiu as escadas.

Quem ele achava que era pra me esnobar assim? Eu queria era ter jogado um pote de geleia na cabeça dele. E logo depois limpado toda a geleia do corpo dele com a minha língua.

Opa! Meus hormônios estavam em seus dias férteis.

Eu deveria ir atrás dele? Ou era melhor eu manter a distância? E parar de questionar cada uma das moléculas da minha vida. Talvez eu devesse pensar em mudar os rumos da minha vida profissional, só para testar o mercado e ter certeza de que minha qualificação não era suficiente pra ter um emprego melhor mesmo.

Eu me decidi por outra melhor opção: passar tempo com um amigo.

O Michi tinha uma locadora, sua vida amorosa era desastrosa como a minha e, antes de conhecer o Sven, eu ia pra casa dele todas as noites. Quando ele fechava a locadora, todos os dias às 21:00 horas da noite (para a vida noturna de Malente, isso era praticamente de madrugada), nós seguíamos uma dieta rigorosa de pizzas, salgadinhos e Coca Zero, assistíamos aos filmes e nos divertíamos com comentários como:

— O Leonardo está congelado.

— Ah, se ele não tivesse ganhado essas passagens pro Titanic.

— Olha... a Kate está deixando ele afundar.

E ele afunda no mar gelado.

— Acho que a mensagem do Titanic é: às vezes é preciso deixar ir.

Enquanto eu tomava um café na locadora, eu contava pro Michi sobre o Joshua. Eu omiti alguns detalhes simples, como, por exemplo, que eu estava começando a sentir algo pelo carpinteiro.

O Michi me contou que aquele papo do Joshua no lago sobre "não se preocupe, viva sua vida" estava na Bíblia. Também descobri que o nome Jehoschua era a versão hebraica do nosso Jesus, e que Joshua era a versão anglo-saxônica moderna desse nome.

— Para um carpinteiro, até que seu louco está bem informado – constatou Michi.

— Ele é um louco profissional.

— Isso mesmo. E profissionais são sempre dignos de nota.

Eu suspirei e o Michi perguntou um pouco nervoso:

— Diz aí, você sente alguma coisa por ele?

— Não! – respondi olhando fixamente para a capa de um dos DVDs.

— Desde quando você gosta de filme pornô?

Joguei a capa longe. E tentei não pensar que tipo de homem teria segurado aquela caixa e em quais situações...

— Você gosta do carpinteiro!

— Eu sou assim tão previsível?

— O que você quer que eu diga?

— Minta pra mim.

— Não, você não é nem um pouco previsível. Ao contrário. Você é uma mulher misteriosa, e seus pensamentos são mais difíceis de decifrar que um poema do Schiller. Que bobagem! Nem um poema do Schiller é tão misterioso!

— Mentiroso! – eu queria não ser tão previsível.

— Há coisas piores – Michi tentou me consolar – por exemplo, estar sozinho no mundo.

— Eu também estou sozinha.

— Não está, não – disse Michi e me tomou em seus braços.

Ele era como um irmão pra mim, e eu era uma irmã pra ele (mesmo quando a Kata insistia: um irmã pela qual ele tem desejos incestuosos).

— Se você gosta desse Joshua – disse Michi –, precisa descobrir se ele é doente ou se faz isso por algum outro motivo.

— E como eu faço isso? – perguntei. Vou até o médico dele e roubo os prontuários?

— Isso! – riu Michi – Ou pergunte para o padre Gabriel. Ele o conhece, não?

— Você tem razão. Mas eu prefiro roubar os prontuários – respondi num suspiro.

Na frente da paróquia, encontrei minha mãe, feliz da vida parecendo que tinha visto um passarinho verde. Ela parecia satisfeita e eu me toquei: no momento, a vida sexual do meu pai e a da minha mãe eram mais ativas que a minha. Isso era uma coisa capaz de tirar qualquer um do sério, até mesmo eu, mulher de trinta em pleno controle de suas capacidades mentais. Mamãe sorriu pra mim:

— Como vai, Marie?

— Já estive melhor – respondi e pensei se eu deveria perguntar alguma coisa sobre a relação dela com o Gabriel. Mas isso ia acabar terminando em briga. Como todas as vezes em que eu perguntei pra ela de um de seus amantes. Meu Deus, por que é que meus pais não podem fazer o que todos os casais da idade deles fazem: entediar-se abraçados no sofá?

— Você deve estar se perguntando o que eu estava fazendo aqui no Gabriel. E você tem direito de saber.

Eu não sabia se eu queria ter esse direito. Mas a imagem de ter a Svetlana como madrasta e o Gabriel como padrasto me levou à pergunta:

— Ok, o que você estava fazendo com o Gabriel?

Minha mãe respondeu cantando:

— Uou, *girls just wanna have fun*.

— A última vez que você foi uma *girl* foi no século passado, mãe.

— E você também!

— Que situação idiota! – resmunguei. Eu quis deixá-la falando sozinha. Mas ela entrou na minha frente.

— Se você precisar de ajuda... – ela começou.

— Não vou deitar no seu divã, mãe – interrompi.

— Eu sou culpada de todos os seus problemas, eu me separei do seu pai – respondeu lacônica, e eu assenti com a cabeça.

— Sabe, Marie, chega uma hora na vida em que as pessoas precisam parar de culpar seus pais por tudo que acontece com elas. É preciso tomar as rédeas da própria vida.

— E qual é essa hora mesmo?

— Quando você faz vinte anos – sorriu. E, antes de ir, ela ainda me disse:

— Mas se você precisar de terapia, posso te indicar um ótimo psicólogo.

Eu olhei pra ela e aquilo me deixou tão irritada que eu preferia que ela tivesse me indicado um bom matador de aluguel.

Ao entrar na sala do Gabriel, olhei novamente para a Santa Ceia e percebi que Jesus tinha alguma semelhança com o Joshua. Muito mais, aliás, que com qualquer um dos *Bee Gees*. Isso era um pouco desconfortável. Por algum motivo, o Gabriel estava cancelando todos os compromissos da próxima semana. Sem tirar os olhos de seu calendário, ele me perguntou: "Oi, quer casar de novo?". Depois de trinta anos sem arrancar uma risada sequer em suas missas, Gabriel ainda não tinha percebido que ele não tinha uma veia para o humor.

— Eu... queria te perguntar uma coisa. Sobre o Joshua.

Gabriel então parou e me olhou com um olhar severo, mas eu queria saber e continuei:

— Ele... me disse que é Jesus. Ele... é louco?

Gabriel respondeu sem nenhuma doçura na voz:

— O que você quer com ele?

Ainda bem que eu estava sóbria e não respondi "martelar".

— Ele é louco? – repeti minha pergunta.

— Não, não é.

— Então por que ele mentiu? – eu queria saber.

Gabriel não respondeu minha pergunta e disse:

— Marie, o Joshua não poderá retribuir seus sentimentos.

— Por quê? – perguntei sem perceber que eu admitia que sentia algo por Joshua.

— Acredite em mim, esse homem nunca irá se apaixonar por uma mulher.

E eu pensei: "Meu Deus, o Joshua é *gay*!".

Quando cheguei em casa, fiz o balanço da história na minha cabeça. Ele me contou de outra mulher, como é que ele poderia ser *gay*? Por outro lado: deve ser muito difícil para os homens da Palestina se assumirem *gays*. Quase tão difícil quanto para jogadores de futebol. Talvez lá seja mais comum dizer para uma garota "Eu sou Jesus" que dizer "Olha, eu gosto mesmo é de vestir calcinhas cor-de–rosa".

Kata estava voltando para casa, mas eu não poderia compartilhar meus pensamentos com ela. Então subi até o telhado atrás de Joshua. Ele estava serrando um pedaço de madeira e cantando seus salmos. Quando ele me viu, parou de cantar e me olhou com um olhar acolhedor. Sua raiva tinha passado completamente. Sem pensar duas vezes, comecei minha sessão de perguntas:

— Diga, Joshua... você cantava seus salmos sozinho também lá de onde você veio?

Joshua olhou pra mim assustado e respondeu:

— Sim, eu cantava.

— Com quem você cantava?

— Eu tinha amigos.

— Homens?

— Sim, homens!

Então ele era *gay*?

— Também tinha alguém que você amava? – agora eu ia até o fim com essas perguntas.

— Eu amava todos eles.

Todos?, pensei comigo.

— Quantos eram?

— Doze – respondeu.

Ah, meu Deus!

— Mas não todos ao mesmo tempo, certo?

— Claro, claro! Todos ao mesmo tempo!

Meu Deus!

— Eles eram homens normais, pescadores... um deles era contador.

Um dos amantes dele era consultor financeiro? Veja só, o mundo é mesmo cheio de cores. Eu engoli seco e mandei meu último trunfo:

— Mas... e a Maria?

Joshua percebeu meu nervosismo e perguntou:

— Você acha que eu vivi um amor carnal com esses homens?

— Não, não, não... – neguei. Mas era impossível mentir pra esse homem – não, não, não... sim! – confessei.

Joshua gargalhou. Todo o telhado tremia. Mas dessa vez eu não achei a gargalhada tão linda assim.

Então escutamos um grito vindo lá de baixo de uma criança. O Joshua parou de rir e nós escutamos:

— Precisamos deitá-la no chão – ouvimos a Svetlana dizer na escada. Era possível perceber a preocupação na voz dela. Joshua e eu descemos rapidamente e vimos, no corredor, uma criança se debatendo no chão. Svetlana tentava segurá-la e meu pai estava ajudando. A menininha loira e com uma feição muito amigável estava tendo um ataque epilético. Ela tremia muito e uma espuma saía por sua boca.

— A Liliana está sentindo dores? – perguntou meu pai preocupado.

— O grito não é por causa da dor, é por causa da falta de ar súbita – explicou Svetlana tentando manter a calma como dava. – Essas crises não duram mais que dois minutos – ela continuou.

Meu pai assentiu e continuou segurando a criança com ela para que ela não se mordesse nem se machucasse. Joshua apareceu e se curvou sobre a criança que se debatia.

— O que você vai fazer? – perguntou Svetlana num tom agressivo. Era possível ver que essa mãe participaria até de um torneio de Kung Fu para proteger sua filha. E era bem capaz que ela ganhasse.

Joshua não disse nada. Ele colocou a mão sobre a garota. E ela, como num passe de mágica, parou de se debater. Ela abriu os olhos e sorriu como se nada tivesse acontecido.

E Joshua disse:

— A partir desse momento, essa menina está curada.

Svetlana e meu pai olhavam impressionados para a criança. E eu ainda mais impressionada para o Joshua.

18

Esse momento foi definitivamente um momento orgástico, embora "orgástico" aqui nada tenha a ver com filmes censurados para menores.

O papai, a Svetlana e eu estávamos muito confusos. A menina não. Ela limpou a saliva da boca com a manga do vestido, foi até o Joshua e perguntou alguma coisa em bielo-russo – se é que essa língua existia, a belga não, então devia ser algo como russo mesmo. E o Joshua respondeu naquela mesma língua dura e sem ritmo. Então os dois ficaram conversando, até que o Joshua sorriu e subiu a escada.

Eu olhei pra Svetlana e, pela primeira vez sem raiva na voz, perguntei o que eles tinham conversado.

— Primeiro a Liliana perguntou o que tinha acontecido com ela – respondeu Svetlana, que também estava muito confusa para criar qualquer rixa entre nós –, então ele disse que Deus a tinha curado, e a Liliana perguntou se Deus podia fazer qualquer coisa, e o homem confirmou que sim, que Deus pode tudo. Então a Liliana pediu um PlayStation portátil para Deus. E que eu encontrasse um homem bem mais jovem.

O papai parecia indignado. Nesse momento era difícil acreditar que ele poderia vir a gostar dessa menina.

— E o que o Joshua respondeu? – eu quis saber.

— Ele riu e explicou para Liliana que ela ainda tinha muito que aprender sobre Deus.

Eu perguntei pra Svetlana se alguma vez na vida ela já tinha visto sua filha se recuperar tão rapidamente, e ela me disse que nunca. E com "nunca" ela quis dizer: nunca na história da medicina. Isso não é um quadro comum da doença.

E eu não quis saber de mais nada. Corri atrás do Joshua e o encontrei no meu quarto. Ele estava subindo para o telhado, e eu perguntei:

— Você sabe falar... russo?

Eu também poderia ter perguntado: "Você faz milagres?", mas como eu não tinha certeza do que eu acabara de presenciar, deixei essa pergunta de lado. Além disso, eu estava morrendo de medo da resposta.

— Aquilo era bielo-russo — corrigiu Joshua.

— Tanto faz! – resmunguei. Responda a droga da pergunta!

— Eu sei falar todas as línguas que os homens falam.

Já estava claro que ele era incapaz de responder uma pergunta sem parecer ainda mais maluco.

— Prove!

— Se você insiste – ele riu e começou um pequeno sermão sobre "tenha fé em Deus", continuando em todas as línguas possíveis e imagináveis. Algumas eu não conhecia, outras pareciam inglês, espanhol ou aqueles sons que o garçom libanês balbucia na pizzaria da esquina. Outras línguas pareciam uma melodia, havia uma que parecia que alguém tinha caído de cabeça no chão, provavelmente era holandês.

Eu me senti dentro da Torre de Babel, mas sem ninguém dizer: isso é turco. Isso é suíço-alemão. Isso é suaíli.

Se aquilo fosse um truque, ele era muito bom e tinha passado anos treinando com os melhores professores. Depois dessa pequena apresentação, eu não tinha mais coragem de perguntar sobre o milagre. E meu medo da resposta era ainda maior.

— Você quer trabalhar comigo agora? – ofereceu; ele realmente queria passar o dia martelando comigo no telhado.

— Eu... eu não vou te ajudar muito! – eu tinha achado tudo muito estranho.

Mais tarde, fui até a casa paroquial decidida a fazer Gabriel me explicar o que estava acontecendo. Eu não ia permitir que ele ficasse com aquele papinho mole pra cima de mim, que me deixasse em uma saia justa como "opa-desculpa-achei-que-você-fosse-*gay*".

Mas Gabriel não estava lá. Saí da casa paroquial vazia e entrei na igreja. Ali dentro, fiquei aproveitando o frescor do ambiente. Do lado de fora estava muito, muito quente. Eu vi Jesus na cruz novamente e pensei: se o Joshua tiver mesmo passado por isso tudo, ele realmente tem um espírito muito propenso a amar os homens.

Pensei: *Meu Deus, estou começando a acreditar nessas bobagens sagradas*!

Então ouvi a voz de Gabriel vindo da cripta. Primeiro eu não entendia o que ele estava dizendo, então me aproximei e ouvi:

— Que maravilhoso...

Ah, não! Ele estava traçando minha mãe na cripta!

— ... Deus, que está no céu.

Ufa, era só uma oração.

Juntei minha coragem, desci as escadas até a caverna escura e úmida, na qual um jogador de basquete não poderia ficar de pé, e vi Gabriel ajoelhado, rezando. Ele notou que eu estava lá, mas prosseguiu com a sua oração. Ele esperava que eu me ajoelhasse ao lado dele? Mas e então? Eu não sabia nenhuma das orações oficiais da igreja, só os meus improvisados "Deus, por favor...".

Decidi me calar enquanto Gabriel terminava. Eu sempre achei esse gesto de se ajoelhar para rezar um pouco estranho. Por que Deus exige que os homens façam isso? Por que precisamos nos ajoelhar perante a ele? Por que nos subestimar tanto? O Todo-Poderoso precisava disso para melhorar sua autoconfiança?

Olha, isso ia dar uma sessão interessante de terapia: Bom Deus, deite-se no divã... e agora explique, por que é que você quer que todos se ajoelhem perante a você?

Enquanto eu imaginava como a terapeuta ia tentar perguntar para Deus sobre sua infância (seria um questionamento interessante: quem criou Deus? Ele mesmo? Como isso é possível?), Gabriel olhou pra mim e quis saber: "Por que você não se ajoelhou comigo?".

Eu expliquei pra ele que eu sofria de uma dislexia leve quando se tratava de textos de orações.

— Cada um pode falar com Deus como quiser.

Também expliquei sobre meus questionamentos sobre se ajoelhar.

— Deus tem outras preocupações maiores do que em qual posição os homens falam com ele, se é que eles falam.

— E que preocupações são essas?

— Talvez você descubra – respondeu Gabriel, mas, pelo seu tom de voz, não dava pra acreditar que isso iria acontecer. Eu preferi cortar o assunto e contar pra ele o que o Joshua tinha feito, de sua capacidade de falar todas as línguas e do seu poder para fazer milagres.

— O que era aquilo? – exigi uma explicação.

Gabriel fez silêncio por um momento e me lançou outra pergunta:

— O que você faria se eu te respondesse que o carpinteiro é mesmo Jesus?

— Eu diria que você está tentando me enganar – respondi irritada.

— Certo – riu Gabriel. – Então eu te digo: o carpinteiro é mesmo Jesus.

Meu rosto se franziu.

— Você já teve muitos sinais – continuou Gabriel. – O Joshua fala todas as línguas e curou milagrosamente alguém na sua frente. A única coisa que não te deixa acreditar é...

— O bom-senso! – completei.

— Não, sua falta de fé.

— Eu posso me enganar sozinha – retruquei.

— Eu notei no seu casamento.

Suas tentativas de fazer piada me irritavam até o último fio de cabelo.

— Vou te dar um conselho.

— Qual? – meu interesse pelos conselhos dele era menor que uma pulga anã.

— Encontre a fé – disse ele como que me advertindo – e rapidamente!

“Fé com pé”, pensei no pedalinho no lago de Malente. Eu não queria ir pra casa, o Joshua estava lá, e também a Svetlana com a sua filha, aquela mesma que achava meu pai velho demais. Eu não podia ir pra casa do Michi, porque depois do horário do expediente a locadora ficava cheia de clientes que não queria alugar uma comédia romântica e que, por isso, ia me olhar de forma muito estranha. E eu não conseguia falar com a Kata no celular – o que estava acontecendo? –, então aluguei um pedalinho do lago, coisa que eu não fazia desde que eu era adolescente. Naquela época, sempre que eu me sentia um lixo, eu ia dar uma volta no lago. Isso acontecia de dois em dois dias.

O lago era só meu, as férias já estavam acabando e os adolescentes deprimidos de hoje em dia faziam outra coisa que não andar de pedalinho pelo lago, como por exemplo, procurar na internet por manuais que ensinassem a montar bombas. Além disso, hoje estava muito abafado, parecia que ia cair uma tempestade. Mas meus pensamentos sobre “por quem é que eu fui me apaixonar?” não me deixaram perceber o tamanho da chuva que estava se armando. Nem mesmo quando as primeiras gotas começaram a cair. Eu estava muito confusa com o que Joshua tinha feito e com aquela conversa com Gabriel. Um trovão me acordou do meu delírio. Eu olhei pro céu e vi que ele estava carregado de nuvens negras. Um vento cortante bateu no meu rosto. Olhei para a margem e pensei: não custava nada essa margem estar mais perto.

Comecei a pedalar, eu tinha que sair do lago antes que os relâmpagos começassem. Os trovões se aproximavam, ao contrário da margem, que ainda estava bem distante. Eu poderia ter notado mais cedo que essa tempestade estava chegando. Merda de amor, deixa a gente com a cabeça nas nuvens!

E a chuva caiu toda de uma vez. Pingos grandes batiam em meu rosto. Em menos de três segundos, eu já estava completamente encharcada. Eu já tinha me esforçado tanto que estava sem fôlego, meus pulmões doíam e minhas pernas... É melhor eu nem dizer nada; não importava o quanto eu me esforçasse, eu não saía do lugar. E meu pedalinho ia sendo jogado pra trás pelas ondas provocadas pelo vento. O trovão seguinte quase me deixou surda, e eu comecei a tremer de medo. Ficou claro que eu não conseguiria chegar até a margem. Tomara que nenhum raio caia no lago.

Com medo, pensei em rezar. Por alguns segundos, ponderei se eu não deveria me ajoelhar, já que isso era motivo de tanta felicidade para o Senhor. Mas era impossível ajoelhar nesses pedalinhos. Então eu deixei essa ideia de lado e optei por simplesmente juntar as mãos. Antes que eu pudesse começar com a minha oração, um raio caiu do outro lado do lago. Ouvi um estrondo. De repente eu não via mais nada. As ondas provocadas pelo estrondo fizeram meu pedalinho virar. Caí na água. E fui afundando.

Eu senti pânico e muito medo de morrer. Mas eu tentei me acalmar: eu sei nadar, não muito bem – meu professor no colégio sempre dizia "Você tem outros talentos!" (sem que nenhum de nós tivesse a mais vaga ideia de que talento seria esse) –, mas para chegar até a superfície deve dar. Se eu conseguisse chegar à superfície antes de ficar completamente sem ar e me agarrasse ao pedalinho, eu teria uma chance de sobreviver a isso tudo. Com todas as minhas forças, comecei a nadar para cima, a superfície estava próxima e, de repente, comecei a sentir câimbra nas pernas. Eu gritei, o que foi uma péssima ideia. Uma quantidade enorme de água entrou nos meus pulmões, e eles doíam tanto que eu achei que fossem explodir. O ar saía da minha boca, e as bolhas subiam até a superfície enquanto eu afundava mais e mais e ficava cada vez mais desesperada de ver as bolhinhas subindo. Tentei continuar nadando, mas eu não tinha forças suficientes para, com pulmões explodindo e uma perna imobilizada por uma câimbra, chegar até a superfície. De repente eu me dei conta: eu vou morrer.

Eu não podia mais lutar contra o meu destino, então parei de me debater. Dor e pânico consumiam meu corpo e minha alma, mas agora eu os percebia apenas como um eco distante.

Eu me perguntei se eu iria para o Céu. Ou para o Inferno. Na verdade, eu não tinha feito nada de mau na minha vida, além de abandonar o Sven no altar. Mas isso já havia sido mau o suficiente. Eu me senti muito culpada por ter feito aquilo com ele. Mas o que foi que eu fiz de bom na minha vida?

É... o que foi que eu fiz de bom na minha vida? Não pensei em nada extraordinário, eu não tinha sido voluntária, nem tinha participado do Médicos sem Fronteiras e, pessoalmente, eu não era um ser humano digno de nota. Eu não acredito que Pedro, nas portas do céu, faria muita festa: "Muito bem-vinda, Marie! Você fez um belo trabalho doando todas as suas moedas para os mendigos com suas canequinhas na calçada".

Mais algumas bolhas de ar saíram da minha boca. Perdi a consciência e tudo escureceu. Meus pés tocavam o fundo do lago. E eu fechei meus olhos para sempre. Eu estava a um passo de descobrir se essa bobagem de Céu e Inferno existia mesmo.

E de repente alguém segurou minha mão.

E eu fui puxada até a superfície. Finalmente consegui respirar. E meus pulmões doíam ainda mais que antes. A água do lago, ainda revolto, pingava em meu rosto. E de cima ainda vinham mais gotas de chuva. Eu ouvi um trovão muito alto. Muitos raios explodiam no céu, ofuscando minha visão. E, no meio desse Inferno, eu vi quem estava segurando minha mão:

Joshua.

E ele estava caminhando sobre as águas.

19

Ele caminhou sobre o lago comigo nos braços.

Sim, ele realmente caminhou sobre o lago comigo nos braços. E eu pensei comigo: *Ele está caminhando sobre o lago comigo nos braços.*

Claro que nessa situação eu poderia ter pensado muitas outras coisas: o Joshua me tirou do fundo do lago. Ele salvou minha vida. E sobretudo: Macacos me mordam! Ele é mesmo Jesus!

Mas meu cérebro não conseguiu ir além de: ele está caminhando sobre o lago comigo nos braços. Eu pensava sobre isso como um computador que não consegue inicializar um programa. Não havia condições de meu cérebro processar informações como "Macacos me mordam! Ele é mesmo Jesus!".

E quando eu recobrei o mínimo das minhas funções cerebrais, comecei a pensar: nunca um homem conseguiu me carregar. Quando o Sven, numa tentativa de romantismo, tentou me carregar, ele quase foi recompensado com uma hérnia de disco.

A chuva e o vento continuavam a bater no meu rosto até que Joshua ordenou ao Céu e às águas:

— Basta! Acalmem-se!

O ventou parou e uma quietude se instalou. É, o homem nunca precisaria comprar uma capa de chuva ou uma sombrinha.

Quando Joshua e eu conseguimos chegar até a margem, havia apenas algumas nuvens do crepúsculo. Ele me colocou em um banco. Eu estava encharcada até meu último fio de cabelo, ao contrário do Joshua, e tremia de frio como nunca antes na minha vida. E meus pulmões ainda pareciam que iam explodir. Joshua explicou calmamente:

— Eu posso tirar sua dor.

Ele queria encostar em mim como encostou na filha de Svetlana, mas eu gritei:

— Nãããããããão!

Eu não queria que ele encostasse em mim. Aquilo já era muito. Era demais!

E o Joshua parou. Se ele ficou irritado com meu ataque histérico, ele não deixou ninguém notar.

— Mas – prosseguiu Joshua – você está congelando. E tentou encostar em mim novamente.

— Não encoste em mim! – rosnei. Eu tinha muito medo dele, uma reação natural ao sobrenatural.

— Você tem medo de mim?

Sabichão.

— Não tenha medo – disse ele com uma voz apaziguadora. Mas não foi o suficiente para apaziguar meu pânico.

— NÃO ENCOSTE EM MIM!

Ele assentiu:

— Como você quiser.

— Suma daqui! – gritei com minhas últimas forças e comecei a tossir.

Joshua olhou pra mim com preocupação. Isso significava alguma coisa pra ele ou ele se preocupava dessa forma com todos os afogados que salvava?

— Com "suma daqui", eu quero dizer "vá ver se eu estou na esquina" – resmunguei em pânico e tossindo.

— Como você quiser – ele repetiu com um tom de voz respeitoso e se foi. Ele me deixou no banco encharcada e tossindo, porque eu queria assim.

E eu o perdi de vista. A chuva tinha, graças às ordens dele, parado e eu tremia mais que antes. A tosse era quase insuportável. De alguma maneira, eu tinha que chegar em casa, caso contrário eu morreria de pneumonia ali mesmo no banco. Ainda sem força, tentei me levantar. Com certeza, eu conseguiria chegar em casa. Era logo ali na esquina. Levantei, dei meio passo e cai desacordada.

20

"Pi, pi, pi", ouvi enquanto acordava. Eu estava em uma cama no hospital. Do meu lado, havia uma máquina conectada a mim que fazia "pi, pi, pi". Mas por que era tão alto? Ninguém respeita o descanso dos doentes por aqui? Que papo é esse de incomodar a gente com esses pi, pi, pi? Eu olhei ao meu redor. Eu estava vestindo uma daquelas roupas de doente, alguém tinha tirado minha roupa molhada e me vestido novamente. Já estava escuro do lado de fora, e eu pensei se deveria chamar a enfermeira do turno da noite.

"Pi, pi, pi", meti a mão na máquina e ela finalmente parou de me incomodar. E agora eu começava a pensar nas coisas que eu havia refletido no lago. O Joshua me tirou do fundo do lago. Ele salvou minha vida. E sobretudo: Macacos me mordam! Ele é mesmo Jesus!

E mais alguns outros pensamentos vieram: ah, meu Deus! Eu queria morder a bunda de Jesus!

Respirei fundo e tentei me acalmar. Talvez eu tivesse delirado com tudo isso. Talvez eu tivesse me ferido embaixo d'água e sofrido algumas alucinações. Não foi o Joshua que me salvou, fui eu mesma. Não tenho ideia como. Mas de algum jeito. Mas como eu poderia ter escapado dessa? Eu não teria tido nunca condições de chegar até a margem. E qual era a alternativa? Se eu não tivesse alucinado, Joshua era mesmo Jesus. E se isso fosse verdade, eu poderia estar muito feliz de não ter me afogado, caso contrário eu teria ido direto para as portas do Inferno, já que eu convidei Jesus para ir até o meu quarto e queria fazer amor com ele.

Claro, muito provavelmente eu teria tomado um fora dele.

Mas eu tenho certeza de que havia pontos negativos para essa atitude nas portas do Céu.

E, ainda por cima, eu mandei ele ir ver se eu estava na esquina.

Ai, ai, ai! Se houvesse mesmo vida após a morte, eu estava perdida.

Então a porta se abriu. Por um breve momento, achei que o Joshua fosse entrar no quarto. Mas ele passaria pela porta sem abri-la. E quem entrou foi o Sven. Eu estava no hospital em que ele trabalhava, e ele cumpria o turno da noite. Foi ele quem me trocou? Isso não me deixava nem um pouco feliz.

E o Sven me olhou com compaixão:

— Tudo bem?

Não! Nada estava bem! Ou eu estava maluca, ou eu tinha visto Jesus e iria ficar maluca, tive vontade de gritar. Mas eu apenas assenti.

O Sven veio até a minha cama e disse:

— Alguém que estava passando te encontrou toda molhada na margem do lago. O que aconteceu?

Eu expliquei pra ele o que tinha acontecido com o pedalinho. E só isso. Ele riu e cantou uma música sobre pedalinhos que eu considerei bastante idiota para o momento.

— Essa música caiu no esquecimento e não foi à toa.

O Sven segurou minha mão.

— Eu estou com você. Até cuidei para que tivesse um quarto só pra você aqui.

Ele segurar minha mão me parecia algo muito falso. Senti que o único que deveria segurá-la era o Joshua.

Eu a puxei da mão do Sven e pedi para que ele não encostasse mais em mim. Ele ficou chocado. Parece que ele esperava que eu voltasse pra ele por conta da minha fraqueza. Agora ele não tinha mais esperanças, com um olhar magoado ele me avisou com um tom de voz profissional:

— Ok, é hora da injeção.

— Injeção? – perguntei em pânico.

— Eu preciso te dar uma injeção. Nas nádegas. Ordens do médico – ele pegou a seringa que estava na mesa ao lado da cama.

Eu engoli seco, injeções não são a coisa mais legal do mundo, ainda mais quando são aplicadas no traseiro pelo seu ex.

A contragosto, me virei na cama. Se só o aperto de mão do Sven já parecia artificial, isso aqui era completamente inaceitável. Eu fechei os olhos com força, e a coisa ficou ainda mais desconfortável, já que o Sven teve que dar a injeção em um músculo tenso.

— Ai! – gritei.

— Oh, desculpe! Essa foi quase – disse ele com um olhar inofensivo. Precisamos tentar mais uma vez!

E outra vez ele enfiou a agulha no meu músculo.

— Aaaaaiiii! – gritei.

— Oh, de novo. Quase. Como eu sou desajeitado! – disse Sven.

Eu olhei no rosto dele e percebi:

— O médico não mandou injeção nenhuma, não é mesmo?

E ele parou de se esforçar para parecer inofensivo.

— Se eu enfiar essa agulha mais duas vezes, vamos ter um sorriso no bumbum – e enfiou a agulha mais uma vez.

— AAAAAAAAAIIII!

Eu dei um pulo, subi as calças e gritei:

— Você é doente!

Então corri pra porta, mas o Sven me impediu.

— Ainda não terminamos. O médico também pediu para eu te dar um laxante.

Era uma situação amedrontadora. Eu ter deixado ele no altar parecia ter despertado nele um lado sombrio. Mas eu me lembrei do conselho da minha irmã para sair de situações como essa: não há problema que não possa ser resolvido com um chute no saco.

O Sven deu um grito e eu sai correndo do hospital pelas ruas ainda molhadas, e só parei quando eu não conseguia mais correr. O Sven não me perseguiu. Provavelmente ele continuava lá uivando como um coiote.

Eu corri com a roupa do hospital pela noite de Malente. Eu já tinha perdido a sensação dos meus pés, agora descalços, por causa do frio. Quando eu finalmente cheguei à casa do meu pai, eu não tinha outra escolha a não ser tocar a campainha. Graças a Deus quem abriu a porta não foi meu pai, e sim a Kata. Ela me olhou espantada e eu disse baixo:

— Nem pergunte!

Ela respondeu:

— Certo, não pergunto! – e perguntou. – O que aconteceu?

Eu contei do pedalinho e do Sven, mas não abri a boca para contar do Joshua andando sobre as águas. Eu quis evitar que minha irmã me mandasse para o sanatório.

Kata me acompanhou até o banheiro. Foi meu primeiro banho para tirar o cheiro do lago. Ela me contou que o papai, a Svetlana e a filha já estavam dormindo. Eu mesma não queria dormir. Meu estado de espírito estava entre o Céu (Joshua) e o Inferno (Sven). Eu tomei banho, me vesti e fui até o quarto de Kata. Ela tinha acabado de desenhar uma nova tirinha.

Era uma tirinha curiosa. Normalmente a pequena Kata não era tão auto-complacente nas tirinhas. Deus só aparecia nas tirinhas dela quando ela estava muito frustrada com o andamento das coisas do mundo. Eu percebi que algo a estava incomodando.

— Você foi ao médico? – perguntei preocupada.

— Fui.

— E?

— Preciso esperar o resultado dos exames – respondeu se esforçando para parecer tranquila.

— Há alguma possibilidade?

— Exames de rotina, sem motivo para preocupação – explicou calmamente.

Eu não sabia se eu poderia acreditar nela. Minha irmã sabia como mentir, especialmente sobre os próprios medos dela. Mas eu sabia que não adiantava pressioná-la. Então comecei a procurar indícios de que realmente não havia motivos para eu me preocupar. Em cima da mesa, havia outra tirinha que ela tinha desenhado no mesmo dia:

Era uma tirinha muito mais alegre que a outra. Ela não tinha mesmo nenhum sentimento de fim do mundo. Isso significava que: de fato não havia razão para eu me preocupar.

Se eu não estivesse tão atordoada com a história do Joshua andando sobre as águas, eu teria percebido que era um pouco estranho a Kata estar desenhando tirinhas para a temporada de Natal com tanta antecedência.

E eu teria percebido que ela estava desenhando tirinhas em que sua existência era negada por velhinhos simpáticos de barba branca. Era uma das interpretações possíveis para tirinha do Papai Noel. A outra era que bem lá no fundo a Kata gostaria de ser perdoada por seus pecados por um senhorzinho de barba branca.

21

Enquanto isso

Gabriel estava de vigília na cozinha da casa paroquial esperando a volta de Jesus. Sua amada tinha um compromisso em Hamburgo e por isso eles não poderiam se encontrar essa noite. Deus, como ele sentia falta de Sílvia, mesmo estando longe dela por apenas algumas horas. Em momentos de dor como esse, Gabriel se convencia de que essa coisa de amor tinha mais desvantagens que vantagens propriamente ditas. E que Deus, quando criou o amor, dadas todas as suas vicissitudes, deveria estar passando por uma fase bem ruim.

Claro, o Todo-Poderoso não tinha fases ruins, ele, como ex-anjo, bem sabia disso, mas não havia outra forma de explicar aquela ausência que ele estava sentindo. Qual seria o sentido daquilo?

Aquilo era como uma queimação no estômago. O segredo divino por trás daquilo nem ele conhecia.

E finalmente Jesus chegou. Ele parecia imerso em seus pensamentos.

— O que te incomoda, Senhor? – perguntou Gabriel.

— O que você sabe sobre a Marie? – perguntou.

Ah, não!, *pensou Gabriel,* o Messias ainda está se ocupando com essa mulher?

— Perdão, Senhor – ele respondeu –, Marie é o que chamamos aqui na Terra, de uma maneira bem profana, de medíocre.

— Ela não me pareceu nada medíocre. Ao contrário, eu vejo nela alguma coisa muito especial.

— Especial? – a voz de Gabriel falhou um pouco – Estamos falando da mesma Marie?

— Ela me fez rir – interrompeu Jesus.

— Por quê? Ela meteu a cara numa porta de vidro? – perguntou Gabriel e ficou chocado com sua própria pergunta. Ele percebeu que um ódio sutil por Marie tomava conta dele. O Messias não podia deixá-la em paz?

— Não, ela não meteu a cara numa porta. De onde você tirou isso? – perguntou Jesus, e Gabriel se alegrou por ironia não ser algo que fazia parte do mundo do Messias.

— Ela tem pouca fé? – quis saber Jesus.

— Pouca? – Gabriel suspirou. E continuou – A fé dela é tão pequena quanto a força de Golias era grande.

Jesus parecia pensativo.

— Você está pensando em tentar convertê-la? – perguntou Gabriel preocupado. – Você não tem tempo pra isso, pense em sua tarefa.

— Eu só quero saber mais sobre ela – respondeu Jesus entrando em seu quarto.

Gabriel ficou olhando para a porta fechada e pensou: Será que Jesus está sentindo algo por Marie? *Então Gabriel riu de si mesmo. Era um pensamento completamente descabido. Jesus até poderia sentir essas coisas. Mas a Marie estava longe de ser uma Maria Madalena. Ela não se parecia nem com a Salomé, no máximo com a esposa de Ló. Provavelmente Jesus só queria salvar mais uma ovelha.*

22

Depois de tudo que eu passei, pensei, *não vou conseguir pregar os olhos essa noite*. Por outro lado, eu quase me afoguei e fugi descalça do Sven pelas ruas desertas de Malente. Meu espírito estava atordoado, mas meu corpo desejava entrar em coma. Eu adormeci em tempo recorde e tive um sonho estranho: eu estava no altar, o Gabriel me fazia a pergunta do "Você aceita?", mas ao meu lado não estava o louco do Sven, e sim Joshua. A cruz na parede atrás dele estava vazia, parece que Jesus tinha saltado da cruz direto para dentro de um terno feito especialmente para o casamento.

Eu respondi ao Gabriel com todo meu coração: "Sim, aceito".

Joshua se aproximou de mim para me beijar. Suas mãos seguravam meu rosto com delicadeza. Era simplesmente maravilhoso sentir as mãos dele me tocando. Meu coração batia acelerado. Seus lábios se aproximavam. Eu tremia de felicidade. Sua barba tocou meu rosto e me deixou elétrica. Ele ia me beijar... e eu queria tanto... seus lábios tocaram os meus... e eu acordei gritando.

Quando eu finalmente parei de gritar, percebi: meu subconsciente quer se casar com Joshua.

Por que é que o idiota do meu subconsciente não pode simplesmente se conformar com a minha própria vida?

Eu olhei no relógio: 8:56 horas. Já era assim tão tarde? Em quatro minutos, Joshua estaria batendo à porta – ele sempre vinha às nove para trabalhar no telhado. Eu não queria encontrar com ele. Eu tinha muito medo dele. Parte desse medo era aquele que as mulheres em filmes de terror sentiam quando aquele cara com um gosto especial por serras elétricas chegava perto delas. E a outra parte era medo dos meus próprios sentimentos.

Eu entrei em qualquer roupa e achei que eu pudesse pular etapas irrelevantes como tomar banho, pentear o cabelo, escovar os dentes e amarrar os sapatos. Quando eu estava saindo de casa, tropecei no cadarço e caí de cara no chão. Droga de cadarço.

A filha da Svetlana, que estava desenhando na rua com giz, viu meu tombo e começou a gargalhar descontroladamente. Eu me levantei, amarrei os cadarços e ainda precisei ouvir da pequena:

— Você parece uma louca com esses cabelos!

A mãe dela tinha ensinado alemão pra ela. Eu não era muito adepta dessa integração dos povos.

— O cabelo da minha mãe é mais bonito que o seu – disse a pequena com seu sotaque bielo-russo num tom de "na na na".

— Quantos anos você tem? – perguntei para a criança.

— Oito.

— Se você continuar falando assim, não vai fazer nove.

Ela se assustou e deixou o giz cair. Eu vi Joshua apontar na esquina. E corri como Forrest Gump depois de uma injeção de anabolizantes. E pedi para que Joshua não me flagrasse em fuga. Daí eu me toquei que, tratando-se do Joshua, era melhor eu não pedir nada para Deus.

Finalmente cheguei completamente sem fôlego ao lago e me sentei na ponta do píer. Quando consegui recuperar o ar, olhei para o sol refletido na água. Alguns turistas estavam ali andando de pedalinho.

A brisa leve tocou meu rosto. Tudo que tinha acontecido ontem me pareceu muito surreal. Como um sonho. Com certeza toda aquela cena de Jesus me salvando havia sido um delírio. Essa era a explicação mais lógica. E me deixava mais calma, mesmo trazendo consequências como ouvir alguém dizer: "Marie, os dois fortões ali vão te levar para a sessão de eletrochoque".

Nesse caso eu e o Joshua seríamos, nós dois, loucos. Ele, um louco que se achava Jesus, e eu, uma louca que via Jesus. Nós combinávamos. No futuro poderíamos ter um monte de bebês louquinhos...

Um momento! Eu não queria apenas casar com ele, eu queria ter filhos com ele!

Como eu queria com o Marc. Só faltava eu dar nome pras crianças. Eu estava muito mais apaixonada do que eu poderia imaginar.

Como eu nunca tinha estado em toda a minha vida.

Merda!

Mal eu percebi isso, ouvi aquela voz me chamar:

— Marie?

Joshua estava lá me olhando. Ele tinha me seguido.

— Que bom te ver! – ele sorriu.

— Grddlff – respondi.

— Você tem medo de mim – disse tranquilamente.

— Brdll.

— Foi por isso que você fugiu de mim.

— Frzzl.

— Não tema.

Ele disse essas palavras com tanta doçura que o medo no meu corpo desapareceu como num passe de mágica.

— Tenho uma pergunta pra você – disse Joshua.

— Pode perguntar – eu disse. Sem aquele medo estúpido, eu podia formar sílabas novamente.

— Você quer jantar comigo hoje à noite?

Eu não podia acreditar. Ele queria sair comigo!

— Isso significaria muito pra mim – completou.

Ele estava sendo sincero, eu senti. Isso significava mesmo algo pra ele.

E isso significava que: eu significava algo pra ele!

E ainda significava que: Hipihipiyeahyeahyeah!

Sorri um sorriso de orelha a orelha, e o Joshua se sentou ao meu lado. Bem perto. Minhas pernas ficaram bambas e eu sentia borboletas no meu estômago. Nossos pés estavam lado a lado na água. Poderia ter sido um lindo momento entre dois loucos. Mas, então, o Joshua disse algo que destruiu minha certeza de que estaríamos ali juntos e prontos para ir para o hospício: "O lago está bem mais calmo que ontem".

— Você também esteve no lago ontem? – perguntei.

— Eu te salvei do fundo do lago. Você já se esqueceu?

Então aquilo não tinha sido uma alucinação. Eu não tinha contado para ninguém do que havia acontecido. Como o Joshua poderia saber os detalhes de tudo que se passou?

— Então... você é mesmo Jesus! – eu disse com a voz embargada.

— Sim, sou eu!

— Oh! – eu não sabia mais o que dizer. Nenhum "Estou diante do filho de Deus". Nenhum "Ele retornou à Terra". Nenhum "É um milagre!". Apenas um monossilábico "Oh!". Todo meu ser materializado em um simples e humilde "Oh!".

— Tudo bem com você? – perguntou Jesus.

— Oh!

— Marie, está tudo bem? – agora ele soava um pouco preocupado.

Eu não estava nada bem. Alguém como eu não ganharia absolutamente nada na presença de Jesus.

— Por que – perguntei seca –, por que você quer jantar comigo?

— Porque você é um ser humano muito agradável.

— Um ser humano agradável?

— Isso mesmo.

Eu já tinha ouvido elogios melhores. Milhares deles. E com certeza eles já existiam bem antes das Fontes da Palestina. Mas por que eu queria elogios de Jesus? Até mesmo essa vontade era absurda. Ridícula. Patética.

Eu olhei para o lago, e a cada segundo que se passava ele ficava mais calmo. Sem ondas, sem tempestade, sem relâmpagos. Uma imagem perfeita para o momento em que eu descobri que estava sentada ao lado de Jesus.

— Você está quieta.

Bem observado, pensei.

— O que acontece?

— Eu... não acho certo que você esteja aqui comigo.

— E por que não?

— Eu não sou especial. Você deveria estar com o papa. Ou algo assim.

Talvez você também pudesse ir lá dar um susto no Dalai Lama, completei mentalmente.

— Você é tão especial quanto o papa – respondeu Jesus.

— Você fala isso pra todos. Você é Jesus. Você tem que achar que todos os homens são iguais. Mas acredite em mim, eu não sou especial para estar do seu lado.

— Você é especial.

Isso só mostrava que ele não tinha ideia de como eu era uma perdedora. Uma coisa é saber que eu não fiz nada de importante na vida. Outra completamente diferente é perceber isso na presença do filho do Homem.

— Eu tenho um pedido pra você – disse Jesus olhando fundo nos meus olhos.

— Qual?

— Vamos sair hoje à noite, como você sairia com qualquer outro homem.

— Mas você não é qualquer outro homem.

— Sou. Todos podem ser como eu, basta que queiram.

Ah, podem sim!, pensei comigo. Da próxima vez, eu também vou caminhar sobre as águas.

— Por que você faz tanta questão? – perguntei.

— Porque... porque... – ele não conseguia terminar a frase. Foi a primeira que o vi tão inseguro. Ele sentia algo por mim? Ele estava me convidando para um encontro?

Não, pensar nisso era uma blasfêmia. O filho de Deus não poderia se apaixonar por uma humana. E muito menos por mim.

Jesus gaguejou um pouco e, por fim, respondeu com a voz firme: "Estou curioso sobre com os homens vivem hoje em dia".

Então era isso. Ele precisava de um guia de viagens. Eu assenti com a cabeça. E ele ficou genuinamente satisfeito com isso.

Joshua voltou para nossa casa a fim de terminar de arrumar o telhado. E eu fiquei olhando para o lago em estado de choque. Eu acabara de aceitar o convite para um encontro com Jesus. A escala de "quão maluca minha vida pode ser" tinha alcançado um novo patamar.

Mas se o filho de Deus quer que os homens mostrem para ele como o mundo é, o que eu poderia fazer? Desculpe, mas é que hoje preciso ir fazer as unhas?

Eu fiquei sentada lá mais um tempo tentando processar tudo o que havia acontecido. Os pensamentos sobre um ser humano ridículo como eu apaixonado por Jesus estavam bem no topo da minha lista de processamento. Mas era bem fácil processá-los: saber que agora eu compartilhava um mundo com Jesus anestesiou todos os meus sentimentos. Eu não sentia absolutamente mais nada por ele. Graças a Deus.

Em vez disso, eu ficava pensando o que poderíamos fazer hoje à noite. O que um ser humano poderia compartilhar com Jesus? Então percebi que eu não fazia a mais vaga ideia. E percebi também que eu fazia ainda menos ideia de quem ele era.

Para mudar isso, fui até a livraria mais bonita de Malente e pedi uma Bíblia. A vendedora perguntou:

— Qual edição?

Pra falar a verdade, eu não tinha ideia do que ela estava falando. Havia diversos tipos de Bíblia? E se sim, pra quê? Havia versões *remix*?

— A edição padrão – respondi fingindo que eu sabia do que ela estava falando.

E a vendedora me vendeu uma Bíblia.

Eu me sentei em um café e, tomando um café com leite, folheei a Bíblia e percebi que as passagens, assim como nas aulas de crisma, me deixavam profundamente entediada, mesmo agora que eu tinha um interesse especial pelo assunto. Então decidi utilizar um meio que me fosse menos estranho. Fui até a locadora de Michi e toquei a campainha. Ele abriu a porta pra mim ainda de pijama e com a barba por fazer. E ele vestia uma camiseta com uma frase do Yoda, que caía como uma luva para a minha situação atual: "Esquecer você deve, o que até aqui aprendeu".

— O que você quer? – ele bocejou e tirou a remela dos olhos.

— Eu... queria te ver! – respondi.

— De madrugada?

— São onze horas!

— Foi o que eu disse, madrugada.

— Eu queria ver uns filmes.

— Quais filmes? – perguntou Michi.

Respondi acanhada:

— Sobre Jesus...

— Esse Joshua realmente está te deixando maluca – constatou Michi preocupado, com um tom que, eu percebi, tinha um pouco de ciúmes.

— Não, não – tentei disfarçar. Mas depois de tudo que eu tinha passado nos últimos dias, eu sabia que não ia colar.

— Posso te garantir uma coisa – expliquei –, não sinto mais nada por ele.

Pelo menos isso era verdade.

E o Michi não escondeu sua felicidade ao ouvir isso. Ele entrou comigo na locadora e começou a passar um café.

Michi me mostrou uma pequena retrospectiva da vida de Jesus na tevê de tela plana da locadora. Primeiro assistimos a *A Paixão de Cristo*, a obra de Mel Gibson sobre a crucificação de Jesus.

— O que eles estão resmungando ali? – perguntei sem entender o que os atores diziam.

— Mel Gibson rodou o filme em aramaico e em latim – disse Michi, e eu logo pensei comigo que o Mel Gibson bem que podia ter gravado o filme em código morse que daria na mesma.

A Paixão de Cristo foi uma carnificina sem precedentes. Especialmente para os fãs da Bíblia. E os judeus do filme foram retratados como na tradicional máquina de propaganda do Goebbels. A crucificação de Jesus foi tão brutal naquele filme que eu até me alegrei por não ter comido nada. Eu não conseguia entender como aquele homem que estava sentado comigo mais cedo no lago tinha passado por aquilo tudo. E pior, como ele quis passar por aquilo tudo.

Para rebater a carnificina, o Michi me mostrou o fim do musical dos anos 1970, *Jesus Cristo Superstar*. Após alguns minutos, eu já estava sentindo falta do filme do Mel Gibson. Nesse havia uma coisa ainda mais horrível: Jesus cantando *hits* das paradas de sucesso!

O ator que fazia Jesus sorria como o Oscarito. E essa cena só foi superada pelo ator negro que representava Judas e dançava loucamente com uma roupa branca da época da discoteca.

Depois de 15 minutos, desligamos o filme e fomos assistir a *A última tentação de Cristo*, do Martin Scorcese. O filme me agradou muito mais que os outros dois. Nele, Jesus era um homem de verdade. Tudo bem, ele era meio neurótico. Mas um homem. E quem não seria neurótico com uma figura paterna tão dominadora?

Foi realmente tocante que ele, na cruz, ainda tivesse tido a oportunidade de se casar com Maria Madalena e se tornar um mero mortal. Dava vontade de gritar: "Vai, casa logo!".

Percebi que a Maria sobre a qual Jesus falara em nosso primeiro encontro haveria de ser a própria Maria Madalena. Eu quis que o Bíblia-maníaco, Michi, me explicasse quem era ela. Meretriz? Esposa? Amada? Dançarina *Boogie Woogie*?

Michi disse que a Bíblia não trazia explicações muito consistentes sobre Maria Madalena, se ela era uma mulher da vida ou a companheira de Jesus, e tampouco indícios de que ela sairía dançando embaixo de um globo de luz.

Mas havia indícios de que os dois haviam se beijado. O texto não estava na Bíblia, mas em outro antigo texto do segundo século depois de Cristo, o chamado Evangelho de Maria Madalena.

Se fosse verdade o que estava escrito ali, pensei, Jesus poderia se apaixonar por uma mortal.

E talvez isso pudesse acontecer hoje...

Eu parei de fantasiar com essa ideia. Era um caminho muito perigoso para alguém como eu...

23

Enquanto isso

— Você vai sair com a Marie de novo? – Gabriel não podia acreditar nas palavras que saíram da boca de Jesus. O Messias estava sentado à mesa da cozinha da casa paroquial e bebia café, uma das coisas do mundo moderno que, segundo ele, ele gostava mais. Como pizza.

— Você ouviu certo, vou sair com a Marie essa noite – respondeu Jesus com calma bebendo mais um gole de café.

— E por quê? – perguntou Gabriel frustrado.

— Porque eu acho que posso aprender muito sobre os homens com a Marie. Como eles vivem, como eles se sentem e no que eles acreditam.

— Você pode aprender isso com outros seres humanos – atacou Gabriel. Ele pensou em algumas carolas da igreja, muito mais apropriadas que a Marie para passar a noite com Jesus. Ele até pensou em alguns ateus que seriam melhores que essa mulher, de quem ele gostava tão pouco, mesmo ela sendo a filha de sua amada Sílvia.

— Eu não vou cancelar um encontro que já está marcado – Jesus foi incisivo. – Além disso, sair com a Marie me deixa muito feliz.

Quando ele disse isso, a queimação de Gabriel voltou.

— Mas você não precisa se preparar para sua tarefa? – perguntou Gabriel na esperança de fazer Jesus desistir do encontro.

— Você não precisa me ensinar nada – interrompeu Jesus.

Gabriel fez silêncio, ninguém podia ensinar nada para o Messias. Ele sabia disso.

— Você que deveria estar se preparando para a batalha final – advertiu Jesus.

— Eu... estou fazendo isso – gaguejou Gabriel na defensiva.

— Não, você está se divertindo com aquela mulher – havia um quê de reprovação na voz de Jesus.

Gabriel ficou vermelho. Era verdade que ele tinha passado a maior parte do tempo dos últimos dias com seu grande amor na cama. Será que Jesus tinha ouvido os dois? Sílvia não era uma pessoa discreta, o que, apesar de irritante, era muito sensual, e Gabriel mesmo perdia o controle de sua própria voz durante esses encontros.

— Eu... ahn... estou tentando convertê-la – gaguejou Gabriel. E não era de todo mentira. Ele nunca poderia mentir para o Messias. Mas Sílvia não se deixava converter. Ela não deixava a Bíblia ditar como ela viveria sua vida.

— O que é lingerie? – perguntou Jesus.

Gabriel teve um ataque de tosse.

— Eu ouvi por acaso essa mulher dizer que você adorava lingeries.

— Eh... é um prato francês – respondeu Gabriel. Parecia que ele podia, sim, mentir para o Messias.

— E o que é uma tanga? – perguntou Jesus.

— Tanga... é a gata dela! – respondeu Gabriel. Ele tinha se acostumado rapidamente a mentir para Jesus. Atônito.

O Messias se levantou da mesa e disse:
— Vou indo encontrar a Marie.

Gabriel não estava de acordo. Ele tinha medo que Marie fosse uma péssima influência pra ele. Se ela fosse versada nas artes da sedução como sua mãe, se isso estivesse no sangue das mulheres dessa família, então... os dois seriam abatidos... Deus, ele tinha enlouquecido de imaginar uma situação assim? Era um pensamento completamente descabido.

— Você não prefere jantar comigo hoje à noite? – perguntou Gabriel inseguro.

— Você não vai sair com a Sílvia? – perguntou Jesus.

— Podemos comer juntos – sugeriu Gabriel.

— Lingeries? – perguntou Jesus.

— Não! – respondeu Gabriel com um tom de voz derrotado.

— E por que não?

— Eh... lingerie dá queimação – esse negócio de mentir já tinha se tornado um hábito.

Jesus riu:
— E por que eu deveria ter medo de queimação?

Antes que Gabriel pudesse dar uma resposta plausível, a campainha tocou. Jesus abriu. Era Sílvia. Gabriel desejou do fundo de sua alma que Jesus não trouxesse à tona o assunto da lingerie e da tanga. Sílvia entrou e deu um beijo na bochecha do Gabriel. Na presença do filho de Deus, o ex-anjo ficou extremamente envergonhado.

— O que você tem? – perguntou Sílvia, que tinha notado sua insegurança.

— Nada, nada... – disfarçou Gabriel, e percebeu que ele não fazia mais nada além de mentir.

— Você tem alguma coisa contra o Joshua passar a noite conosco?

Sílvia olhou com os olhos de quem tinha tudo contra essa ideia.

Jesus explicou:
— Mas eu tenho outros planos para a noite.

Sílvia respirou aliviada, e Jesus completou:
— Mas eu gostaria de provar sua lingerie qualquer hora dessas.

E então, Sílvia assustada:
— Você quer vest...?

Gabriel a interrompeu com pressa:
— Não vamos falar sobre comida, eu estou com um pouco de dor de estômago.

Agora Sílvia não entendia mais nada.

Jesus se voltou pra ela e perguntou:
— E onde está sua pequena tanga?

Sílvia não podia acreditar.

— O Gabriel me contou sobre ela.

Gabriel se arrependeu do momento em que desejara se tornar um mortal.

— Ela é macia? – perguntou Jesus tentando ser delicado.

— Eh... – respondeu Sílvia –, com certeza há tangas macias, em algum lugar, mas...

Ela não conseguiu falar mais nada, Gabriel advertiu Jesus:

— Você vai se atrasar para seu compromisso.

Ele queria simplesmente pôr um fim nessa situação e não viu alternativa a não ser expulsar o Messias de casa. Nesse momento, ele não se importava mais se Jesus estava indo encontrar Marie.

Jesus assentiu:
— Você tem razão, meu querido amigo...

Ele se despediu e saiu. Gabriel respirou aliviado.

Sílvia olhou o Messias pela janela e perguntou ao Gabriel:
— Ele é gay?

Gabriel fechou os olhos. Aquilo era demais pra ele. Ele tinha feito o filho de Deus proferir palavras como "lingerie" e "tanga". E tinha contado um monte de mentiras.

E sobretudo: ele tinha permitido que Jesus saísse para se encontrar com Marie novamente!

24

O que é que se veste para um encontro com Jesus? Eu me fiz essa pergunta depois que saí do banho e escovei os dentes. Eu estava diante do meu armário e procurava uma roupa comportada e doce, que eu finalmente tinha encontrado. Uma blusa, um casaco para colocar por cima e uma calça preta larga. A última vez que eu pareci tão comportada foi quando eu fazia crisma. O primeiro problema eu já tinha resolvido. Mas agora faltava outro: o que é que eu ia fazer com Jesus?

Eu gostaria de ter conversado sobre esse assunto com a minha irmã, mas ela tinha deixado um bilhete dizendo que ia até o lago desenhar um pouco. E que eu não precisava me preocupar, os resultados dos exames tinham sido bons.

O que a Kata teria me dito? Com certeza algo do estilo: leve Jesus pra visitar uns pacientes com câncer e faça-o intervir, pelo amor de Deus.

Eu me perguntei se era possível fazer uma coisa dessas ou se Deus ficaria irritado com isso. E se, como existia um Jesus, haveria também um Inferno. E, caso eu tivesse algum plano de pegar no sono mais tarde, se eu deveria estar pensando sobre isso.

Então papai entrou no quarto e perguntou:

— Podemos conversar?

— Olha, eu já estou saindo – respondi esperando me livrar de uma conversa do tipo "a Svetlana não é quem você pensa que ela é".

— A Svetlana não é quem você pensa que ela é – disse papai.

Dei um suspiro e perguntei:

— Ah é? Ela é pior ainda?

Os olhos de papai ficaram tristes. É impressionante como os olhos de um senhor de idade podem ficar tristes.

— Ela ama muito a filha dela.

— Que legal! – respondi meio mordida. Como se isso mudasse alguma coisa.

— É assim tão difícil de acreditar que alguém pode me amar? – ele quis saber.

— Não, mas que aquele alguém te ame, sim – respondi com sinceridade.

Ele ficou em silêncio. Ele sabia que eu tinha razão. Então ele disse:

— Mas se ela me faz feliz, tanto faz se ela me ama ou não, certo?

Os apaixonados fazem umas perguntas difíceis de responder. Mas não muitas.

Eu queria abraçar o papai até que parte do cérebro dele, a parte que a Svetlana estava, saísse por suas orelhas. Em vez disso, passei a mão na bochecha enrugada dele. Mas ele afastou minha mão e disse com firmeza: se você não puder se entender com a Svetlana, você precisa sair dessa casa.

Ele se foi, e eu fiquei arrasada. Meu próprio pai está ameaçando me botar pra fora de casa.

Eu estava saindo e no caminho passei pela cozinha, onde estavam Svetlana "não a irrite" e sua filha brincando. A Svetlana parecia feliz, muito menos sofrida do que ela tinha sido até aqui. Como se tivessem tirado um peso de seus ombros. Ou porque agora ela estava na Alemanha com a filha dela e podia mexer na conta bancária do papai, ou porque a pequena estava curada da epilepsia. Muito provavelmente as duas coisas. Eu parei e me dei conta de que ontem tínhamos sido testemunhas, juntas, de um milagre. Senti um sentimento de plenitude. Talvez eu devesse contar para a Svetlana que a filha dela estava curada para sempre. Com certeza isso nos aproximaria. Poderíamos deixar todas as nossas brigas para trás. O milagre de Jesus teria nos deixado em paz para sempre...

Então olhei para a pequena, e ela mostrou a língua pra mim. Eu mostrei o dedo do meio pra ela e saí.

Jesus e eu combinamos de nos encontrar no lago, no mesmo lugar em que estávamos sentados mais cedo. Para a maioria das pessoas, esse encontro teria sido uma experiência de vida maravilhosa – certo, talvez o Osama Bin Laden não tivesse aproveitado tanto. Ele teria percebido que passou a última década escondido em uma caverna sem sistema de esgoto por absolutamente nada. Mas eu era só a Marie de Malente, o que eu teria pra conversar com ele? Eu estava me sentindo muito pressionada.

Quando me aproximei, Jesus estava lá aproveitando os últimos raios de sol. Era uma imagem tão linda que Michelangelo teria que repensar todo seu conceito artístico para a Capela Sistina. Jesus continuava com as mesmas roupas, que nunca estavam sujas – esse era o lado prático de ser o Messias. Hoje de manhã meus sentimentos estavam agitados como a bateria de uma escola de samba, mas agora todas as minhas células pareciam estar tímidas.

— Oi, Marie – Jesus me cumprimentou.

— Oi!

Pra mim era difícil dizer "Jesus", então eu disse um "oi" e fechei o primeiro botão da minha blusa. Meus sentimentos por ele ainda não tinham se recuperado do nocaute.

— O que vamos fazer? – perguntou.

— Vamos andar um pouco, vou te mostrar a cidade – sugeri.

— Que boa ideia! – sorriu Jesus.

É, dá pro gasto, pensei.

Eu levei Jesus até a outra igreja da nossa cidade. Aquela em que meus pais tinham se casado. A casa de Deus, pensei comigo, era muito apropriada para esse encontro. Com certeza melhor que ir dançar salsa.

— Você vem muito aqui? – quis saber Jesus quando entramos na pequena igreja.

O que eu deveria responder? A verdade? Ou eu deveria mentir? Mas mentir para Jesus não era uma boa ideia, especialmente se existisse mesmo um Inferno.

— De vez em quando – respondi. Uma resposta vaga me pareceu o mais adequado para a situação.

— E qual é sua oração preferida aqui na igreja? – perguntou curioso.

Ah, meu Deus! Eu não conhecia nenhuma oração. Pensei atordoada e respondi:

— "Senhor Jesus Cristo, abençoe esse jantar".

— Vocês comem na igreja? – ele perguntou impressionado.

Meu Deus, que vergonha! Eu decidi ficar calada antes que eu me colocasse em lençóis ainda piores. Caminhamos em silêncio até o altar. Jesus não conseguia ficar impassível diante dos crucifixos – com certeza eles traziam más lembranças –, mas ele parecia muito feliz na casa de Deus.

Mas pra mim era diferente. Eu sentia um mal-estar de estar ali. Como eu iria sobreviver a essa noite?

Jesus olhou os quadros nas paredes enquanto eu, em cólicas, olhava para o chão e percebi que ninguém o lavava há muitos anos.

De repente Jesus riu.

— O que foi? – perguntei curiosa, tirei os olhos do chão sujo e olhei pra ele.

— Minha mãe não tem essa cara. Ele mostrou um quadro de Maria em que ela tinha um clarão sobre sua cabeça. Maria na estrebaria com o menino Jesus nos braços.

— Ela tinha muito mais rugas – riu Jesus.

Não me impressiona, com tantos problemas na vida, pensei comigo.

— E a pela dela era negra.

É, a Igreja não gosta muito dos tipos do hemisfério sul.

— Foi muito difícil pra ela – continuou Jesus. – Muito difícil mesmo. Afinal, todos achavam que ela fosse desequilibrada.

Eu olhei para José, ao lado de Maria, e pensei que ele era o primeiro da lista a achar Maria desequilibrada. A mulher com quem ele nunca tinha dormido vira e diz: "Ei, José, seguinte, você não vai acreditar o que aconteceu comigo hoje!".

Jesus notou que eu estava olhando para José e explicou:

— Primeiro José quis terminar tudo sem fazer alarde, para que ninguém acusasse Maria de nada. Mas então um anjo apareceu pra ele nos sonhos e explicou quem é que estava ali no ventre de Maria. E então ele se casou com Maria.

Um homem que assumiu uma mulher grávida. Excepcional. Nem todo mundo faz isso hoje em dia.

— A partir daí ele me criou com muito amor como se eu fosse filho dele – continuou Jesus.

— E como é que se cria Jesus? – perguntei impressionada.

— Com rigor. O José me proibiu por muito tempo de abrir a porta.

— O que você aprontou?

— Com cinco anos, em um Shabat, eu transformei uma poça de lama em cinco passarinhos.

— E por que isso é tão ruim?

— Porque não podemos fazer isso no Shabat. E porque eu dei vida à lama.

É, ia ser difícil pra Maria e pro José explicarem isso pros vizinhos.

— Além disso, eu fiz o filho de Hanna secar como um galho de trigo.

— O quê? – perguntei assustada.

— Estávamos brincando em um córrego. Então, com o poder da minha mente, eu estava dividindo as águas em pequenas poças, e ele ficava me cutucando com esse galho. Então eu o amaldiçoei e ele secou.

Nossa! Não era de admirar que José o tivesse colocado de castigo. Quase nada autoritário. Com certeza, as mães de Nazaré sempre diziam para seus filhos: "Esse Jesus não pode vir brincar aqui em casa".

— Mas quando eu tinha seis anos, salvei a vida de uma criança. Meu amigo Zenon caiu do telhado e morreu, e eu o ressuscitei – e continuou –, eu tive medo de que me culpassem pela morte dele.

Parece que o altruísmo só apareceu mais tarde na vida de Jesus.

— Também briguei com um professor – agora ele estava embalado para me contar tudo –, esse homem não sabia ensinar. Eu disse isso pra ele e ele me xingou...

— Você também fez com que ele secasse? – perguntei com medo.

— Não, claro que não.

Respirei aliviada.

— Eu o fiz desmaiar.

Por que é que não contam essas histórias nas aulas de crisma? Isso aproximaria Jesus dos adolescentes.

Então Jesus olhou para a imagem de seus pais e disse:

— O rosto de José era bem mais sofrido... do sol e do trabalho árduo.

E eu observei Maria e José mais de perto. Na verdade, era a primeira vez que eu olhava a imagem de uma igreja com tanta atenção. Deveria ter sido muito difícil para os dois criar Jesus, mas como terá sido para o pequeno ser o próprio. Com cinco anos ele já notou que era diferente das outras crianças. E, depois, percebeu que o pai, com aquela cara sofrida, não era o pai dele de verdade.

Eu tinha pena do Menino Jesus.

E o homem Jesus percebeu e me perguntou um pouco nervoso:

— O que você tem, Marie?

— Nada, nada... deve ser sido difícil pra você ser criança. Tão sozinho. Sem amigos.

Jesus estava claramente surpreso por alguém ter compaixão por ele. Normalmente era ele quem demonstrava a compaixão pelos homens que assaltavam lojas de telefonia celular. Meu comentário o deixou um pouco desnorteado por um momento. Então ele se recompôs e disse:

— Eu tinha meus irmãos.

— Irmãos? Achei que Maria fosse virgem – soltei sem querer.

— Não é indelicado também na sociedade de vocês falar sobre a vida amorosa dos mais velhos? – reprimiu Jesus.

Eu achava que os mais velhos na nossa sociedade – especialmente minha mãe – falavam demais sobre sua vida amorosa, mas guardei esse pensamento pra mim.

— Desculpe – eu disse baixo.

— Meus irmãos vieram depois de mim.

— Ah... então depois a Maria... – eu consegui parar antes de dizer "fez sexo".

— Seu pensamento é muito lógico – disse Jesus, e eu pude ouvir um quê de zombaria na voz dele. Então ele contou que tinha irmãos e irmãs. Um deles, o Tiago, tinha sido salvo pelo Messias. Uma víbora o picou. O pequeno Jesus foi até ele e soprou a ferida. Tiago levantou curado e a víbora explodiu.

A víbora ex-plo-diu. Com certeza Jesus era o irmão mais velho mais legal do mundo.

— Por que não há nada sobre seus irmãos na Bíblia? – perguntei.

— Eles são citados, mas... – Jesus parou.

— Mas...?

— Eles não me acompanharam no meu caminho – explicou frustrado.

Jesus também perdeu seus irmãos para completar sua missão. E isso o deixava triste até hoje. Eu gostaria de ter pegado em sua mão para consolá-lo. Mas isso seria ridículo. Ele era o filho de Deus, não precisava de consolo. E muito menos consolo vindo de mim.

25

— Você passa muitas noites na igreja? – perguntou Jesus tentando reprimir novamente sua tristeza.

— Não, nem toda... – respondi, e, se você analisasse bem, isso não era uma mentira, "nem toda" podia também significar "nenhuma".

— Eu queria passar a noite com você fazendo as coisas que você faz normalmente – explicou Jesus.

Legal. Mas como é que eu passo minhas noites normalmente? Com certeza, Jesus não ia querer zapear os canais da TV comigo e se animar com aquelas perguntas que você responde por telefone: Qual é a capital da Alemanha? a) Berlim, b) Lufthansa.

E eu também não considerei uma boa ideia levá-lo até meu local favorito. Como é que eu ia explicar aquela sessão "proibida para menores de 18 anos" na locadora do Michi?

Então eu precisava pensar em algo mais inofensivo: por exemplo, tomar sorvete na melhor sorveteria do mundo. Ela fica bem ali na praça do centro de Malente. O dono até jogou um pouco de areia para parecer que estávamos na praia, o que significa que, vira e mexe, ele precisa brigar com o dono de algum cachorro.

— Isso aqui é a melhor invenção de nosso tempo – falei sobre a banana split que estava sendo servida.

— Isso não é do tempo de vocês – explicou Jesus que ainda precisava de algumas aulas sobre o tema ironia.

Então comemos em silêncio. Por um bom tempo. Fiquei um pouco desconfortável. Então tentei iniciar uma conversa de forma muito pouco encantadora.

— Então você mora com o Gabriel?

— Moro – ele respondeu lacônico, mas simpático.

— E seu quarto na casa dele é legal?

— É.

Eu precisava parar de fazer perguntas que pudessem ser respondidas só com sim ou não.

— E o que você acha de Malente? – perguntei.

— Acho legal.

Aaarghh! A conversa seguia o ciclo natural da vida, nascia e morria. E os silêncios ficavam cada vez mais longos. Cada minuto parecia interminável. Talvez eu devesse interromper o encontro ali mesmo, já que eu não tinha ideia do que alguém poderia conversar com o Messias. Mas então eu seria a primeira mulher no mundo a deixar Jesus sozinho e chupando o dedo. Ou será que não? Seria interessante saber se outra pessoa já tinha feito isso. Por exemplo, Maria Madalena. Mas isso não parecia um bom assunto para o momento.

— Certo – eu disse por fim –, você quer saber como eu vivo. Então me pergunte alguma coisa. Qualquer coisa. O que você quiser saber.

— De acordo – disse Jesus. – Você ainda é virgem?

Eu engasguei com um pedaço de banana.

— Como... como é que você chegou nessa pergunta? – tossi.

— Você não tem filhos.

— É verdade.

— E você já está velha.

Rá! Muito obrigada!

— Muito, muito velha.

Ele precisava de aulas de reforço sobre o tema *charme*.

Na Judeia, mulheres da sua idade já eram avós. Ou tinham lepra.

Quando ele disse "lepra", eu abandonei minha Banana Split. Como eu poderia explicar que eu não tinha filhos? Será que eu deveria contar do Marc e da minha vontade de atropelá-lo quando ele me traiu? Ou do Sven, que eu abandonei no altar? Ou do método da tabelinha que eu usava, que era 94% seguro, mas que eu preferia encarar como sendo 6% inseguro?

Não, eu tinha vergonha de contar isso tudo e não ficaria confortável. Muito provavelmente ele iria me julgar e me dizer que eu teria que derreter no fogo do Inferno. A única coisa boa era que as chances de esse encontro terminar imediatamente aumentariam astronomicamente.

Mas antes que eu pudesse dizer qualquer coisa, vi uns amigos do Sven se aproximarem. Com certeza, depois daquela história da igreja, eles não poderiam me falar nada de bom. E, além disso, Jesus ia descobrir por eles o que eu fiz com o pobre do Sven. E eu precisava evitar isso a qualquer custo.

— Vamos? – chamei Jesus.

— Por quê?

— Nada demais. Vamos?

— Mas eu ainda não terminei minha banana split.

Jesus falando banana split era um tanto quanto excêntrico.

— Mas a gente não come isso até o fim – respondi impaciente.

— Mas eu estou gostando muito!

— Dane-se a banana split – explodi.

Jesus me olhou espantado. Mas já era tarde demais. Os rapazes do time de futebol do Sven já tinham nos rodeado. Era quatro jogadores de futebol com trinta e poucos anos. Com as pernas tortas. E bafos de álcool que seriam suficientes para esterilizar instrumentos cirúrgicos.

O atacante, um tipo baixinho com a língua presa, começou: você partiu o coração do...

— Desculpem! – interrompi.

— Estamos atrapalhando seu encontro? – perguntou o meio de campo, aquele para o qual ninguém tinha contado que os *mullets* só continuavam na moda na Argentina.

— Você é uma vadia sem coração – completou o zagueiro, um homem alto que era chamado por seus companheiros de "não é um homem, não é um rato, é o número quatro!".

— Grrrr! – rugiu o goleiro concordando. Esse tinha tomado boladas demais na cabeça ao longo de sua vida.

Eu olhei para Jesus com medo de que ele me julgasse, todos aqueles sentimentos de culpa que eu tinha com relação ao Sven, que me ocorreram quando eu estava quase me afogando, voltaram a me incomodar.

Mas Jesus se levantou e disse, como na Bíblia:

— Quem nunca pecou que atire a primeira pedra.

— Você quer que a gente a apedreje? – o zagueiro perguntou irritado.

— Não seria uma má ideia – completou maliciosamente o atacante.

— Grrrr! – rugiu o goleiro concordando.

É, caro Jesus, os tempos mudaram. Os jogadores estavam tão bêbados que, pra eles começarem a me apedrejar, não custava nada. Provavelmente algumas pedras começariam a rolar no calor do momento, e eu ficaria um pouco desconfortável.

— Acho que devemos ir agora – eu disse para Jesus.

— Nós vamos saborear nossa banana split até o fim – disse e ficou impassível enquanto o goleiro já pegava uma pedra do chão.

— Desculpe, mas acho que não vamos chegar muito longe com esse seu papo de "ofereça a outra face".

— Não vou precisar oferecer nem a primeira – explicou Jesus se levantando.

Ah, meu Deus! Será que ele estava pensando em secar os jogadores?

Mas Jesus não fez isso, ao contrário, em silêncio ele escreveu alguma coisa com os dedos na areia. Eu não consegui identificar o que era, pareciam hieróglifos ilegíveis. Mas os jogadores ficaram olhando para a areia. Por um tempão. E saíram correndo assustados. Jesus soprou a areia, e o escrito sumiu.

— O que... o que você escreveu? – perguntei.

— Cada um lê na areia seu pior pecado – riu Jesus.

Parece que ele tinha lido alguns pensamentos.

Ai, meu Deus! Ele também sabia o que eu tinha feito com o Sven?

Jesus notou a culpa em minha expressão.

— Não tenha medo, Marie. Eu deixei todos os seus pecados com você. Só li os pensamentos daqueles homens. Foi por isso que você não conseguiu ler o que eu escrevi.

Ufa!

— O que é sadomasoquismo? – perguntou Jesus.

E eu me perguntei de qual dos jogadores era esse pecado. E como eu poderia responder essa pergunta sem ficar vermelha.

— O que significa "evasão fiscal"? E "mandar a mamãe para o chiqueiro do asilo"?

Eu não sabia qual das perguntas eu deveria responder primeiro e se eu poderia responder alguma delas. Então preferi explicar o que tinha acontecido com o Sven. Como eu sentia muito por não poder ter feito nada diferente, abandonando-o no altar, porque eu não o amava o suficiente e, então, parti seu coração. E o tamanho da culpa que eu carregava agora comigo por causa disso. Eu não conseguiria me perdoar pelo resto da minha vida.

— Você está me julgando? – perguntei temerosa.

— Não – respondeu. – E você sabe o que isso significa?

— Que eu também não deveria me julgar? – perguntei com uma ponta de esperança de que eu pudesse deixar minha consciência pesada pra lá.

— Ahn... – ele começou a buscar as palavras.

— Você quis dizer outra coisa? – perguntei insegura.

— Eu queria dizer só que você não deve fazer isso novamente.

— Ahá! – disse frustrada e completei: – Eu não tinha planos de deixar mais ninguém plantado no altar.

— Que bom! – comentou Jesus.

E depois de refletir por um tempo, ele disse:

— Mas que você possa se perdoar também é uma ideia bem boa.

— É? – eu estava surpresa.

— Eu deveria ter pensado nisso eu mesmo – explicou. – Você me ensinou alguma coisa.

E ele sorriu agradecido. Isso foi legal! Seu sorriso aqueceu meu coração. Bem como o fato de que eu já podia me perdoar pelo que tinha feito com o Sven.

26

— Você já impediu outro apedrejamento? – perguntei para Jesus enquanto ele voltava a se ocupar de sua banana split. Era a primeira vez na noite que eu conseguia ser eu mesma.

— Já. Foi com uma prostituta – explicou.

— Maria Madalena? – perguntei.

— Maria Madalena não era uma prostituta! – ele ficou um pouco exasperado.

Opa opa opa! Parecia que alguém ainda sentia algo pela ex. Se é que ela era uma ex.

— Maria Madalena era uma mulher normal – explicou Jesus agora um pouco mais calmo.

— E como você a conheceu? – perguntei.

— Ela e a irmã dela, Marta, me acolheram em sua casa. E ela lavou meus pés.

Maria Madalena era pedicure? Que bobagem! Certeza que isso não existia naquela época.

— E então enxugou meus pés com seus cabelos.

É... digno de nota.

— Daquele dia em diante, Maria Madalena foi minha seguidora – sorriu Jesus. E esse sorriso me fez sentir uma onda de ciúmes no corpo. Um sentimento bem bobo, quando o objeto dele é Jesus. E quando a imagem mental que tinha de Maria Madalena era aquela do *Jesus Cristo Superstar*.

Mesmo assim não consegui evitar os ciúmes. Parecia que meus sentimentos não estavam assim tão nocauteados quanto eu pensei que eles estivessem. Eu precisava saber se Maria Madalena tinha o seguido até a sua cama, mas como é que eu poderia perguntar isso sem parecer muito indelicada?

— Você dormia com seus seguidores... é... em cavernas apertadas... em que vocês precisavam aquecer uns aos outros?

Nada despretensioso.

Joshua balançou a cabeça negativamente.

— Maria Madalena e eu nunca dormimos juntos.

E como dizia minha irmã: Platão era um completo idiota.

— Maria me disse que... – começou a explicar e parou no meio da frase.

— O que ela disse? – perguntei.

Ele não quis responder.

Seus olhos voltaram a ficar muito tristes. Ele não abriu mão somente de sua família para cumprir sua missão. Ele também teve que abrir mão do amor. Aos diabos com tantas renúncias, se alguém me perguntasse minha opinião.

Jesus já tinha acabado de comer sua banana split, e suas mãos estavam sobre a mesa. E de novo eu quis pegar na mão dele para consolá-lo. Só que dessa vez eu não me segurei. Eu não me importava que ele fosse o filho de Deus, nesse momento ele era só um homem triste, a quem eu queria muito bem. Quem sabe bem demais? Minha mão se aproximou da dele. Ele percebeu e tirou sua mão da mesa em um movimento calmo. Ele não queria ser consolado. Não por mim.

Mas ele não poderia se consolar, e ele parecia ainda mais triste. Como eu não queria vê-lo assim, pensei qual seria a melhor forma de distraí-lo desses pensamentos. Ele queria saber como nós vivemos hoje em dia. Então talvez devêssemos ir ao lugar onde a vida em Malente acontece.

— Já sei o que é a próxima coisa que eu vou te mostrar – sorri.

— E o que é? – perguntou Jesus curioso.

— Salsa!

27

Eram quase onze horas quando entramos no último estabelecimento que ainda estava aberto em Malente a essa hora, o clube de salsa, que tinha o nome pouco original, típico de nossa cidade, de Tropical. O clube ficava em um porão, "proibido fumar" era uma coisa que ninguém nunca tinha ouvido falar por aqui, e o clima era muito agradável. Muitos jovens dançavam ao som de ritmos latinos. Jesus e eu éramos bem mais velhos que a média de idade daquele lugar, e não só porque ele já tinha mais de dois mil anos. Era claro que ele não conhecia aquela dança tão descontraída, nem os vestidos justos e as camisas dos homens que, infelizmente, deixavam que víssemos mais pelos do que gostaríamos.

— É proibido dançar? – perguntei para garantir que eu não tinha cometido um grande erro trazendo Jesus para esse clube.

— Não, o rei Davi já dançava com muita suntuosidade para louvar a Deus.

Muita suntuosidade? Brrrr...

Nós nos esprememos por entre as pessoas, e algumas mulheres eram suntuosas demais para Jesus, o que dava pra notar no olhar perdido dele.

— Você quer ir embora? – perguntei.

— Não, estou acostumado a viver cercado de pecadores – respondeu.

— Mas... você não vai escrever os pecados deles no chão, vai? – perguntei.

— Não!

— Então tudo bem.

— Vou converter essas pessoas.

Ele queria ir até uma jovem que estava sendo observada pelos homens mais bonitos do lugar. Eu fui atrás dele e o interrompi.

— Ninguém vai ser convertido aqui – adverti. Eu acreditava que ninguém ali no clube era pecador de verdade, pelo menos não pelo meu conceito.

— Mas... – Jesus tentou protestar.

— Assim a noite não vai virar nada!

Ele levantou sua sobrancelha irritado.

— Você quer que eu te mostre como os homens vivem hoje. Mas eu não posso fazer isso se você ficar agindo como se fosse o filho de Deus.

— Mas eu sou o filho de Deus – ele respondeu. Foi a primeira vez que eu o vi desnorteado.

E ele parecia tão dócil e humano.

— Mas você também é um homem – expliquei. Eu percebi isso quando ele me contou sobre seus pais e sobre a Maria Madalena.

E agora ele levantava a outra sobrancelha.

— Seja apenas o Joshua hoje à noite.

Ele refletiu um pouco e soltou um pouco convincente "de acordo!".

E, então, eu imediatamente estabeleci algumas regras de "como ser um homem normal" numa noite de salsa:

1. É proibido cantar salmos.
2. É proibido compartilhar o pão.
3. É proibido confrontar as pessoas com seus pecados.
4. É proibido dançar suntuosamente.

Na última regra, Jesus riu. Ele gostava de rir das minhas piadas.

— Isso você não precisa temer.

E então ele achou minhas regras divertidas e aceitou todas. Mas não era só o Joshua que precisava deixar de lado o fato de ele ser filho de Deus. Eu também precisava. Mas quando se tratava de homens, eu era boa em ignorar por completo alguns comportamentos. Como, por exemplo, quando o Marc flertava descaradamente com outras mulheres, ou quando o Sven, em uma intimidade desconfortável, cortava as unhas do pé na sala de estar, tudo isso eu fingia que não via. Do jeito que só nós mulheres conseguimos ignorar quando estamos decididas a ficar com um cara. Eu ia tirar proveito dessa habilidade feminina de autoenganação hoje à noite.

— Você quer beber alguma coisa? – perguntei.

— Você quer beber vinho comigo de novo?

— Eu pensei em uns mojitos.

Pedi dois drinques no bar e fiquei me perguntando se essa não era uma tentativa patética de seduzir Jesus. Um mojito ia deixar ele bem mais solto que a quantidade excessiva de vinho que seu sangue de semideus poderia aguentar. Depois que ele descobriu como tomar a bebida passando pela sombrinha que enfeitava o copo, ele me disse com entusiasmo:

— Isso é uma alternativa muito saborosa ao vinho!

E Joshua – é, funcionava, eu já conseguia chamá-lo de Joshua novamente – sorriu de orelha a orelha. Seu humor ficava melhor a cada minuto que passava. Observei as pessoas, e todas elas estavam se divertindo muito dançando esses ritmos *calientes*. Será que eu deveria chamar o Joshua pra dançar? E por que não? Ele era apenas um homem.

Juntei todas as minhas forças e perguntei com o coração acelerado:

— Vamos dançar?

Ele relutou.

— Vai, vamos!

— Eu... eu nunca dancei na vida!

— Então o rei Davi está um passo a sua frente – eu ri enquanto o puxava pra pista.

— Mas essas músicas não são de Deus – ele refletiu.

— Mas também não são do Diabo.

Joshua ponderou o argumento e, enquanto ele pensava sobre, puxei--o de vez para a pista de dança.

Aquilo era muito pra ele. Era fácil perceber quando ele não conseguia digerir muito bem a coisa. Eu encostei em seus quadris, e ele tentou parar de relutar com tudo aquilo que estava acontecendo. Então comecei a arrastá-lo pela pista de dança. No começo ele estava um pouco duro. Como todo homem. Nós esbarramos em um casal, que reclamou em alto e bom tom.

— Prestem atenção! – resmungou o homem vestido como Antonio Banderas, mas que se parecia mesmo com o Marc Anthony.

— Cala a boca, ou ele vai te secar! – eu ri e continuei puxando o Joshua.

— Eu nunca faria isso – ele protestou, mas eu o interrompi.

— Uma hora eu vou te explicar o que é ironia.

E continuei dançando com ele. Ele pisou no meu pé.

— Ai! – gritei.

— Perdão – ele estava muito envergonhado.

— Não foi nada – respondi com sinceridade. Eu até gostava de pisões no pé. Isso me fazia esquecer completamente que eu não estava dançando com um homem normal.

Devagar íamos achando nosso ritmo. Joshua pisava cada vez menos no meu pé e, por fim, nos movimentávamos como se fôssemos um corpo só. Um corpo só que não dançava muito bem. Mas um só.

Eu nunca tinha dançado tão harmoniosamente com um homem. E ele tinha voltado a ser apenas o Joshua, o carpinteiro com a voz linda, os olhos maravilhosos e... sim, eu vou falar de novo... aquela bundinha!

A gente dançava a salsa. E o merengue. E até um tango. E mesmo sem dominar completamente os passos e com as pessoas olhando pra gente com cara de "o que é que os dois loucos estão fazendo ali", eu estava me divertindo. E muito. E o Joshua também. E como!

Entre duas danças ele me confessou:

— Eu não sabia que o esforço físico fora do trabalho poderia ser tão divertido – completou, muito sério – e que era tão bom ser apenas o Joshua.

28

Depois que o clube de salsa fechou suas portas, começamos a andar na direção do lago para assistir ao nascer do sol. Tinha sido uma noite muito divertida, e eu queria o programa completo. Para ser mais exata: foi a noite mais divertida da minha vida em anos.

Nós nos sentamos no píer onde havíamos nos encontrado mais cedo. É, parece que a gente já tinha o nosso lugar. Um lugarzinho romântico, ótimo para chamar de nosso e para ver o nascer do sol... e para um primeiro beijo... um beijo quente e suave... meu Deus! Eu não deveria estar pensando essas coisas agora. Nem nunca! E me puni com um tapa na cabeça.

— O que foi? – perguntou Joshua irritado com meu gesto.

— Nada... era só um pernilongo – respondi com meu toque de inverdade.

O Joshua queria colocar os pés na água e tirou os sapatos. E eu vi as cicatrizes em seus pés.

Engoli seco. Ali que os cravos foram pregados.

— Deve ter doído muito – deixei escapar.

Joshua me olhou com rispidez. E eu olhei sem graça pro lado. Será que eu tinha passado dos limites?

— Eu não era só o Joshua? – ele reprimiu.

— A noite está acabando... – respondi. Nesse momento eu tinha dificuldade em não me lembrar das cenas do filme do Mel Gibson que, além de tudo, ainda vinham na minha cabeça com a trilha sonora de *Jesus Cristo Superstar*.

Eu já não podia mais fingir que o homem sentado ao meu lado não era Jesus. E fiquei muito triste com isso. Eu gostaria muito de continuar iludida.

Joshua olhou para o sol nascendo e disse:

— É, a noite terminou.

Acho que eu ouvi um quê de melancolia em sua voz.

E ele ficou lá, balançando os pés na água.

— Como... como você suportou essa dor? – perguntei. Isso me incomodava muito para que eu ficasse calada.

Joshua continuou olhando para o céu, ele não queria falar sobre isso. Que burra! Essa pergunta passava mesmo dos limites. Quando eu estava quase dando outro tapa na minha cabeça, Joshua respondeu:

— Minha fé em Deus me ajudou a suportar tudo.

A resposta parecia muito pronta para ser a verdade nua e crua.

— Você teve fé em Deus o tempo todo, apesar de todo o sofrimento? – perguntei.

Ele ficou em silêncio. Ele realmente precisava de tempo pra processar essas coisas. Por fim, ele respondeu melancólico:

— *Eli, Eli, lamá sabactâni.*

— Hein? Como? – perguntei espantada.

— Um salmo de David – ele respondeu.

— Ah – gaguejei. Claro que eu não tinha entendido uma palavra sequer. Mas com certeza esse salmo nada tinha a ver com a dança de Davi peladão.

— Significa: "Pai, por que me abandonastes?" – disse Joshua quase sem forças.

— Isso... é triste! – eu disse.

— Eu gritei isso na cruz antes de morrer – e seus olhos se encheram de pesar.

E eu senti por ele novamente. Senti infinitamente. Tanto que levei minhas mãos até as dele novamente. Mas dessa vez ele não afastou as dele. Eu toquei as mãos dele com cuidado. E ele deixou as mãos ali. E então eu as apertei. Com força.

Então estávamos sentados lá – Joshua e eu – de mãos dadas em silêncio e vendo o nascer do sol no lago de Malente.

29

Algumas horas antes

Lúcifer sentiu em si um fogo que não sentia há muito tempo. A Batalha Final iria começar a qualquer momento. E a vida voltaria a fazer sentido.

Primeiro ele decidiu recrutar homens aos quais ele daria forças sobrenaturais para que se tornassem seus Cavaleiros do Apocalipse. Em sua lista de candidatos, o primeiro, que teria o nome de Guerra, seria o 43º presidente dos Estados Unidos da América, que estava entediado em sua casa de férias em Kennebunkport. Para o segundo Cavaleiro, Peste, ele tinha escolhido um cardeal que teria dito para os africanos que seria uma boa ideia não usar camisinha. E para o Cavaleiro Fome, Lúcifer escolheu uma top model, apresentadora de um desses programas de TV, que tentava convencer as jovens raquíticas que elas eram um monstro rechonchudo.

O quarto Cavaleiro, a Morte, não precisava ser recrutado, uma vez que já trabalhava na Terra desde o início dos tempos. Lúcifer decidiu que só iria convocá-lo quando isso fosse extremamente necessário. Além de Deus, a Morte era o único ser que ele não gostava de encontrar nas trevas.

Mas Lúcifer ainda não estava satisfeito com sua primeira lista tríplice de candidatos a Cavaleiro. Ele precisava escolher a dedo seus companheiros para ganhar a batalha contra Deus. Dessa vez tudo seria possível, pois o embate final se transformaria no destino da humanidade. E Lúcifer era um marginal, o Todo-Poderoso sempre arrumava um jeito de estar a uma cabeça de vantagem dele (metaforicamente, claro). Pensativo, ele se sentou em um banco no lago de Malente, ao lado de uma mulher que desenhava.

— Você está fazendo sombra – a mulher reclamou.

E ele usou sua risada George Clooney.

— Mas eu sou o George Clooney.

— Você se parece com ele, pode ficar feliz. Mas não exagere – respondeu a mulher. – Além disso, eu sou lésbica.

Esse era o jeito dela de se desculpar com ele.

Lúcifer gostava de mulheres fortes e decididas. O desejo delas de transgredir lhe causava especial júbilo. E ele sabia que aquilo era fruto de sua inveja. Ele invejava pessoas e seu livre-arbítrio. Ele faria qualquer coisa pra ter um. Ele apertaria a mão dos demônios mais vis entregando-lhe as chaves do Inferno para poder ir aproveitar a vida em alguma ilha tropical paradisíaca. Sem ter que se irritar com a humanidade, seus pensamentos, seus anseios e seus pecados. Nunca mais ele precisaria ouvir uma fantasia sexual curiosa, que para realizá-la os homens venderiam sua alma... isso sim seria o Paraíso.

Ele se recompôs, precisava parar de sonhar acordado, por fim ele não tinha livre-arbítrio nenhum e deveria cumprir seu caminho, e pra isso ele precisava de um exército para a Batalha Final. Então ele voltou seus olhos para o caderno da mulher e viu que ela desenhava uma tirinha.

Essa mulher estava tão próxima de Deus quanto de Lúcifer. Ele a olhou com mais atenção e viu o tumor em sua cabeça. Ele nunca pensaria em algo assim, nem ele poderia inventar essa doença, ela era apenas um capricho da natureza, e ele nunca entendeu muito bem por quê. Talvez fosse a Morte brincando. O cara era mesmo muito desagradável.

Mas uma coisa era clara: essa mulher não tinha mais muito tempo de vida. No máximo um ou dois meses.

E ela estava com ódio de Deus. Com certeza ela seria uma boa candidata para Cavaleiro Peste.

30

Enquanto estávamos sentados no píer de mãos dadas e os primeiros raios de sol começavam a bater em nossos rostos, eu me sentia mais próxima de Joshua. Joshua. Não Jesus.

Tão próxima como há muito tempo eu não me sentia de homem algum. E pelo jeito que o Joshua apertava minha mão, ele se sentia – ouso dizer – a mesma coisa que eu.

Nesse exato momento, apreciando o nascer do sol no lago de Malente, éramos apenas Marie e Joshua. Não a m.o.n.s.t.r.a. e o Messias.

Mas eu era dona de um talento único de arruinar bons momentos. Então, quando algum instante era bom, eu queria que ele durasse para sempre. Mas como isso não era possível (vamos encarar os fatos), eu gostaria que pelo menos eu pudesse ter mais momentos maravilhosos assim.

— Você acha que podemos ter outra noite maravilhosa como essa?

Joshua me olhou com pesar. O que estava acontecendo? O filho de Deus não poderia sair com uma mortal? Tínhamos feito alguma coisa proibida? Eu não podia ter ficado de boca calada? Por que é que eu não tenho uma rolha pra colocar na minha boca toda vez que eu estava prestes a fazer uma pergunta estúpida?

— Foi uma noite maravilhosa.

Ele também tinha gostado da noite. Na verdade, ele tinha adorado a noite.

— Mas infelizmente não poderemos viver outra noite assim.

Isso me abalou. Perguntei triste:

— Por... por que não?

— Porque eu tenho uma tarefa a ser cumprida.

Ele não parecia muito animado. E eu estava confusa. Uma tarefa? Essa não era só uma viagenzinha de férias do céu?

— Que tarefa? – eu quis saber.

— Você não leu a Bíblia? – ele perguntou assustado.

— Li, claro que eu li... – gaguejei. Eu não tinha coragem de dizer pra ele que eu não achava a Bíblia nem um pouquinho interessante, ela tinha mesmo era que passar por uma modernização linguística.

— Então você sabe por que eu estou de volta à Terra.

Ele puxou sua mão. Eu senti uma flecha entrar em meu coração. Ele pegou seus sapatos e se levantou.

— Seja feliz, Marie.

— Seja feliz? Nós não vamos mais nos ver? – perguntei. E ficou ainda mais difícil.

Em vez de responder a pergunta claramente, Joshua disse algo maravilhoso:

— Você me ensinou muito.

Eu tinha ensinado muito pra ele? Eu não podia acreditar.

Então ele passou sua mão com delicadeza em meu rosto.

Eu estava prestes a cair em coma espontâneo de tanta felicidade.

E ele tirou a mão do meu rosto.

Fiquei com frio.

E Joshua começou a se afastar.

Eu queria gritar "alto lá!", mas eu não conseguia emitir nenhum som. Meu coração estava em frangalhos por vê-lo sair da minha vida pelas margens do lago.

Claro que eu tinha uma esperança vã de passar outra noite assim com Joshua. Ou centenas delas. Mas a razão não nos poupa do sofrimento.

Eu estava prestes a me entregar a toda minha tristeza quando um pensamento veio a minha cabeça: tarefa? Que tarefa?

Pouco tempo depois eu estava tocando impacientemente a campainha da locadora de Michi. Ele abriu, dessa vez mais acabado que no dia anterior. Ele vestia uma camiseta com os escritos "Não tem nada pra ver aqui".

— Qual é a tarefa de Jesus? – perguntei de uma vez.

— O que?

— Qual é a tarefa de Jesus?!?!

— Não grite comigo.

— NÃO ESTOU GRITANDO!

— Então não quero estar perto quando você começar...

— ASSIIIIIIM?

— Você tem uma bela e longa carreira como alto-falante pela frente – respondeu Michi.

Eu olhei pra ele irritada.

— Entre, vou te explicar – disse Michi.

Ele se sentou no balcão, bebeu um café forte e me contou das profecias do fim do mundo na Bíblia, havia algumas no livro de Daniel, e até Jesus tinha profetizado o fim do mundo nos evangelhos, mas era no final da Bíblia que ele estava descrito com detalhes, no último livro, na Revelação de João. Completamente chocada, eu ouvia as explicações do Michi sobre a batalha final entre o Bem e o Mal. Ele falava sobre os Cavaleiros do Apocalipse, sobre o Diabo e sobre como Jesus venceria todos eles em uma batalha, transformando a Terra no Reino dos Céus, e que ele e todos aqueles que acreditavam iriam viver em eterna paz. Sem pragas, sem tristezas e, sobretudo: sem a morte. E agora eu sabia o que o Joshua estava fazendo por aqui.

— Você está mais pálida que o Michael Jackson – ponderou Michi. – O que aconteceu?

Eu deveria falar pra ele? Ele acreditaria em mim? Pouco provável. Mas isso era indiferente. Eu precisava contar pra alguém tudo que eu tinha passado.

Eu contei tudo pro Michi: do meu resgate no lago, do milagre de cura da criança, das cicatrizes nos pés de Joshua e de sua tarefa. Eu só não falei do que eu estava sentindo pelo Joshua.

Quando eu terminei, o Michi soltou um: "Uh la la!".

— Você... acredita em mim? – perguntei desacreditada.

— Claro que eu acredito em você – respondeu Michi no mesmo tom de voz em que se explica para uma criança que o desenho dela é muito, muito legal mesmo, mesmo que se pareça com uma girafa.

— Você não acredita em mim – constatei com pesar.

— Você está passando por momentos difíceis com o casamento que não deu certo e... você com certeza quer reprimir os sentimentos por esse carpinteiro para não se machucar novamente, e por isso você fantasiou que ele era Jesus...

— Eu não sou maluca – eu o interrompi.

— Maluca é uma palavra muito forte...

— E você vai ver o que é forte quando eu te der um soco...

Eu fiquei brava e decepcionada. Eu precisava tanto de alguém para compartilhar comigo o que tinha acontecido nos últimos dias. Michi ficou em silêncio por alguns minutos e explicou:

— Eu também não quero acreditar nisso tudo.

— E por que não?

— Há algumas desvantagens para umas pessoas se nosso mundo se transformar no Reino dos Céus...

— E por quê? Então não ficaríamos livres da morte e dos males do mundo? Não vejo nenhuma desvantagem nisso.

— Sim, claro. Mas nem todo mundo vai ganhar um ingresso pro Reino dos Céus.

Eu olhava pra ele como quem parecia não acreditar.

— Todos os homens estarão na presença de Deus. E também todos mortos. Eles serão trazidos de volta à vida. Deus vai abrir o livro da vida deles para ver o que cada um fez de sua vida.

— Deve ser um livro bem gordo – brinquei.

A sensação de que tudo sobre mim estava sendo registrado não era muito boa. Eu estava sendo observada o tempo todo pelos anjos de Deus? No banho? Enquanto eu fazia sexo? E também nos momentos em que eu achava que estava sozinha? Se fosse assim, teria jogado mais minha opinião na cara dos engraçadinhos.

— Os homens serão julgados por todos os seu atos. Os bons entrarão no Reino dos Céus.

— E os outros? O que acontecerá com eles se nosso mundo não existir mais?

— O resto, segundo a Revelação de João, passará o resto de seus dias no fogo do Inferno.

— Não parece muito agradável – eu disse.

— Mas é assim.

— Isso está mesmo escrito na Bíblia?

Michi balançou a cabeça positivamente.

— Mas Deus é o Bem? – perguntei confusa.

— É o mesmo Deus que nos tempos de Noé inundou a Terra, que expulsou Sodoma e Gomorra e que criou as pragas do Egito para causar a recessão econômica.

— Não tenho certeza se gosto desse Deus – eu disse triste.

— Se houver mesmo um livro da vida, essa frase vai estar registrada lá.

— Ah, não! – resmunguei.

— Mas eu também prefiro o Deus que ajudou David contra Golias – disse Michi.

— Não é o mesmo?

— Essa pergunta já causou enxaqueca em muitos teólogos.

— E o que você acha? Qual Deus é o Deus de verdade?

— Eu acredito no Deus do Bem, mas se você olhar atentamente pro mundo hoje...

Ele não disse mais nada. Ele não queria duvidar da própria fé para não dar motivos para absolutamente nada.

Mas a exposição de fatos foi clara: Jesus estava de volta à Terra e disse que era possível ler sua tarefa, para a qual ele estava se preparando, na Bíblia. Sua tarefa era o Juízo Final. O mundo como eu o conhecia iria terminar. E com certeza as coisas mais idiotas sobre mim estavam nesse tal de livro da vida. Então eu terminaria meus dias no fogo do Inferno?

31

Enquanto isso

Gabriel passou a noite preocupado com Jesus. Ele não estava preocupado com a integridade do Messias, e sim com a possibilidade de essa malfadada Marie torcer a cabeça dele e desviá-lo dos planos de Deus. Ele se culpava por ter deixado Jesus ser guiado por outras pessoas, e de não tê-lo acompanhado. Mas a noite com Sílvia tinha sido mais que ótima. Sua carne não estava apenas velha, mas também fraca e cheia de desejo.

Quando Jesus, às sete da manhã, finalmente entrou na casa paroquial, Gabriel se esforçou para não tratá-lo como fazia com seus alunos adolescentes na aula de crisma. Com toda calma possível, mas com um traço de rigidez, Gabriel perguntou:

— Onde você esteve?

— Fui dançar salsa – ele respondeu.

Gabriel precisou de uns segundos até conseguir fechar sua boca.

— Foi ótimo – disse Jesus e sorriu.

Meu Deus! Gabriel pensou se seria um absurdo acreditar que Jesus realmente estava sentindo algo por Marie. Aquela que Gabriel quase propôs que trocasse de religião depois de tanta ladainha sobre dores de amor nas aulas de crisma? Apenas para que ele nunca mais precisasse aguentá-la.

Gabriel precisava descobrir o que estava acontecendo. Jesus tinha uma tarefa para cumprir, e entre ele e a tarefa não poderia haver nenhum sentimento.

— Você... está sentindo algo por essa mulher? – perguntou Gabriel cautelosamente.

Jesus ficou incomodado com a pergunta. Ele não queria falar sobre seus sentimentos, mas, como ele nunca tinha mentido em toda sua vida e não queria começar agora, ele disse:

— Perto dela eu me sinto de um jeito que eu não me sentia há muito tempo.

Gabriel quis gritar. Quis dar uma cambalhota de ódio. Quis voltar ao passado com seus poderes de anjo e impedir que Marie nascesse. Mas como ele não era mais um anjo, apenas um homem, perguntou simplesmente:

— Como... como isso é possível?

— Desde que eu era criança, todos olhavam pra mim como o filho de Deus. Mas a Marie... ela vê outra coisa em mim.

— Um dançarino de salsa? – perguntou Gabriel inconformado.

— Um homem normal.

— Mas você não é um homem normal – protestou Gabriel.

— Foi o que eu disse para ela – completou Jesus.

— E a Marie...?

— Não quis ouvir.

— Mas era de se esperar – resmungou Gabriel.

— Por um curto período de tempo, eu fiquei relaxado e descontraído – explicou Jesus sorrindo. Gabriel não queria acreditar e resmungou novamente:

— Eu até aprendi algo com ela – disse Jesus.

— Como balançar as cadeiras?

— Também. Mas o mais importante – continuou Jesus – é que podemos ensinar os homens a se perdoar.

Gabriel parou de resmungar. Uau! Isso era inacreditavelmente sábio! Mesmo vindo da Marie. Ela tinha mesmo ensinado alguma coisa para Jesus... veja só!

— E ela também me consolou.

Gabriel conhecia esse olhar. Era o mesmo que Jesus tinha quando estava perto de Maria Madalena. Era o famoso "Eu também preciso de alguém em minha vida" .

Jesus sentia mesmo alguma coisa por Marie. Talvez ele tivesse consciência de que não tinha muita experiência no assunto, mas que a Marie tinha mexido com ele, isso tinha. Estava claro.

O amor foi a coisa mais descabida que Deus inventou. Mas que esse sentimento fosse arrebatar seu próprio filho duas vezes, isso o Todo-Poderoso não poderia imaginar.

Ou será que sim? Também, o Todo-Poderoso era chamado assim, entre outras coisas, por que ele sabia de tudo. Gabriel estava muito confuso com isso tudo.

— Mas... – perguntou ele inseguro – você vai desistir de sua tarefa por Marie?

— O quê? – perguntou Jesus surpreso.

Gabriel se irritou consigo mesmo: Será que eu acabei de colocar uma ideia na cabeça de Jesus? Será que o Reino dos Céus não viria à Terra porque ele tinha se apaixonado?

— Você está perguntando isso por causa de seu amor por Sílvia? – o Messias questionou Gabriel. E com isso, outro pensamento idiota veio à cabeça de Gabriel: se o Juízo Final fosse mesmo acontecer, Gabriel poderia continuar vivendo junto de Sílvia para sempre. E aproveitando esse amor. E essas coisas das quais ela fala, que ela ainda quer mostrar pra ele. Esse Kama Sutra, por exemplo, parece bem interessante.

— Você acha que devemos esperar um pouco? – perguntou Jesus. Era claro que ele também queria passar mais tempo com Marie.

Gabriel se reprimiu. Era certo que ele e Jesus estavam apenas especulando. E ele não podia se deixar levar por suas emoções. Ele precisava ser firme. Pelo amor de Deus!

— Vá hoje para Jerusalém – ordenou ao Messias. Você precisa trazer o Reino dos Céus à Terra.

Jesus refletiu, pensou sobre suas obrigações e disse:

— Você tem razão.

Ele pegou sua maleta de ferramentas e se despediu:

— Seja feliz, meu amigo.

Gabriel respondeu:

— Seja feliz.

E o Messias deixou a casa paroquial. Gabriel o olhou partir e pensou: por um triz essa coisa profana do amor não estragou todos os planos de Deus.

32

Quando consegui articular as palavras novamente, perguntei pro Michi:

— E... e Jesus também predisse isso tudo?

Eu não podia acreditar que Jesus, digo, Joshua, poderia fazer algo assim.

— Com a ameaça do fim se aproximando, ele levou muitos homens a pensar sobre seus atos e a encontrar Deus – explicou.

— Não... não acredito.

Michi pegou a Bíblia, a folheou e disse:

— Há muitas passagens, olhe por exemplo Mateus capítulo 25: "Em seguida dirá aos da esquerda: Afastai-vos de mim, malditos, para o fogo eterno, que está preparado para o diabo e para os seus anjos!".

— Você conhece bem essas passagens – constatei. E perguntei com medo – Você sabe quais são os critérios de aceitação para o Reino dos Céus?

— Você realmente acredita que esse cara é Jesus – constatou Michi. Agora ele parecia chocado. Meu medo parecia contagiá-lo. Ou ele simplesmente estava preocupado comigo.

— O que é preciso fazer não fica claro na Revelação de João. Mas eu acho que se você tiver vivido sua vida de acordo com muitos mandamentos da Bíblia, não haverá problemas.

— Muitos? Achei que fossem só dez.

— Há muito mais. Uma bateria deles. Mais de setecentos – explicou Michi. Ele parecia nervoso, e eu já estava aterrorizada. E meus poros trabalham em ritmo acelerado. Eu só conhecia dez dos mandamentos. E só os principais como "Não matar", "Não roubar", "Honrar pai e mãe"...

Oh oh! Honrar pai e mãe, já temos o primeiro problema. E como seria com esses mandamentos que eu não conhecia?

Pedi para o Michi me mostrar outros.

— Tem muitos aqui no texto, não vou conseguir achar todos.

— Me dá um exemplo!

No quinto livro de Moisés: "Os homens não devem usar roupas de mulheres".

— Parece que o RuPaul vai ter um problema.

Michi pegou a Bíblia e me mostrou outro mandamento: "Não juntarás animais de espécies diferentes", Levítico capítulo 19, versículo 19.

— Darei a notícia para os porquinhos da índia e para os cachorros – eu disse sentindo que essas regras não iam nos levar muito longe.

Michi continuou procurando: "Quando dois homens se puserem à bulha um com o outro, e a mulher de um deles intervier para libertar o marido do que está a agredi-lo, pegando pelas partes genitais do adversário, cortarás a mão dela, sem piedade alguma", Deuteronômio capítulo 25, versículos 11 e 12.

— Caso de vida ou morte – respondi impaciente. Eu estava morrendo de medo e ouvindo regras inúteis.

Michi ia começar a ler as instruções sobre como não se masturbar no banho do terceiro livro de Moisés, mas eu tomei a Bíblia da mão dele.

— Não quero ouvir essa bobagem.

Ele assentiu compreensivo e disse:

— Eu acho que deve ser suficiente respeitar os dez mandamentos.

Como eu não estava muito por dentro, deixei o Michi mostrar onde estavam os dez mandamentos. E foi a primeira vez na minha vida que eu me concentrei na leitura da Bíblia. O que é que um desconcerto pode provocar...

Os primeiros três mandamentos não trariam problemas: Deus é o Senhor e eu não deveria adorar outro Deus nem imagens do meu próprio. Certo, sem problemas. Mesmo eu tendo me lembrado rapidamente da imagem de Deus no divã do psiquiatra.

O quarto mandamento também era aceitável: eu deveria descansar no sétimo dia. Isso eu respeitei a minha vida inteira, nunca fui dessas viciadas por trabalho que passavam o fim de semana trabalhando. Fiquei contente com a ideia de que os defensores da sociedade de consumo não iriam para o céu justamente por isso... e eu também respeitei o casamento (eu nunca me casei, e homens casados nunca se interessaram por mim). Nunca roubei (no máximo peguei umas coisas emprestadas e não devolvi), nunca cobicei a mulher nem a casa do próximo (não há nada sobre cobiçar o homem alheio no nono mandamento).

O Michi achava que, por causa do meu desespero em não ir para o fogo do Inferno, eu estava interpretando os mandamentos a meu bel-prazer. Ele estava certo, claro, porque eu sempre cobiçava o homem de outras mulheres. Cobiçava demais! E pro meu gosto, eu conseguia muito poucos.

E eu pequei contra o décimo mandamento cobiçando muitas coisas dos outros. O conversível do Marc, a coleção de sapatos das minhas amigas, o corpo da Jennifer Aniston...

Mas o que mais me preocupava era o mandamento cinco, aquela coisa idiota com os pais... Será que eu conseguiria me redimir daquilo antes do fim do mundo?

Pouco tempo depois, entrei exaltada no consultório do meu pai. Perguntei para a secretária dele, a Magda, uma mulher que tinha envelhecido com ele naquele consultório, se eu poderia falar com ele. Ela me levou até a sala dele e quis preparar um leite com chocolate pra mim. Ela insistia em ignorar o fato de que eu já tinha 35 anos.

Meu pai estava vestido com seu jaleco branco e separava amostras de medicamentos para doá-los a organizações de ajuda na África, ele ficou surpreso ao me ver.

— O que você está fazendo aqui?

— Eu queria te dizer que eu respeito sua decisão quanto à Svetlana – a Bíblia mandava respeitar pai e mãe, mas não dizia nada sobre não mentir pra eles.

— Oh... suspirou meu pai aliviado. Que... que ótimo!

Eu fiquei em silêncio e comecei a mexer em uma caixa de papéis que estava em cima da mesa dele.

— Você não tem nada contra ela morar comigo? – perguntou.

— Se essa for sua vontade, estou de acordo – menti apertando a caixa de papéis.

— Estou pensando em me casar com ela – ele disse.

Era claro que ele estava com medo da minha reação. Mas agora, que eu tinha vindo em paz, ele tomou coragem para falar.

— Se isso é o que você quer... – esse negócio de respeitar era sério.

Meu pai ficou feliz com a resposta. E quis saborear o momento.

— Também estamos pensando em ter um filho.

— Mas nem que a vaca tussa! – gritei.

Meu pai ficou em choque. Joguei a caixa de papel em cima dele e saí feito um foguete do consultório. Sem nem olhar para o leite com chocolate que a Magda tinha preparado.

Na frente do consultório, eu me encostei na parede e comecei a amaldiçoar.

— Droga, por que é que eu não consigo?

Um senhor que estava entrando no consultório me perguntou:

— Ah, você também está com pedra nos rins?

Eu joguei um olhar maléfico pra cima dele, e o homem se apressou pra dentro do consultório. Então a Magda veio, com a caneca de achocolatado.

— Eu não quero essa droga de leite com chocolate, Magda!

— Você vai querer – ela explicou.

— Não vou nada!

— Seu pai pediu pra te falar que ele não quer te ver nunca mais. É pra você juntar suas coisas e sumir da casa dele – ela disse baixinho me entregando a caneca de leite com chocolate. E eu tomei tudo com tristeza.

Quando terminei me ocorreu que eu ainda podia respeitar a outra metade dos meus pais. Mesmo que isso fosse extremamente difícil.

Combinei de encontrar minha mãe em um café no centro, pedimos dois *cappuccinos* e comecei a respeitar minha mãe. Igualzinho eu fiz com o meu pai mais cedo:

— Sinto muito ter sido tão agressiva com você nos últimos anos...

— Não acredito em uma palavra que sai da sua boca – disse minha mãe.

— Por... por que não?

Ela me explicou que eu estava desviando o olhar, e que isso era um sinal de mentira. E que eu estava segurando minha colher com muita força, o que era sinal de raiva.

— O que está acontecendo? – ela perguntou.

— Ah, deixa pra lá – respondi e fiz menção de me levantar e deixar essa droga toda pra trás. Quando o Moisés subiu o Monte Sinai com os dez mandamentos, com certeza ninguém tinha ouvido falar em mães com diploma de psicologia.

— Tem alguma coisa te incomodando – ela segurou meu braço e não me deixou levantar. Ela estava feliz. Essa era a primeira vez em todos esses anos que eu tinha dado um passo na direção dela, e ela não queria que eu me fosse assim.

— Tem a ver com o meu relacionamento com o Gabriel? – ela tentou adivinhar, dando um tiro n'água.

Como eu não respondi – eu não podia dizer pra ela que o mundo ia terminar e que eu estava tentando salvar meu traseiro do fogo eterno –, ela presumiu que era realmente o negócio com o Gabriel. O homem que eu deduzi que sabia que Jesus era Jesus, já que ele o acolhera em sua casa. Eu fiquei pensando por que é que Jesus me disse que Gabriel tinha avisado Maria de que ele estaria vindo, mas não consegui encontrar nenhuma explicação lógica – ele não parecia alguém que tivesse inventado a máquina do tempo.

— Eu me sinto solitária, é por isso que estou com ele – ela explicou. – Muito solitária.

Eu olhei pra ela surpresa. Não era nenhuma bobagem psicológica como todas as outras. Ela estava sendo sincera. E eu tinha medo disso.

— Você se arrepende? – perguntei.

— De ter deixado seu pai?

— É.

Ela ficou em silêncio. Por um longo tempo. E isso me deixou impaciente.

— Você vai responder ainda esse mês?

— Eu só me arrependo porque com isso perdi você – ela explicou triste.

Era a primeira vez que eu percebia que ela não queria ter me perdido. Só meu pai. Mas um não podia acontecer sem o outro. Quando tomei consciência disso, aquela bola de dor que eu carreguei por vinte anos se desfez de uma vez.

— Seria meio bobo a gente se abraçar agora, não? – perguntei com a voz embargada.

— E brega – ela respondeu.

— Muito.

— Mas também não faria mal nenhum – ela disse. E então a psicóloga nela voltou a falar. Mas pela primeira vez na vida isso não me irritou. Meio insegura, eu levantei. Ela também. E nós nos abraçamos.

Talvez esse negócio de respeitar pai e mãe não tenha sido assim uma ideia tão ruim.

E na volta para casa, eu me senti aliviada. E não era só porque agora eu tinha mais chances de entrar para o Reino dos Céus. Então eu vi o Sven do outro lado da rua e ele... ele estava conversando com o George Clooney.

Eu vi os dois por alguns poucos segundos antes que eles sumissem da minha vista virando a esquina. Esfreguei os olhos. Mas eu poderia jurar que aquele era o George Clooney.

Malente era mesmo uma cidade curiosa.

33

Ao chegar em casa, ignorei Svetlana e a filha dela – não estava escrito em lugar nenhum nos dez mandamentos que eu deveria respeitar a caça-dotes e a filha da caça-dotes. Eu fui até o quarto de Kata para contar pra ela que o papai tinha me expulsado de casa. Mas ela não estava lá. De novo. E olha que ela ia ficar em Malente para me consolar.

Eu me deparei com a nova tirinha dela. E percebi que a crítica de Kata a Deus estava um pouco menos sutil que a da última tirinha.

O ódio de Kata a Deus agora estava irrefreável, forte e áspero. E eu tinha medo disso. Eu continuei folheando o bloco dela e achei uma tirinha em que ela se revoltava com Deus por novamente ter um tumor.

O tumor tinha voltado?

Ahhhhhh não!

Deus não ouviu minhas preces.

E isso me deixava ainda mais possessa porque agora eu sabia que Ele existia.

Qual era o problema de Deus? Por que é que Ele não podia ajudar a Kata? Claro que Ele tinha que dar conta de muitas outras preces. Mas Ele não era uma central de atendimento que poderia colocar a gente em espera, era? Ou será que podia? "Aqui é da central de atendimento de Deus. Sua ligação é muito importante pra nós. Se você tiver uma prece para um parente, digite: UM. Se você quiser relatar um pecado, digite: DOIS. Se você sofreu algum tipo de violência, digite: TRÊS. No momento todos os nossos atendentes estão ocupados, por favor, ligue novamente mais tarde... tu tu tu."

— Por que é que você está fazendo barulhos de "tu tu tu"? – perguntou Kata entrando no quarto com *croissants* recém-saídos do forno e chocada com o fato que eu estar fazendo "tu tu tu" feito uma louca. Minha razão estava cada mais inexistente.

— Seu tumor voltou! – eu a confrontei.

— Não, não voltou – respondeu decidida.

— Mas e os desenhos?

— Estou só tentando revisitar umas lembranças antigas – ela desmentiu com força. Ela se sentou e gemeu, a dor de cabeça era muito forte.

Eu queria levá-la imediatamente para o hospital. E então ela explodiu.

— Suma do meu quarto!

Ela gritou com muito ódio. Como eu nunca vi antes. Ela só tinha sido agressiva comigo uma única vez. E eu chorei no hospital quando ela me descreveu as dores horríveis que sentia. Minhas lágrimas a deixaram com muito ódio, e então ela me mandou sumir com o mesmo ódio que estava mandando agora.

O olhar da Kata era igual ao que ela tinha deitada na cama do hospital. Era um misto de raiva e dor física. E agora tudo estava claro.

Comecei a me sentir mal. Meu corpo todo tremia. Parte era raiva de Deus. Mas grande parte era medo do que poderia acontecer com a minha irmã. Eu não queria vê-la sofrer novamente. Nunca mais.

E se Deus não queria salvá-la dessa doença, então eu precisava recorrer ao filho do Homem.

34

Corri o mais rápido que eu pude até a casa paroquial e toquei a campainha. Gabriel abriu a porta, me viu... e bateu a porta na minha cara. Eu toquei novamente, Gabriel abriu de novo, eu coloquei o pé na porta e ele empurrou a porta com força. Eu gritei de dor, dei um pulo pra trás, toquei de novo e fiquei esperando inutilmente que a porta se abrisse novamente, então eu me curvei até perto da maçaneta e gritei:

— Ele me disse que é Jesus! – dois décimos de segundo depois, Gabriel abriu a porta.

— Onde está Jesus? – perguntei. Agora que ele precisava salvar minha irmã, ele não era mais o Joshua, era Jesus, filho de Deus.

— Não te interessa – respondeu o Gabriel com raiva.

— E se me interessar?

— Não interessa.

— Interessa, sim.

— Não interessa.

— Interessa, sim.

— A conversa está andando em círculos, você não acha? – Gabriel foi irônico.

— Eu vou te bater com tanta força que você também vai dar uma andada em círculo – respondi. Eu não tinha tempo nem paciência para diplomacia no momento.

— Parece que nem mesmo a presença de Jesus fez você melhorar... – atestou Gabriel. Ele queria fechar a porta novamente e eu o ameacei:

— Se você não me ajudar, eu conto pra minha mãe que você... que você...

— Que eu o quê? – perguntou Gabriel.

Eu não tinha a mínima ideia do que eu contaria. Eu só sabia que alguma coisa estava errada com o Gabriel, mas o negócio da viagem no tempo não fazia o menor sentido. Então tratei de blefar:

— Que você tem um segredo cabuloso.

Gabriel engoliu seco. Eu estava encontrando meu caminho. Ele acreditava que Jesus tinha me contado o segredo dele, o que ele era.

— Ele está a caminho do porto em Hamburgo – ele disse.

— E o que ele vai fazer lá? – perguntei espantada.

— Vai tomar um barco até Israel.

Israel! Claro! Segundo o Michi, era em Jerusalém que aconteceria o Juízo Final. Ele estava se aproximando? Ou Jesus passaria uns meses lá, quem sabe uns anos, se preparando para sua tarefa? Tanto faz, a Kata estava com dores, dores horríveis e elas precisavam ser tiradas dela. Imediatamente.

Michi não se impressionou quando eu pedi seu fusquinha emprestado para correr atrás de Jesus e impedi-lo de entrar naquele barco para Israel. Até agora o Michi estava me achando louca, hoje ele sabia que: a) eu era completamente maluca, b) eu estava hipnotizada pelo carpinteiro, c) eu estava usando drogas ou d) todas as alternativas anteriores.

Com o ódio estampado no meu rosto e vendo que eu estava completamente desnorteada, Michi não queria que eu fosse sozinha, e muito menos com o carro dele. Ele fechou a locadora e foi comigo até Hamburgo. Na rodovia, eu briguei um pouco com o Michi por ele se preocupar com coisas tão idiotas como limites de velocidade, ultrapassagens pela direita e desconsiderar totalmente meu estado de espírito. Qual era o problema de cortar todo o trânsito pelo acostamento?

Por isso eu o obriguei a parar em um lugar seguro, empurrei-o do banco do motorista e assumi a direção. Meti o pé no acelerador para chegar logo a Hamburgo.

Dentro do fusca, o barulho era muito alto. O carro tremia como uma nave espacial logo antes de entrar na atmosfera terrestre, quando os astronautas percebem que os meninos do departamento de montagem ainda não dominaram completamente o problema com as placas de aquecimento como eles se gabaram na festa de fim de ano.

Michi fechava os olhos toda hora, mas em especial quando eu tirava uma fina dos caminhões em minhas manobras de ultrapassagem. Quando eu peguei a saída da rodovia sem tirar o pé do acelerador, Michi começou a rezar o Pai-Nosso. Eu estava com muito ódio desse Pai, mas eu não contei isso pro meu amigo. Continuei acelerando em direção ao porto para alcançar um navio de nome Belém 4, que estava lá atracado e levaria Jesus até Israel ao lado de ursinhos de gelatina e barrinhas de chocolate.

Estacionei o fusca segundos antes de o Michi começar a reclamar que eu estava correndo demais e que ia acabar caindo na água. Um marinheiro estava parado ao lado do barco. Ele tinha uma tatuagem de dragão no braço esquerdo. Aparentemente o homem não sabia que hoje em dia as pessoas associavam os dragões mais a livros infantis que a símbolos de força. Eu perguntei pra ele sobre o carpinteiro e ele respondeu que o navio ia partir meia hora mais tarde que o planejado e que Joshua tinha saído para esticar as pernas. Eu perguntei onde exatamente ele estava esticando as pernas, e o marinheiro respondeu:

— Ele está no Moulin Rouge.

— Moulin Rouge? Não parecia bom. Com esse nome em uma área portuária, com certeza o Moulin Rouge não era nenhum teatro com espetáculos vanguardistas.

O marinheiro explicou o caminho e contou que as garotas que trabalhavam lá não costumavam ser muito hospitaleiras com mulheres que entravam no local.

— Com certeza Jesus está aproveitando o tempo para salvar a alma de umas mulheres da vida – expliquei pro Michi.

— Claro... e ele só lê a *Playboy* por causa das entrevistas – Michi ainda não acreditava que o Joshua era o Messias.

O Moulin Rouge ficava em um chalé onde a lâmpada vermelha só funcionava pela metade. A porta foi aberta por uma senhora gorda, que claramente tinha deixado seus anos dourados em algum lugar do passado. Junto com sua lingerie.

— Mulheres não podem entrar – ela gritou comigo.

Era difícil acreditar que aquela mulher com aquele corpo e aquela simpatia pudesse gerar muitos lucros para o local.

— E ele pode entrar? – perguntei apontando pro Michi que estava vermelho como uma cereja.

— Claro – a dama riu e mostrou algumas cáries puxando o Michi pra dentro antes que ele pudesse protestar.

— Ache Jesus e mande ele aqui pra fora! – gritei para meu companheiro muito pouco feliz nesse momento. Então eu esperei um pouco até que a porta se abriu de novo e Jesus saiu. Uma jovem de lingerie vermelha veio atrás dele. A dama parecia um pouco incomodada, mas ele a acalmou:

— Eu não vou te julgar. Vá, e a partir de agora não peque mais.

E a mulher respirou aliviada. Jesus se alegrou claramente ao me ver, mas também ficou bem surpreso. Eu também me alegrei por estar de novo com ele. Eu preferia ter comprado uma passagem para o navio e ir junto com ele. Agora eu entendia por que Maria Madalena tinha abandonado sua casa a fim de acompanhá-lo em sua jornada. Mas como ela conseguia soltar as mãos dele toda vez que era necessário, isso era completamente inconcebível pra mim.

— Por que você veio até aqui? – Jesus me perguntou e eu voltei a me concentrar no motivo da minha ida, eu estava ali pela Kata. Comecei a falar sem parar sobre a doença dela e as dores horríveis que ela sentia.

— Sinto muito por sua irmã – disse com compaixão.

— Mas você pode curá-la – sorri quase sem esperanças – como fez com a filha de Svetlana.

Jesus não disse nada.

— Você ouviu o que eu disse? – perguntei.

— Sim, ouvi suas palavras.

— E por que é que eu sinto que você vai começar sua próxima frase com um "mas..."?

— Porque eu não posso fazer nada por sua irmã.

— O quê?

— Eu não posso fazer nada.

— Ah... desculpe – disse eu confusa. Mas eu só consegui entender "Eu não posso fazer nada".

— Porque foi isso o que eu disse – explicou Jesus.

— E você deve ter um motivo pra ter dito isso – respondi completamente confusa.

Por que ele não podia fazer nada? Ele era Jesus, que dava ordens ao vento, curava os doentes e caminhava sobre as águas. Se ele quisesse, ele poderia fazer tudo.

— Você não quer ajudá-la? – perguntei.

— Eu estou a caminho de realizar uma missão de Deus.

— Deus? – perguntei sem conseguir entender. – Deus vai te impedir de salvar minha irmã?

— Não é bem assim – colocou Jesus.

— Eu pedi a Deus que minha irmã se curasse – interrompi –, mas ele não deu a mínima.

— E você pediu com frequência?

A pergunta me tirou um pouco do eixo. Frequência? Que frequência? Sempre que eu temia por ela.

E Jesus continuou:

— Quando você vai até a casa de um amigo no meio da noite e pede três pães pra ele...

— Desculpe? Que papo é esse de pão agora?

Jesus continuou:

— ...mesmo se o amigo não quisesse se levantar, ele se colocaria de pé, por ser seu amigo e, dada a urgência, te daria os três pães.

Jesus olhava pra mim esperando que eu tivesse entendido, mas, pra falar a verdade, eu não tinha entendido nada.

— Foi uma metáfora – ele explicou.

Nããão, mesmo?, pensei. Então eu me perguntei se as pessoas na Palestina também tinham dificuldade para entendê-lo logo de cara.

— Você precisa estar sempre próxima a Deus para que ele ouça suas preces.

Então eu precisava ter rezado mais?

— Deus é o que? Uma diva? – perguntei com raiva.

Jesus ficou espantado com minha crise, eu não tinha entendido a comparação dele como ele gostaria que eu tivesse compreendido. Mas antes que ele pudesse responder, ouvimos o sinal do Belém 4. O navio iria partir a qualquer momento.

— Desculpe, preciso embarcar agora – disse.

E eu tinha vindo até aqui por nada. A Kata não seria curada. Completamente confusa, eu olhava para Jesus e procurava palavras para dizer alguma coisa, foi quando o Michi saiu do bordel. Ele me olhou com os olhos arregalados e disse:

— Eu vi coisas lá dentro que nenhum homem deveria ver.

E saiu andando incomodado em direção ao fusca. A sirene do navio tocou novamente e Jesus se despediu.

— Seja feliz, Marie.

E começou a andar.

Minha dúvida se transformou em ódio. Se era preciso bater mais de uma vez para conseguir o pão, era isso que eu iria fazer.

— Jesus, espere!

Ele não se virou.

— Jesus!!!

Ele continuou andando.

— Eli, Eli, lama, sabati – disse eu, por fim, com muita dor.

Agora ele tinha parado e se virou pra mim:

— Em hebraico isso significa: meu Deus, meu Deus, minha lama é infértil.

— Eli, Eli, lladara sabati – tentei de novo.

— E isso significa: meu Deus, meu Deus, meu chapéu é infértil.

— Você sabe o que eu quero dizer – gritei.

Eu queria me jogar sobre ele de tanta confusão.

— Sim, eu sei – ele respondeu.

Então ele disse bem baixo, com alguma dor:

— Eli, Eli, lamá sabactâni.

— Pai, por que me abandonastes? – eu traduzi. E pedi. Com raiva. Deprimida.

Jesus refletiu. Por um longo tempo. Então ele disse:

— Posso pegar outro barco.

Eu sentia uma felicidade como nunca tinha experimentado antes em minha vida. Muito feliz, corri até ele e me pendurei no pescoço dele.

E ele se entregou ao meu abraço. Ele até aproveitou. E eu o apertei com força contra mim. E ele também aproveitou isso. Porque nesse momento ele tinha voltado a ser o Joshua.

Eu já disse que tenho uma habilidade especial para estragar momentos especiais como esse?

35

Mal podendo conter minha emoção, dei um beijo na bochecha de Joshua. E por um breve momento, ele aproveitou esse beijo também. Eu senti. Então, assustado consigo mesmo, Joshua soltou meu abraço e explicou:

— Precisamos nos apressar.

E me perguntei se eu deveria me envergonhar. Mas eu não me envergonhava. O beijo tinha sido fruto de profundo agradecimento. E amor. Não podia ser errado amar Jesus.

Amar Jesus?

Oh oh! Eu sabia que ele era Jesus e o amava mesmo assim?

Agora eu estava envergonhada.

No carro, na viagem de volta para Malente, fiquei em silêncio. Jesus estava sentado no banco de trás, rezando em hebraico. Será que ele estava pedindo perdão a Deus por sua reação ao meu beijo? Como sempre, ele tentava manter distância de mim. Enquanto eu olhava para fora com a cabeça encostada na janela, Michi mal podia se concentrar na direção. A presença de Jesus o deixava nervoso. Ele ainda não podia acreditar que o filho de Deus estava sentado no banco de trás do fusca sujo dele, mas o carisma de Jesus, que ele estava vendo pela primeira vez, foi tirando devagar suas dúvidas.

— Como é que eu posso acreditar que você é realmente o Messias, e não um maluco qualquer? – perguntou Michi.

— Acreditando – respondeu Jesus com tranquilidade.

— Então eu não posso!

— Muitas pessoas na Judeia se sentiam assim também, especialmente nos templos – respondeu Jesus.

Essa afirmação mexeu com Michi. Até hoje ele não tinha se identificado com nenhum dos rabinos de nenhum dos templos.

Enquanto Michi lutava por sua fé, percebi que a última vez que eu tinha ido ao banheiro fora no clube de salsa. Paramos em um posto de gasolina e eu sai correndo para um típico banheiro de beira de estrada. Os responsáveis pela higiene daquele lugar deveriam cometer suicídio. Quando eu saí do banheiro minutos mais tarde, o Michi, inseguro, veio até mim e perguntou:

— Você tem certeza de que esse cara é Jesus?

— Tenho.

— Jura?

— Pela vida da minha irmã.

Michi pensou e pensou e por fim disse:

— Então vou pedir para ele perdoar os meus pecados.

Não fiquei espantada e segui meu amigo até o carro. Então o Michi começou a contar para Jesus de seus pecados em ordem cronológica: ele começou com uma história cujos personagens principais eram um bico de Bunsen, um desodorante em *spray* e uma barba em chamas do professor de geografia. Então ele chegou até os pecados dos dias atuais e contou sobre seu fusca, que ele amava, mas que produzia mais dióxido de carbono que a maioria dos países africanos. Ele confessou que sabia das torturas que os animais sofriam para ser abatidos, mas mesmo assim comia carne. Ele até tinha uma camiseta "Os vegetarianos estão acabando com a comida da minha comida". Também confessou que gostava muito de tomar café, mesmo sabendo que os agricultores dos países de terceiro mundo eram explorados, assim como as meninas que faziam os filmes da sessão de adultos de sua locadora que tinham títulos como "Ele chegou lá".

Então Michi pediu para eu ir a algum lugar em que eu não pudesse ouvir.

— Por quê? – perguntei.

— Vou entrar na categoria de pecados "não cobiçar a mulher do próximo" – ele olhou para o chão envergonhado e eu fiquei morrendo de medo que "a mulher do próximo" fosse eu. Então preferi sair dali.

De longe eu vi como meu amigo, com o rosto vermelho, contava pra Jesus cada um de seus pensamentos pecaminosos. Então me perguntei se não seria uma boa ideia informar Jesus de todos os meus pecados. Contar pra ele do que tinha acontecido com o Sven já tinha ajudado bastante. A prostituta também parecia bem tranquila de ter aberto seu coração para ele, e o Michi também estava indo bem. Mesmo quando vez ou outra o Messias franzia a testa pras coisas que o Michi falava.

Ele ficava lindo quando franzia a testa daquele jeito.

No que dependesse de mim, ele poderia franzir a testa o dia inteiro.

Ai! Eu estava mesmo apaixonada por Jesus.

Não era uma boa ideia contar todos os seus pecados para o homem que você amava.

Quando o Michi terminou, Jesus colocou a mão em seu ombro, e meu amigo ficou imediatamente mais feliz, como eu nunca tinha visto antes, com exceção daquela vez que o iPhone chegou ao mercado e ele foi um dos cem primeiros clientes a conseguir comprar um. E eu também estava feliz que o Michi finalmente tinha acreditado em mim. Agora precisávamos apenas convencer a Kata a se deixar curar por Jesus. Então estaria tudo certo. Certo, pelo menos até a hora do Juízo Final e o resto da bagunça.

Kata não pareceu surpresa quando entramos em seu quarto. Então eu expliquei por que eu estava lá com o carpinteiro e que ele a curaria. Depois que eu terminei minha apresentação, Kata respondeu:

— Nossa, perto de você o Tom Cruise é uma pessoa completamente sã.

Jesus confirmou minha história de que ele seria mesmo filho de Deus.

E a Kata disse pra ele:

— E perto de você, até a Amy Winehouse parece sã!

— Quem é Amy Winehouse? – perguntou Jesus.

Michi começou a explicar pra ele, falando de drogas como o crack e do penteado da Amy, que parecia andar com um gato atropelado na cabeça. Ele falou, falou, falou até que eu fizesse um gesto mostrando pra ele que isso não era o mais importante aqui.

— O que você tem a perder? – perguntei pra Kata.

— Eu superei minha primeira doença sem precisar de curandeiros ou bruxas. E não é agora que eu vou começar com isso – ela protestou.

— Ah, você se entregou – o Michi riu. – Você falou da sua primeira doença. Isso quer dizer que existe uma segunda.

Kata olhou pra ele irritada, Michi percebeu que a piada dele juntamente com um tumor tinha sido um erro.

Então a Kata me perguntou:

— Por que eu deveria começar a acreditar em mágica agora?

— Porque eu estou te pedindo – expliquei com a voz que mal saía.

Kata relutou um pouco, então se virou para Jesus e disse:

— Então você é o segundo maluco que acha que pode me curar.

— O segundo?

Kata virou o olhar:

— Esquece! – ela pensou um pouco e disse para Jesus: – Eu topo, pelo menos isso vai servir para a Marie perceber que você é um maluco. Mas uma coisa tem que ficar clara: se você for mesmo Jesus, nós vamos ter que conversar sobre o péssimo desempenho de Deus no cargo que ele está ocupando.

Sob essa casca dura de Kata, percebi um rompante de fé, uma parte dela que queria acreditar que o cara na frente dela não era um fugitivo de hospício. Se até alguém tão cabeça dura como a Kata podia acreditar em um milagre... subitamente eu me dei conta da razão que levava tantas pessoas a gastar tanto dinheiro com promessas de curas milagrosas.

Jesus foi até Kata. Logo ele colocaria sua mão sobre ela, ela estaria curada e eu me acabaria de tanto chorar, pularia no pescoço dele e ficaria abraçada com ele até ele não poder fazer mais nada a não ser me abraçar de volta.

Jesus colocou a mão sobre a cabeça de Kata e a tirou pouco tempo depois.

Ela já estava curada? Já estava tudo certo?

Mas por que ele me olhava desse jeito?

— Essa mulher não está doente – ele disse.

Todos nós olhamos pra ele admirados.

Então ele disse pra mim:

— Você me desviou da minha tarefa por nada.

Seus olhos estavam bravos e por um momento eu temi que ele fosse me mostrar como aquela coisa de "secar como um ramo de trigo" funcionava.

Ele tremia de raiva, mas não disse nada e deixou o quarto em silêncio.

Que ótimo abraço.

36

Algumas horas antes

O dia em Malente fez Lúcifer se lembrar de como os homens amaldiçoavam Deus. Um homem fez exatamente isso quando sua noiva respondeu um sonoro "não" no altar. Uma mulher amaldiçoou Deus porque ainda era virgem e já tinha quase quinze anos! E uma bancária, porque seus colegas ficavam de cochicho por causa dos pelos que cresciam em seu rosto e a chamavam de "Barba Hari".

Na verdade, cada habitante de Malente amaldiçoava Deus em pensamentos no mínimo três vezes por dia. Era mais que o próprio Lúcifer fazia. Mas não menos que em qualquer outro lugar do mundo. Na verdade, Malente estava entre as cidades que menos amaldiçoavam.

Mas isso não fazia diferença, cada um dos homens tinha o potencial necessário para se tornar um dos Cavaleiros do Apocalipse, isso já tinha ficado mais que claro para Lúcifer. E por isso, seus Cavaleiros bem poderiam ser encontrados nesse lugarejo. E como ele tinha ficado completamente fascinado pela cartunista, ela seria o Cavaleiro Peste.

Enquanto Kata lutava contra a dor em sua prancheta de desenho, tentando trazê-la para o papel, a campainha tocou. Lúcifer tinha acertado a hora em que ela estaria sozinha em casa. Sozinhos, os homens eram presas muito mais fáceis pra ele. Ou quando faziam parte de uma multidão.

Kata desceu as escadas. Ela esperava que não fosse sua irmã batendo de volta à porta. Claro, uma hora ou outra ela ia ter que contar pra Marie da doença. Mas ela ainda não estava preparada. A Kata só sabia de uma coisa: dessa vez ela ia desistir com dignidade. Ela não seria capaz de suportar outra luta contra o tumor. Nem as sessões de quimioterapia, nem os rostos desesperançosos dos médicos, que na sua maioria eram crianças criadas em apartamento, que se perguntavam por que não tinham escolhido uma profissão mais lucrativa, como investidores financeiros, por exemplo.

Kata abriu a porta e lá estava o sósia do George Clooney, para sua surpresa.

— O que você quer aqui? – perguntou irritada.

— Quero te fazer uma oferta.

— Achei que vendedor de catálogo fosse uma profissão em extinção – ela respondeu.

— Eu posso curar seu tumor – o Diabo com cara de Clooney sorriu charmoso.

Kata ficou muda por alguns segundos. Como é que ele sabia da doença dela?

— Você só precisa me dar uma coisinha em troca – explicou o Diabo.

Essas conversas de "Vamos fazer um acordo" lhe deixavam extremamente contente. Os homens estavam sempre prontos para vender sua alma para conseguir o que queriam. Fosse sucesso ou o campeonato de futebol, ou até mesmo um cafezinho para viagem quando eles estavam cansados de fazer compras. E não nos esqueçamos da oferta líder de vendas no mercado: sexo.

— Eu... eu não tenho um tumor – respondeu Kata.

— Claro que não – sorriu Lúcifer. – Mas se eu o curar, você me daria uma coisinha em troca?

Por um breve momento, Kata teve esperança, isso era mesmo absurdo demais. E nada deixava alguém que estava à beira do morte mais inquieto que o medo de se decepcionar. Por isso ela queria que o cara desagradável fosse embora o mais rapidamente possível e respondeu:

— Sim, sim, claro! Desde que você suma!

— Você não quer saber o que eu quero em troca? – perguntou Lúcifer.

— Não – respondeu Kata batendo a porta.

Rá!, sorriu o Diabo, os homens e seu livre-arbítrio. Mas eles eram bem desapegados de suas almas.

37

Agora eu não estava entendendo mais nada. O que estava acontecendo? Eu tinha me confundido? A Kata não estava doente? Ela mesma pareceu não saber o que Jesus queria dizer quando saiu dali e disse num tom de voz muito ameno:

— A galera do isolado no hospício podia trocar os cadeados urgentemente.

E ainda para piorar minha situação, eu estava me lembrando que eu tinha ofendido Jesus. Ele já tinha me perdoado pelo beijo na bochecha, mas agora ele estava achando que eu tinha tentado enganá-lo. Muito provavelmente ele estava achando que tudo isso tinha sido um truque para ele não partir.

Deprimida, olhei para o bloco de desenhos da Kata e o que eu vi me distraiu tanto do tumor dela quanto daquele olhar de figueira seca de Jesus.

A Kata me disse lacônica:

— Os momentos em que você viveu com medo nunca mais serão recuperados.

Eu não suportava quando a Kata vinha com esse papo de "aproveitar o momento". Mas dessa vez foi bom, porque a pretensa doença dela me fez pensar sobre sentimentos que eu vinha recalcando há algum tempo.

A pergunta era: Quantos momentos eu ainda tinha para aproveitar? Ou melhor: quando é que seria o Juízo Final?

Depois que ela nos expulsou do quarto dela, perguntei em voz alta pela primeira vez, na locadora do Michi:

— Faz diferença saber que você só tem mais alguns meses ou anos de vida, não é?

— Especialmente se você ainda for virgem – disse o Michi.

Eu fiquei olhando pra ele.

— Quero dizer... um amigo meu... que é virgem... – ele explicou gaguejando.

— Qual amigo? – eu quis saber.

O Michi estava tão nervoso que a qualquer momento ia começar a hiperventilar. Seu olhar então se desviou para a capa do DVD *Corra, Lola, Corra* e ele disse:

— Franko Potente.

— Franko Potente? – perguntei incrédula.

Michi ficou vermelho.

Eu estava bastante surpresa. Eu até sabia que a vida sexual do Michi estava inativa, mas eu achava que pelo menos uma vez na vida ele já tinha feito sexo com alguém. Ele teve umas namoradas. Tudo bem, para ser mais exata, uma namorada. Ela se chamava Lena. E era católica como ele.

Nossa, a religião pode ser uma coisa muito cruel.

— Esse Franko é um *gay* reprimido? – perguntei.

— Não, não é. Como você chegou nessa ideia? – gaguejou Michi. – Franko é hétero.

— Mas...?

— Ele ama a mulher errada há muitos anos – ele confessou com pesar.

Se eu já estava assustada, naquela hora fiquei petrificada. Minha ilusão de que minha amizade com o Michi era inocente e platônica acabava de ir por água abaixo. Michi tentou continuar falando sobre seu sublime amor. Mas eu não queria ouvir. E então eu desviei o olhar. Vi um DVD e pedi para o Michi:

— Por favor, diga que se ela se chama Tilly Schweiger.

Michi ficou surpreso.

— Então eu não precisarei perder um amigo – expliquei.

Michi refletiu e me disse com um sorriso amarelo:

— Ela se chama Tilly Schweiger.

Obrigada.

Ficamos em silêncio por um tempo. Então Michi me fez uma pergunta que o incomodava há muito tempo:

— Você ama Jesus? Quero dizer, de um jeito que um cristão normal não amaria? E que não poderia amar?

— Parece que sim – confessei arrependida.

Essa revelação mexeu com ele. Michi tinha louvado a Jesus sua vida inteira. E agora ele era o único homem do mundo que tinha ciúmes do filho de Deus.

Ele tentou meio sem jeito deixar esse sentimento de lado e disse muito abalado:

— O mundo tem mesmo que terminar.

Eu olhei pra ele sem entender nada e ele me explicou:

— Há muitas coisas horríveis na esfera terrestre: guerras civis, aquecimento global, tráfico de pessoas...

E eu mesma também pensei em algumas coisas pelas quais a humanidade poderia se sentar no banco dos réus.

O carnaval fora de época.

Tatuagens no cóccix.

Propagandas com bebês.

McDonald's.

Rappers com dente de ouro.

Pais que chamam seus filhos de Chantal.

Será que o Michi tinha razão? Seria mesmo bom se o Reino dos Céus fosse instalado na Terra? Eu deveria estar questionando isso? Ou esse seria o melhor jeito para conseguir uma bolsa num curso de paraquedismo direto para o fogo eterno? Eu deveria me matricular em um? Ou eu ainda tinha tempo para mudar meu futuro?

E se eu não tivesse?

Então eu podia me despedir de todos os meus sonhos de ter uma família, ter filhos... menininhas pequenas e doces, fáceis de cuidar, que dormiriam a noite inteira... e sempre me diriam: "Mamãe, você é a melhor e nem é tããããão gorda...".

E quando estava tudo indo por água abaixo, eu me apeguei à esperança de poder fazer alguma coisa excepcional nessa vida. Eu deixaria a Terra sendo uma m.o.n.s.t.r.a.

Eu precisava descobrir mais sobre esse compromisso que Jesus tinha de acabar com o mundo, mesmo se ele estivesse com um ódio cego de mim.

38

Enquanto isso

O padre Gabriel estava numa banheira cheia de espuma. E com ele a Sílvia, que aproveitava enquanto ele esfregava as costas dela. Hoje ela estava muito mais relaxada e dócil que nas horas de labuta. Ela até disse que sentia amor por ele, o que fez seu coração bater com uma alegria que ele só tinha sentido antes na presença de Deus. Psicóloga, Sílvia podia explicar pra ele exatamente por que ela se sentia tão repentinamente à vontade com ele. Depois de mais de vinte anos, hoje ela havia se reconciliado com a filha, e isso tinha eliminado alguns bloqueios emocionais, e até hoje ela nunca tinha conseguido se entregar por completo a outro homem, porque ela se sentia sempre muito culpada por causa da Marie. Enquanto Sílvia contava pra ele de todas as angústias pelas quais tinha passado com a filha durante todos esses anos, Gabriel ficou pensando que famílias eram outra invenção estrambótica de Deus. Nada dava mais alegria a um homem, e ao mesmo tempo mais angústia, mais motivos para comemorar e ao mesmo tempo, mais motivos para morrer de raiva. A vida dos homens seria mesmo muito mais fácil, pensou Gabriel, se Deus tivesse concebido a reprodução humana como a das minhocas.

Pelo menos agora Gabriel não precisava mais escutar as lamúrias familiares de sua comunidade, porque ele tinha tirado uma licença de saúde pelo resto dos dias em que o mundo fosse continuar como era. E por isso, seu sucessor, o Denis, tinha assumido o cargo um pouco antes do previsto, mais exatamente na manhã de hoje. Denis era um desses padres atléticos, que adoravam as festas da cidade e música gospel, mas que tinham perdido toda sua fé durante as aulas de teologia e se questionavam por que eles não haviam escolhido uma profissão mais lucrativa, como por exemplo, investidores financeiros.

Gabriel se interessava menos por cafezinhos e festinhas da comunidade do que por exames de próstata, necessários já que ele era um homem-tornado-homem. Em sua opinião, ninguém nunca tinha encontrado Deus tomando um cafezinho da tarde.

Quando a campainha tocou, Gabriel achou que fosse o padre atlético e decidiu que não sairia da banheira por causa do tipo ateu. Então a campainha tocou novamente e ele ouviu alguém gritar "Gabriel"! Era a voz de Jesus.

— O carpinteiro voltou – Sílvia observou com objetividade. Com certeza ela não entendia as consequências desse fato. E Gabriel também não: Jesus já deveria estar a muitas milhas dali, em mar aberto, com destino a Israel.

Ele ouviu os passos do filho de Deus se aproximando. A qualquer momento, ele iria flagrar Gabriel e Sílvia na banheira.

— Você está parecendo um amante prestes a ser pego no flagra – Sílvia se divertiu.

— O carpinteiro é Jesus – ele soltou. Sílvia olhou pra ele em choque por alguns segundos e, de repente, caiu uma crise de riso.

Jesus entrou no banheiro e viu Gabriel na banheira. Junto a Sílvia. Que estava vermelha de tanto rir.

Gabriel se perguntou se faria sentido se afundar na banheira e ficar lá embaixo d'água até que o Juízo Final estivesse terminado.

Mas Jesus se desculpou:

— Perdão, meu amigo.

Gabriel não tinha quebrado nenhuma regra, nem cometido pecado contra os mandamentos sobre o banho do terceiro livro de Moisés (que Jesus não dava a mínima, pois ele colocava a fé acima de qualquer mandamento) e por isso não tomou nenhuma bronca do filho de Deus. O Messias apenas pediu que o Gabriel conversasse com ele urgentemente e deixou o banheiro, indo até a cozinha para esperá-lo. Gabriel levantou imediatamente da banheira e começou a se enxugar exasperado. Sílvia ficou surpresa.

— Você está se comportando como se o homem fosse mesmo Jesus, e eu, o Diabo.

— Diabo? – Gabriel olhou para Sílvia.

Existia uma possibilidade que isso fosse uma grande brincadeira dele?

Com a Marie?

E com a Sílvia?

Essa seria a única explicação, já que Jesus, sem a influência do Diabo, não se apaixonaria nunca por alguém como a Marie.

Depois de se vestir, Gabriel foi até a cozinha com os cabelos ainda molhados. Jesus contou o que tinha acontecido no porto e que ele não tinha achado nenhum tumor na cabeça da irmã de Marie, mesmo Marie tendo garantido que ela estava doente.

— Você acha que ela mentiu pra mim de propósito? – perguntou Jesus para seu velho amigo.

Gabriel pensou um pouco e compartilhou com Jesus seu pensamento:

— Precisamos considerar a possibilidade de que isso tudo seja um jogo de Lúcifer.

— Ele quer que eu caia em tentação? – perguntou Jesus assustado.

— Você acha que está caindo em tentação com a Marie? – os piores medos de Gabriel pareciam ter se tornado realidade.

Jesus parou. Marie o estava mesmo fazendo cair em tentação? Ele se sentia atraído por ela. Mas haveria alguma coisa mais que isso?

— Eu também ando caindo em tentação – explicou Gabriel. – Lúcifer nos deu o que nós mais queríamos. Pra mim, a mulher que eu sempre amei. E pra você, uma mulher que te vê como um humano.

Gabriel não disse nada, mas achava especialmente baixo que Lúcifer tivesse escolhido uma mulher como Marie, que ninguém diria ser capaz de seduzir um homem, muito menos se esse fosse o filho de Deus.

Jesus contestou a ideia de que Marie seria um truque do Diabo, isso era inconcebível:

— Lúcifer já tentou me seduzir uma vez. Uma vez, no deserto. Ele me prometeu água, comida e um reino... mas nunca o amor.

— Ele aperfeiçoou seus métodos – explicou Gabriel. Nem todos os homens querem um reino, mas o amor... esse acaba fazendo falta pra todos, uma hora ou outra. Até para os anjos.

Jesus protestou:

— Eu... eu não posso acreditar que a Marie tenha algo a ver com Lúcifer.

— Não há outra explicação. Agora Gabriel estava surpreso consigo mesmo. Isso significava que ele precisaria expulsar Sílvia de sua casa (e antes disso, de sua banheira).

Jesus estava tão desnorteado, ele queria fazer algumas orações e procurou um lugar calmo. Mas a busca não o levou para a igreja. Nem para o jardim atrás da casa paroquial. E sim para o lago, onde ele e Marie tinham passado momentos tão bons. Ele se sentou, olhou para os últimos raios de sol que refletiam na água do lago e começou a duvidar. Não de Marie, mas de si mesmo. Então haveria outro motivo para ele não estar a bordo daquele navio para Israel. Alguma coisa que ele ainda não tivera coragem para compreender. Talvez... Talvez ele não quisesse dar início ao Juízo Final. Uma parte dele duvidava de sua tarefa, punir homens era uma coisa que não o deixava nem um pouco feliz. Na Judeia, ele sempre enfrentava as ameaças furiosas de Deus para que os homens pudessem trilhar um caminho mais calmo. Isso ajudava bastante. Mas eram apenas ameaças.

É, por causa dessas dúvidas ele se sentia tão próximo de Marie e se deixava dissuadir muito fácil de sua tarefa.

39

Eu fiquei muito feliz que o Joshua estivesse sentado no nosso lugar no lago, isso significava que esse lugar também significava alguma coisa pra ele. Sua raiva tinha evaporado, e ele não estava surpreso em me ver. Ele parecia mais impressionado e pensativo. Sentei ao lado dele e coloquei meus pés na água, ao lado dos dele.

A gente ficou sentado lá como duas pessoas que tiveram um encontro maravilhoso e deram um beijo na bochecha, mas que sabiam que nunca seriam um casal, pois suas histórias de vida até aqui tinham sido muito diferentes.

Então Joshua me olhou desconfiado, como se ele tivesse se decepcionado com algo. Será que ele acreditava mesmo que eu tinha inventado a doença de Kata só para que ele não partisse?

— O que te levou até mim? – ele perguntou.

— Eu... tenho uma pergunta.

— Pergunte.

— Quando é o Juízo Final?

Jesus refletiu um segundo que pareceu uma eternidade e respondeu:

— Semana que vem, na terça.

Saber que o mundo só teria mais cinco dias foi um choque. Tudo que eu conhecia... tudo que mexia comigo... tudo que eu amava... não estaria mais ali. E eu precisaria enterrar todos os meus sonhos. E reagi como qualquer outro ser humano teria reagido a essa notícia: caí em prantos.

Enquanto os patos se afastavam apressados, Jesus me deu um lenço. Quando consegui parar de chorar, perguntei com cuidado se existia mesmo esse tal livro da vida, se Deus iria nos julgar e sobre esse tal de fogo eterno. Eu tinha esperanças que tudo tivesse sido uma falha de comunicação e que o Reino dos Céus fosse para todo mundo. Mas infelizmente Jesus confirmou: Tudo isso vai acontecer.

Pálida, completei:

— Isso... esse negócio de queimar pro resto da vida é um pouco duro demais.

Por um momento, pensei que ele me daria razão, mas de repente eu o percebi fazendo um esforço enorme para reprimir qualquer dúvida que ele pudesse ter. Sua expressão se fechou, ele se levantou e caminhou até uma macieira que ficava nas margens do lago e que não tinha nenhum fruto. Com raiva, ele disse para a árvore:

— Ninguém nunca mais comerá um de seus frutos.

E então a árvore secou bem na frente dos meus olhos.

Jesus me olhou com certa rispidez. Como um professor autoritário com dor de estômago durante o exame final. Mas eu não entendia o que Jesus desejava com isso.

— Isso acontece com todos que não seguem as regras de Deus – explicou, me advertindo.

— Você precisa melhorar suas metáforas – caminhei até ele. – Elas são bem complicadas.

Jesus não deixou que meu comentário interferisse em sua palestra:

— Os mandamentos para uma vida temente a Deus estão disponíveis para qualquer um ler na Bíblia. Ninguém pode alegar que não sabia das regras. E quem fez o bem na vida será recompensado por não ter escolhido o caminho mais fácil, o caminho do mal.

Eu entendi: então a cuidadora de idosos seria recompensada pela vez que o gerente do asilo diminuiu o salário dela só para aumentar sua margem de lucro. Seria bem justo.

Ainda assim, o conceito geral da punição não me agradava, e eu tinha certeza de que a cuidadora de idosos me daria um voto de confiança aqui. Eu preferia que meu Deus fosse bom. E então perguntei mal-humorada:

— O Todo-Poderoso é, então, esse Deus do mau e punitivo?

— Não fale com um tom tão desdenhoso sobre o Senhor – Jesus me reprimiu.

Por um minuto eu pensei: *Nossa! Que filhinho de papai!* Graças a Deus eu guardei esse pensamento pra mim.

Os olhos de Joshua pareciam bravos comigo. Mas eu não podia simplesmente dar razão pra ele. O que seria de Kata? Ela tinha pecado contra os três primeiros mandamentos, que diziam que o homem tem que temer a Deus. E minha mãe? Ela iria para o Reino dos Céus? Não se meu pai pudesse depor. E ele? Para o papai não seria ruim que o mundo terminasse, daí a Svetlana não teria a chance de partir o coração dele.

E de repente eu pensei na filha de Svetlana. Para ela o mundo também terminaria na próxima terça-feira. Mesmo não suportando a pestinha, eu não achava isso justo. Ela até entraria no Reino dos Céus, porque ela nunca pecou, mas ela ainda não tinha vivido tudo nessa Terra. Ela não saberia das alegrias que esse mundo proporciona; salsa, *shows* do Robbie Williams, *Os Simpsons*, a ansiedade do primeiro beijo, a primeira noite com um homem – tudo bem, essa parte talvez ela pudesse pular...

Mas ainda assim era injusto!

Todo homem tem o direito de aproveitar sua vida até o fim. Até mesmo a filha idiota da Svetlana.

Até o Franko Potente.

Até... eu!

Eu estava tão brava com Deus e com o filho Dele que meus olhos até ousavam enfrentar o olhar raivoso de Jesus. Então ficamos nos encarando com raiva perto da macieira seca, que tinha se esforçado muito para ser o exemplo da metáfora do que nossa amizade incipiente teria se tornado.

Por fim, eu quebrei o silêncio:

— Eu acho injusto que Deus não dê mais uma chance aos homens.

Pronto, falei.

— Você ousa questionar os planos de Deus? – perguntou Jesus irritado.

— E como ouso! – respondi.

— Não é de sua alçada colocar em dúvida o caminho do Senhor! – esbravejou Jesus.

— Filhinho de papai! – respondi.

Ele ficou chocado.

Benfeito!

— Gabriel tinha razão! – disse Jesus com a cara brava.

— Sobre o quê? – perguntei irritada.

— Que você está aqui a mando do Diabo.

Por um momento, o ar me faltou. Então eu soltei uma gargalhada. Alta e histérica. Minha raiva se dissolveu em espasmos de risada. E isso claramente deixou Jesus mais irritado:

— Você está zombando de mim?

— Estou! – respondi séria depois que eu consegui me controlar. – Se o Diabo fosse mandar alguém atrás de você, com certeza ele não escolheria alguém tão incompetente quanto eu.

Jesus não sabia o que responder.

— Presta atenção – ordenei –, olhe para mim e ouça seu coração. Se você realmente acreditar que eu estou aqui a mando do Diabo, me faça ficar seca igual a essa árvore.

Parecia que isso era um pensamento que tomava conta dele.

— Caso contrário – continuei –, me dê uma oportunidade para provar que nosso mundo ainda merece uma chance.

Jesus ficou me olhando. E quanto mais ele olhava, mais eu tinha medo do que ia acontecer a seguir. Eu tinha sido muito corajosa. Haveria outras formas mais agradáveis de morrer que ser completamente seca.

Por fim, Jesus abriu a boca devagar, e eu fiquei esperando minha sentença de morte, quando ele disse:

— Amanhã à noite sai o próximo barco para Israel. Até lá, você tem sua oportunidade.

Meu instinto de pular no pescoço dele tinha voltado. Mas como Jesus não ia ficar muito feliz com um abraço, eu reprimi meu impulso.

E então eu me dei conta do tamanho da responsabilidade que eu tinha tomado para mim. O destino da humanidade estava em minhas mãos. Logo, eu precisava salvar o mundo.

Era uma pena que eu não fizesse ideia de como conseguir isso.

40

Eu me sentei de volta com Jesus no nosso lugar e fiquei refletindo sobre o meu dilema. Talvez eu devesse apenas mostrar pra ele quantos homens bons havia nesse mundo. Mas infelizmente eu não conhecia ninguém que fosse assim tão nobre. Além de pessoas como Gandhi, Madre Tereza ou Martin Luther King, mas eles já estavam todos mortos, e Jesus provavelmente já os conhecia. Era possível que ele jogasse gamão uma vez por semana no Céu com eles, ou seja lá o que as pessoas fazem no céu para se divertir.

É, o que será que se faz no Céu o dia inteiro? E o que os homens fariam na Terra quando ela se tornasse o Reino dos Céus quando ele começasse na próxima terça-feira? Com certeza orar. Mas isso seria suficiente para o dia? Isso era uma coisa que os homens faziam uma hora por dia. Talvez até cinco. Mas e o resto do dia? Por outro lado, se os homens fossem plenamente felizes, e esse com certeza seria o caso do Reino dos Céus, então tanto faz como eles passariam seus dias. Poderiam ficar olhando as nuvens, sentindo o perfume das flores ou de pernas pro ar, e ainda assim eles seriam completamente felizes. Esse tal de Reino dos Céus parecia um estado eterno de brisa. Fiquei pensando se eu deveria perguntar isso para Jesus, mas preferi deixar pra lá.

Talvez eu devesse apenas mostrar pra ele as pessoas que eram boas, mas infelizmente eu não tinha nenhum Gandhi no meu círculo de contatos. Por outro lado: a maioria dos homens era bem decente, claro. Em Malente não havia ditadores, assassinos ou operadores de *telemarketing*. E na Idade Média foi a última vez que um vilarejo vizinho foi saqueado. Mas eu tinha dúvidas se isso seria suficiente. E se eu simplesmente falasse para Jesus: olha só, os homens merecem suas vidas porque a maioria deles não é boa, nem má, eles são simplesmente medíocres. Mas isso me parecia um argumento muito fraco contra os planos de Deus, que planejava dividir a humanidade para todo o sempre entre os bons e os maus. Eu suspirei.

— Por que você está suspirando? – Jesus me perguntou.

— Suspiros – foi o que eu suspirei.

— Você não sabe como me convencer – constatou Jesus.

— Claro, claro que eu sei – respondi com pouca certeza.

— Não sabe – ele sorriu amistosa e até carinhosamente.

Mas a risada me deixou irritada, eu me senti desafiada. Eu não podia suportar que um homem pelo qual eu nutrisse sentimentos me considerasse uma pessoa fraca. E me era indiferente se esse homem era Jesus ou não.

— Você está com raiva de mim – ele constatou surpreso.

— E você é um mestre das obviedades – respondi um pouco ácida.

— Qual o motivo de sua raiva? – Jesus quis saber.

— Olha, a maioria dos homens não é boa nem ruim, eles são apenas pessoas normais – expliquei –, mas isso não é suficiente para te convencer.

Ele ficou em silêncio e parecia refletir, ele não queria que eu ficasse com raiva dele. Por fim, ele perguntou:

— Posso te dar uma sugestão?

Eu olhei pra ele surpresa e minha raiva desapareceu como num passe de mágica.

— Mostre pra mim que esses homens normais, como você os chama, têm potencial para serem bons, e que eles querem isso.

Hummm... gostei da proposta dele. Mas como é que eu poderia mostrar para Jesus que os homens poderiam alcançar esse potencial? Eu deveria chamar uma Assembleia dos Cidadãos de Malente e dizer: "Olha, gente, chega de bobagem, chega de pecar contra os mandamentos e sonegar impostos, e no lugar de vocês eu também pararia de falar mal do tal do Homem".

Eu suspirei novamente,

— Posso sugerir mais uma coisa? – perguntou Jesus.

Assenti.

— Encontre apenas uma pessoa que tenha o potencial para fazer o bem.

Parecia inacreditável, dava quase pra achar que ele queria ser convencido por mim. Como se ele também tivesse suas dúvidas se esse negócio de Juízo Final era mesmo uma boa ideia.

Uma pessoa serviria de modelo para o resto da humanidade, acho que eu conseguiria fazer isso. Mas quem eu deveria escolher? Kata? Acho que não, ela ficaria quase o tempo todo tentando explicar pra Jesus que quem deveria provar que tem potencial para fazer o bem era Deus. Quem sabe meu pai? Mas no momento ele estava querendo conversar comigo na mesma medida em que o Papa queria falar com fabricantes de camisinhas. Minha mãe não era uma boa ideia, já que ela estava saindo com o compadre de Jesus, o padre Gabriel, apenas para buscar consolo. E a Svetlana? Ela com certeza estava agradecida por Jesus ter curado sua filha. Talvez ela estivesse tão agradecida que fosse desistir de usar meu pai, e eu poderia mostrar para Jesus que ela tinha o potencial para fazer o bem. Eu deveria arriscar com a Svetlana? Deixar responsável pelo futuro da humanidade a mulher que eu chamava de vadia siberiana?

Nesse momento eu vi a dúvida em meu rosto refletido na água e duas ideias vieram à minha mente. Por que é que meu cabelo está sempre uma droga? E se a pessoa certa fosse eu?

Essa era uma ideia, não havia ninguém mais mediano que eu.

Eu me virei para Jesus e disse que eu mesma iria ser a pessoa para convencê-lo. Expliquei longa e detalhadamente como eu cumpria a maioria dos dez mandamentos e que eu iria cumprir todos eles até amanhã à noite. Eu iria respeitar meus pais e não cobiçaria mais nada de ninguém. Jesus ouviu toda a minha ladainha até o fim e disse:

— Os dez mandamentos não são suficientes para te tornar uma pessoa boa.

Ai ai ai! Quando se tratava de Deus nada poderia ser tão fácil.

— E o que mais é preciso fazer? – perguntei. – Quero dizer, você não está me dizendo que eu preciso cortar a mão de alguma mulher na rua que estivesse agarrando as partes íntimas de um homem, está?

Jesus riu:

— Você leu o Deuteronômio.

Ele devia achar que eu conhecia mais da Bíblia do que eu conhecia de verdade.

— Não se preocupe – explicou Jesus –, não é preciso seguir todas as regras da Bíblia. É preciso viver Deus.

— E isso significa quê...?

— Tudo que você precisa saber sobre uma vida temente a Deus, eu disse no meu Sermão da Montanha.

O Sermão da Montanha. Ahá! Eu já tinha ouvido falar dele. Nós o lemos na aula de crisma com o padre Gabriel, mas, como eu estava sofrendo por amor, também estava muito ocupada desenhando meu ex-namorado ser atingido por todas as dez pragas, mas o que eu mais gostava era da ideia de ele ser devorado por gafanhotos. Mas se alguém me perguntasse o que estava escrito no Sermão da Montanha, eu não poderia responder, nem mesmo se minha vida dependesse disso, e muito menos a do resto da humanidade.

— Você sabe o que eu disse no Sermão da Montanha, não sabe? – perguntou Jesus.

Eu ri com esforço.

— Você não sabe.

E eu tive ainda mais dificuldade em sorrir.

— Pensei que você conhecesse a Bíblia – disse Jesus um pouco mais rígido.

— Frddl.

Confessar para Jesus que eu não conhecia a Bíblia era tão desconfortável quanto contar para seu pai que você está tomando pílula, já há quatro anos, mesmo que você só tenha 16. Mas eu fui corajosa:

— Você... tem razão. Não tenho a menor ideia do que você disse lá.

Antes que Jesus ficasse completamente decepcionado, eu expliquei:

— Mas não se afobe, até amanhã à noite eu estarei vivendo sob suas regras, e você vai ver que os homens são capazes de construir eles mesmos um mundo melhor.

Jesus sorriu para mim um pouco tenso, talvez ele estivesse sentindo a pressão da minha empreitada.

Ou ele estava impressionado comigo?

— Isso é suficiente? – perguntei cautelosamente.

Uma onda de felicidade tomou conta de Jesus, ele se recompôs e explicou:

— Estou de acordo com o seu plano.

— Que bom! – respondi, mas eu não sabia se isso era realmente bom. Eu esperava do fundo do meu coração que isso não fosse além do que eu seria capaz. O medo me levou a quase fazer uma oração, mas no último momento eu me dei conta de que nesse momento Deus não tinha os mesmo objetivos que eu.

E agora eu e Jesus estávamos de frente um para o outro em silêncio. Eu gostaria de passar a noite com ele, como fizemos ontem, mas eu não podia, eu tinha muito a fazer. Era impossível enxergar nele aquele Joshua da salsa.

Eu me despedi com pesar no peito e tive a impressão de que também não era fácil pra ele se separar de mim. Quando cheguei em casa, fiquei feliz de não encontrar um cartaz com a minha foto na porta com os dizeres: "Se você tem esse rosto, mantenha distância".

Eu entrei, vi que a criança dormia no sofá e ouvi um barulho bem baixo de sexo vindo do quarto do meu pai. Por um breve momento, eu desejei que o Juízo Final ocorresse naquela hora.

A Kata, saindo do banheiro, veio até mim. Antes de cumprimentá-la, eu ouvi os gemidos de papai, e ele parecia um pouco com um cavalo.

— Venha até o meu quarto, de lá não ouvimos a gemeção – ofereceu Kata.

— Então é um ótimo lugar – respondi e corri com ela para o refúgio do silêncio. Mas a Kata parecia insegura.

— O que é? – perguntei pra ela.

— Estou com medo.

Minha irmã estava confessando que estava com medo? O mundo estava mesmo de cabeça pra baixo.

— De quê?

— Não sinto mais dores.

— Pensei que você não estivesse doente.

— Mas eu estou.

Isso me acertou como um direto de esquerda.

— Mas não estou sentindo dor nenhuma, é como se ele não estivesse aqui, e estou me borrando de medo.

— Porque você tem esperança de estar curada e não quer se decepcionar?

— Não, porque vou morrer logo.

Quando o primeiro tumor apareceu, há cinco anos, eu podia ver nos olhos dela a coragem de lutar. Mas agora, eles estavam vazios de medo. E eu tinha medo disso.

— Eu... não quero – disse baixinho, e a palavra "morrer" nem chegou a sair da boca dela.

Eu a tomei em meus braços. E ela se confortou neles.

Eu tinha muitas perguntas. Se os médicos tinham achado o tumor, por que Jesus não pôde identificá-lo? Ou ela estava criando o tumor na cabeça dela? E por que ela faria isso? E por que ela teria desenhado essa tirinha, que eu acabara de ver no bloco dela?

Por que de repente o Diabo estava aparecendo nas tirinhas de Kata? E por que ela pensava nele? Ela tinha medo de ir para o Inferno? Por fim, ela acreditava em vida após a morte? Será que eu deveria contar pra ela que isso existia mesmo? E conversar com ela sobre Jesus? E sobre o que estaria por vir? Ou eu só a deixaria mais angustiada, já que ela era forte candidata a terminar no Inferno?

Antes que eu pudesse abrir minha boca, senti uma lágrima escorrer pelo meu rosto. Kata estava chorando. Foi a primeira vez que eu vi a Kata adulta chorar. E isso quase fez meu coração explodir. Eu a apertei mais e decidi não importuná-la com a loucura que eu tinha pela frente. De repente ela era a caçula, e eu, a irmã mais velha tentando protegê-la.

41

Depois que Kata adormeceu, fui para meu quarto. Saber que ela estava doente novamente me deixava completamente esgotada, mas eu não podia chorar, eu era forte e acreditava que Jesus poderia salvá-la. Mas pra isso eu precisaria convencê-lo de que os homens – e entre eles a Kata – mereciam mais uma chance. O jogo ainda não tinha terminado.

Tirei a Bíblia da minha bolsa, enquanto eu procurava pelo Sermão da Montanha deitada em minha cama – essa Bíblia precisava de um índice remissivo –, eu parava em outras passagens e descobri, por exemplo, que Onã cometeu um grande pecado (havia mais sexo e crime nessa Bíblia que em Hollywood). E quando eu finalmente achei o sermão no livro de Mateus, fiquei tão contente que, primeiro, zapeei um pouco pelos canais da televisão – eu tinha muito medo das responsabilidades que cairiam sobre meus ombros a partir daquele momento. A TV passava um filme com um ator que me deu ainda mais medo. Então desliguei a televisão e me entreguei às palavras de Jesus. O Sermão era tipo um "O melhor de" dos ensinamentos de Jesus, entre eles a metáfora do pássaro, que ele fez no nosso primeiro encontro – e que agora me parecia ter sido há um milhão de anos. Eu separei os ensinamentos dele nas seguintes categorias: 1. não me causariam problemas; 2. causariam poucos problemas; 3. vai ser difícil; 4. vai ser bem difícil; 5. Deus me acuda!

As categorias 1 e 2 permaneciam quase vazias.

O único ensinamento que seria cumprido sem problemas seria não mais maldizer os outros. Não se deixar levar por falsos profetas também parecia fácil, e eu não ia jogar pérolas aos porcos – embora eu achasse que isso seria mais uma das metáforas que eu não tinha conseguido entender completamente.

Para mim era mais difícil viver sem me preocupar com comida e dinheiro. Eu era muito boa em me preocupar, se isso fosse um esporte olímpico eu teria ganhado a medalha de prata e teria perdido por muito pouco para o Woody Allen. Eu não deveria ser dependente dos meus bens materiais, e infelizmente não havia uma regra de exceção para o meu iPod e os meus CDs da Norah Jones. Mas isso não era nada em comparação ao que Jesus exigia de um homem mediano: dar mais aos homens aos quais eu tinha feito mal. Ou como Jesus dizia: "Dá a quem te pedir, e não te desvies daquele que quiser que lhe emprestes". Essa era uma regra que os escritórios de contabilidade poderiam usar mais.

Mas eu duvidava que eu pudesse ser tão altruísta. E dar a outra face também não era comigo, eu não era masoquista. O lema "não julgues, para não ser julgado" também causaria problemas. Isso me fez pensar em Svetlana e eu queria muito julgá-la. Mas a metáfora de Jesus "Ou, como dirá a teu irmão: Deixa-me tirar o argueiro do teu olho, estando uma trave no teu?" não me ajudou muito. Mesmo sabendo que a trave dos meus olhos era o Sven, e que eu era tão culpada quanto Svetlana, eu tinha muita raiva dela.

Na categoria "Deus me acuda", por fim, caíram os ensinamentos de Jesus que os homens deveriam amar seus inimigos. Além da Svetlana, eu não tinha inimigos. Como eu poderia amar essa mulher? De verdade. Não só para fazer cena. Era disso que dependia o futuro da humanidade?

Nesse momento, meu celular tocou, era o Michi que estava muito nervoso querendo saber quando a Terra iria acabar. Quando eu contei pra ele, ele ficou ainda mais nervoso, então falei pra ele do meu trato com Jesus, e ele disse que a única coisa que eu teria que fazer seria passar a amar a Svetlana até amanhã à noite, ele só disse:

— Acho que estamos arruinados...

Logo em seguida ele engoliu seco e disse:

-... e o Franko Potente vai morrer virgem!

Eu me compadeci:

— Sinto muito, Franko.

— Eu mais ainda – suspirou Michi.

E eu suspirei também por pura solidariedade. Isso parece ter dado coragem pra ele, e ele prosseguiu:

— Você acha que...

— O quê?

— Dava pra... – ele relutou um pouco e terminou baixo – você dormir com o Franko só uma vez?

— NÃO!

— Tudo bem – respondeu decepcionado. Eu quase me arrependi de ter dito pra ele que eu sabia que ele era o Franko. Mas eu não estava apaixonada por ele, e sexo sem amor pra mim era tão divertido quanto uma sessão de depilação com cera fria.

— Então... pelo bem do meu amigo Franko, espero que você consiga convencer Jesus – Michi desligou o telefone.

Eu gemi um pouco e voltei para o Sermão da Montanha. Não era possível que Jesus fosse dar ali uma bateria de ensinamentos sem oferecer nenhuma pista de como um mero mortal poderia conseguir seguir todos eles.

Continuei passando as páginas e ali, no Mateus capítulo sete, versículo 12, havia a expressão "Regra de ouro": "Portanto, tudo o que vós quereis que os homens vos façam, fazei-lho também vós".

Ótimo, isso eu conhecia e até parecia com aquelas plaquinhas de banheiro público: "Deixe o toalete como você gostaria de encontrá-lo". Toda vez que eu via uma dessas placas, eu pensava irritada: *E eu sou decoradora de interiores, por acaso?*

Mas agora, pela primeira vez na vida eu refletia sobre as palavras de Jesus e cheguei à seguinte conclusão: talvez esse fosse mesmo o caminho! Se eu fosse legal com a Svetlana, talvez ela pudesse ser legal comigo e mudar. E assim talvez eu pudesse amá-la de verdade. Esse não era um cenário muito provável, honestamente falando, mas sonhar ainda não era pecado.

E talvez... talvez eu pudesse sonhar novamente em estar com o Joshua.

42

Enquanto isso

O padre Gabriel estava sentado à luz da lua no banco do jardim da casa paroquial. O Messias estava descansando no quarto de hóspedes, e de longe se ouvia o padre atlético tocando terrivelmente sua guitarra. O fato de que ele estava, curiosamente, tocando a música "This is the end of the world as we know it" passou despercebido para Gabriel. O dia tinha sido horrível pra ele. Ele enxotara sua amada Sílvia de casa e, mesmo ela insistindo que não tinha absolutamente nenhuma relação com o Diabo e gritando enraivecidamente que conhecia uma ótima clínica psiquiátrica ali por perto que poderia indicar para ele, não acreditara nela. Ele também não confiou quando ela começou a chorar para amolecer seu coração. E menos ainda quando ela com a voz chorosa disse pra ele que, nos últimos tempos, o que ela sentia era amor.

Ele tirou os olhos da lua e olhou para o jardim escuro. Ele se sentiu ainda mais sozinho que antes, ele tinha perdido Sílvia.

Nesse momento, o arbusto na frente dele começou a pegar fogo espontaneamente.

Esse encontro era a última coisa que faltava na vida dele.

— **POR QUE MEU FILHO NÃO ESTÁ A CAMINHO DE JERUSALÉM?** – *quis saber o arbusto em chamas. Sua voz imponente não era muito alta, e ainda assim tinha-se a impressão de que ela ocuparia todo o mundo.*

Gabriel preferia ter fugido. Mas como Deus era onipresente, Ele ia aparecer em qualquer lugar que Gabriel estivesse: como palmeira em chamas nas Maldivas, como pinheiro em chamas na Noruega ou um bonsai em chamas no Japão. Não havia escapatória. Então Gabriel se recompôs e pensou qual seria a melhor forma de informar ao Senhor que seu filho havia caído nas tentações do Diabo.

— *Senhor, como eu poderia dizer? Houve algumas complicações.*

— **COMPLICAÇÕES?** – *pelo tom não parecia que o arbusto em chamas fosse ter muita tolerância para complicações. E, sobretudo, não com a complicação que o Gabriel estava por estruturar.*

— *Olha, não é muito fácil de explicar – gaguejou Gabriel.*

— **ENTÃO EXPLIQUE DE UMA VEZ** – *ordenou a moita.*

Gabriel queria guardar tudo para si, mas ele sabia que a moita em chamas tinha tendência a exagerar em suas reações, era só perguntar para os faraós egípcios. Mas Gabriel também sabia que não podia guardar segredos do Todo-Poderoso. Então, com a voz trêmula, explicou o que havia acontecido com Jesus e Marie até aqui, e não poupou detalhes:

— *... e a salsa é uma dança que as pessoas bailam com as cinturas coladas!*

E o arbusto em chamas ficou em silêncio, e quanto mais a história prosseguia, mais enfurecido Ele ficava. Ao fim do relato de Gabriel, ele estava tão irritado como só um arbusto em chamas poderia estar. Gabriel mal podia suportar o frio enfurecido que o arbusto flamejante emanava. Mas ele também estava um pouco confuso: Deus sabia de tudo, por que de repente havia coisas que não eram de seu conhecimento?

Ele quase ousou fazer essa pergunta, mas as chamas da moita levantaram-se metros de altura, e sua voz explicou com rigor:

— SE MEU FILHO NÃO ESTIVER A CAMINHO DE JERUSALÉM AMANHÃ À NOITE, VOU CUIDAR DESSA MARIE EU MESMO.

43

Pelo menos enquanto dormia, eu ainda podia sonhar com o Joshua. De mãos dadas, estávamos passeando pelas montanhas e, quando chegamos ao topo de uma delas, olhos fundos um nos do outro, nossos lábios se aproximaram e nós quase nos beijamos, mas então a Svetlana apareceu. Montada em um cavalo, ela me olhou e disse:

— Eu sou seu pai.

Acordei atordoada. Quando consegui me acalmar, percebi que eu tinha deixado meu celular no silencioso e vi que havia catorze chamadas não atendidas. Todas de minha mãe, que nunca tinha me ligado tanto nos últimos dez anos como nesta noite. Chocada e muito preocupada, liguei imediatamente de volta pra ela e, do outro lado da linha, ouvi um "Alô" choroso.

— O que aconteceu? – perguntei ainda sem entender o que acontecia.

Ouvi um silêncio, um suspiro e por fim:

— Gbrllprddcbbça!

— Desculpe?

— O Gabriel! – ela soluçou.

— O Gabriel não come cabeças?

E o que é que eu tinha com isso?

— O Gabriel perdeu a cabeça!

Ah, isso fazia mais sentido. Pedi para minha mãe se acalmar, mas ela não seguiu meus conselhos e continuou desesperada. Eu tentei conversar com ela da forma mais tranquila possível.

— É bom que você extravase seus sentimentos.

— Não venha com esse papo de psicóloga pra cima de mim – ela gritou comigo.

— Então pare de choramingar! – respondi. Esse negócio de tranquilidade era algo que eu ainda precisava treinar. Mas minha ousadia pareceu surtir efeito. Mamãe parou de resmungar. Ela se desculpou e tentou me contar sobre o Gabriel com toda a calma que ela conseguia, que ela agora sentia algo por ele, e que isso era porque a gente tinha se reconciliado e o bloqueio dela tinha sumido, e que o Gabriel tinha expulsado ela de casa porque ele acreditava que ela era o Diabo.

— Isso é só uma desculpa porque ele tem medo de se comprometer! – constatou enfurecida – Diabo. Por favor! Esse aí existe ainda menos que o próprio Deus.

— Ou ainda mais – engoli seco.

— O quê? – perguntou minha mãe chocada.

— Eh... deixa pra lá!

Ela soluçou de novo. Olha, o Gabriel deveria se alegrar que eu não tinha os mesmos poderes que Jesus para fazê-lo secar. Mal terminei de pensar isso, fiquei completamente chocada. Não porque eu tivesse a total consciência de pensar isso, mas porque no Sermão da Montanha estava escrito que é tão ruim desejar a morte de alguém quanto matá-lo de verdade. É, esse negócio de seguir os ensinamentos não estava começando muito bem.

— Vou conversar com o Gabriel – ofereci.

— Você faria isso por mim?

— Claro – respondi. Não bastava eu estar ocupada em salvar o mundo, eu também poderia salvar o novo amor da minha mãe.

Depois que eu desliguei, eu me vesti, desci a escada e encontrei a Svetlana no corredor. Agora era pra valer, eu iria conseguir amá-la? Eu a olhei nos olhos, borrados de maquiagem que, além dela, só travestis e dançarinas do *Holiday on Ice* usavam (mesmo que no mundo houvesse uma quantidade considerável de gente desses dois grupos). Eu me perguntei o que poderia fazer com essa mulher que eu gostaria que fizessem comigo.

— Svetlana, tem um café aqui perto que serve um supercafé da manhã, vamos lá? – perguntei.

— Hein? – Svetlana ficou nervosa e completamente desconfiada.

— Vai ser uma ótima manhã entre filha e madrasta – tentei brincar. Svetlana, que provavelmente achava a configuração da nossa família ainda mais estranha que eu, riu e respondeu:

— De acordo!

Pouco depois estávamos sentadas no café mais elegante de Malente, e o *chef* preparava na nossa frente alguns ovos pochê, que acompanhavam presunto, tomate e *carpaccios*. Ainda não tinha surgido em mim nenhum sentimento bom por ela. Menos ainda amor, mas eu a tratava como eu gostaria de ser tratada. Mas era provável que a comida e a bebida não fossem suficientes. O que mais eu quereria? Que se interessassem por mim! Então tentei me interessar por Svetlana:

— Deve ser... difícil criar um filho sozinha na Bielo-Rússia.

— É difícil em qualquer lugar – ela respondeu.

Eu concordei e pensei nas mães daqui com olheiras de zumbi.

— Mas pra mim era ainda mais difícil, porque além de tudo eu precisava cuidar do meu pai, que também era doente – explicou Svetlana. – Por isso eu também trabalhei no Acordes.

— Na fábrica? – perguntei e dei uma mordida no meu maravilhoso *croissant* de chocolate.

— No bordel – ela respondeu, e eu engasguei com o pedaço do meu maravilhoso *croissant* de chocolate.

Quando eu parei de engasgar, ela disse acanhada:

— Seu pai já sabe. E você também deveria saber.

Eu queria terminar aquela conversa ali mesmo, mas isso com certeza contaria um ponto negativo segundo o Sermão da Montanha. Então, o que eu deveria fazer? Mostrar compaixão? No lugar dela, eu não gostaria disso. Compreensão? Parecia melhor.

— Nossa, parece não ter sido fácil... – gaguejei. Eu não podia mostrar mais compreensão que isso pelo passado dela.

— Eu não menti pra você. Eu acho seu pai um homem maravilhoso. Nunca antes um homem foi tão bom pra mim. – seu olhar era puro e parecia genuíno. E ela tinha acabado de me falar de seu passado sombrio. Uma mulher com más intenções não faria isso. Eu decidi dar pra ela o que eu gostaria de receber em uma situação como essa: um voto de confiança.

— Seria ótimo se você o fizesse feliz – expliquei.

— Eu vou tentar – disse e pareceu verdadeira.

Então comemos nossos ovos. Ao fim do café da manhã, já estávamos na metade do caminho de nosso entendimento. E nós nos respeitávamos. Mas eu ainda não tinha conseguido amá-la. Então achei que meus esforços não mereciam mais que um "continue assim".

Eu queria procurar Joshua para perguntar se ele compartilhava da minha opinião (e porque eu estava com saudades dele, e essa pergunta era uma boa desculpa para encontrá-lo). Mas no caminho da casa paroquial, me confrontei com Gabriel.

— Fique afastada dele! – ele me disse de longe parecendo um exorcista de filmes de terror dos anos 1970.

— Um bom-dia para você também – respondi irritada.

— Fique afastada dele! – ele repetiu em tom ameaçador.

— Eu não sou o Diabo – expliquei pra ele com toda a calma possível.

— Era isso que alguém ligado ao Diabo diria – ele respondeu com uma lógica um pouco difícil de ser contestada.

— Como eu posso te provar que não tenho um pacto com o Diabo?

— Ficando longe de Jesus!

— Eu não quero e não vou fazer isso – respondi.

Ele me olhou com raiva, e por um momento eu temi que ele fosse começar a correr atrás de mim com um crucifixo e uma pistola de água benta.

— Você magoou muito minha mãe – expliquei mais calma.

Isso fez Gabriel se calar por um segundo, e eu fiquei pensando como eu podia aplicar a *regra de ouro* com ele. E eu tentei ser compreensiva, isso tinha ajudado com a Svetlana:

— Eu posso entender que nesses tempos você tenha medo, mas minha mãe...

— Calada!

— Mas...

— Calada!

Tive dificuldades em reprimir meu ódio. Como eu poderia acalmar Gabriel? O que eu gostaria de ouvir no lugar dele?

— Vamos fazer uma trégua? – sugeri.

Ele me olhou com mais raiva ainda.

— O que você quer que eu faça? – eu disse.

— Que você vire uma pedra de gelo.

— Você não está vivendo de acordo com o Sermão da Montanha – contestei.

— Não venha me ensinar como viver a fé!

— Se você não está fazendo isso agora...

— Suma daqui!

— Não pretendo fazer isso.

— Suma! É pro seu próprio bem! – ele insistiu.

— Sou eu que sei o que é melhor pra mim – respondi ácida.

— Você não sabe de nada, você é uma criança idiota e ingênua.

— E você é um burro velho cabeça dura! – soltei sem querer.

— De que você me chamou?

— De burro velho cabeça dura, seu idiota senil!

Eu e Gabriel estávamos frente a frente nos encarando.

Nesse momento, ouvi uma voz me chamar:

— Marie?

Quando me virei, em choque, vi Jesus. Ele tinha ouvido tudo, mas não estava bravo comigo, apenas decepcionado. Profundamente decepcionado. Eu engoli seco, não sabia o que dizer pra ele, então Gabriel falou primeiro:

— Senhor...

— Por favor, nos deixe a sós – pediu Jesus.

— Mas...

— Por favor, Gabriel – ele disse isso com calma, mas tão assertivamente que Gabriel não pôde mais contestar. Ele me olhou irritado por alguns segundos e voltou para dentro da casa paroquial.

— Vamos dar uma volta? – perguntou Jesus, e eu concordei em silêncio.

E nós nos afastamos da casa paroquial. Quase que automaticamente tomamos o caminho de nosso lugar no lago. Quando nos sentamos lá, Jesus interrompeu o silêncio e disse:

— Não me parece que você tenha compreendido meus ensinamentos.

— Eu tenho até hoje à tarde – respondi resignada.

— E você acha que até lá conseguirá viver sob eles? – perguntou Jesus, em seus olhos eu podia ver um resto de esperança.

— Claro – respondi.

— De verdade?

— Não!

Jesus me olhou assustado. Pensei se eu deveria explicar pra ele que não era possível adotar todos os ensinamentos do Sermão de um dia pro outro, que eu precisava de tempo para conseguir fazer tudo, mais ou menos de cinco a quarenta anos.

— Não dá pra ser tão rápido – gaguejei.

— Meus apóstolos, e isso inclui o Judas, conseguiram...

— Talvez... talvez se eu tivesse visto a coisa ao vivo – tentei uma argumentação bem fraca.

— Maria Madalena também conseguiu depois que Pedro contou pra ela sobre o Sermão.

Ah, que ótimo! Voltamos para o assunto da ex. Ficar à sombra da ex-namorada já é ruim, mas eu estava na maior sombra que uma namorada já poderia ter feito nesse mundo. O que eu deveria fazer? Para salvar o mundo? E nossa amizade? Ou eu deveria dizer "amor"? Da minha parte, sim. E da dele? E de vez em quando ele me olhava de um jeito... como Joshua... não Jesus. Mas ele nunca mais faria isso.

Ou será que faria? Como é mesmo a regra de ouro? Eu tenho que fazer o que eu gostaria que fizessem pra mim.

Olhando aquele rosto lindo, eu só queria uma coisa antes que Joshua partisse para Jerusalém: um beijo dele! E o que mais eu tinha a perder? Então eu me aproximei lentamente dele. Segurei seu rosto cheio de vida com minhas duas mãos e aproximei meus lábios dos dele.

Joshua, surpreso, só conseguiu dizer:

— Marie...

E eu disse baixinho:

— Shhh... estou seguindo os ensinamentos do Sermão da Montanha.

Pego de surpresa, antes que pudesse perguntar o que estava acontecendo, eu o beijei.

Bem de leve.

Como uma brisa.

Nossos lábios se tocaram por não mais que um piscar de olhos.

Mas, nesse piscar de olhos, eu me senti no céu.

44

Enquanto isso

Lúcifer estava parado na porta de um consultório médico. Dentro do consultório, estava Kata, que havia marcado uma consulta de emergência devido a sua ausência de dor por quase 24 horas. O príncipe das trevas dessa vez não tinha cara de George Clooney, e sim da diva negra e longilínea do soul Alicia Keys. Ele sabia que ela se aproximava do ideal de beleza de Kata. Embora ele já fosse dono da alma da cartunista, ele queria seduzi-la, pois ela o fascinava. Após vencer a batalha final, talvez ela pudesse se sentar ao lado dele no trono que ele construiria com os ossos do Messias.

— Ei, chocolatinho! – Lúcifer foi extirpado de seus pensamentos. Dois adolescentes skinheads se aproximaram dele. Normalmente, adolescentes idiotas e carecas eram público-alvo. Depois ele tinha que se virar com eles no Inferno e isso era uma coisa que o deixava cada vez mais deprimido, mas esses especificamente estavam apenas querendo causar arruaça.

— Suma da nossa cidade, sua vadia criola! – ameaçou o mais forte.

— Faça-me um favor e dê de cara com aquele muro ali – ordenou Lúcifer com sua voz feminina de soul. E o skinhead, conforme solicitado, correu e se chocou com toda força no muro chapiscado da casa ao lado. O outro skinhead ficou ainda mais pálido.

— E você – disse Lúcifer olhando para ele –, vá até a academia de Kung Fu mais próxima daqui e diga para o mestre lá: "Seu velho idiota!".

— Como você quiser. – E o skinhead saiu correndo apressado.

Finalmente Kata saiu do consultório. Ela não notou o skinhead caído no chão. Ela estava desnorteada demais. Também estava aliviada, mas muito mais desnorteada. O tumor tinha sumido. Como que por um milagre. Não dava pra entender. O doido que bancava Jesus tinha alguma coisa a ver com isso? Ou era o pirado do Clooney? E de repente ela viu a Alicia Keys na frente dela. Ela esfregou os olhos.

— Oi! – disse a Alicia Keys.

— Olá... – respondeu Kata, já que não havia motivos para ela ser indelicada.

— Posso me apresentar? Eu sou o Diabo – disse Alicia Keys.

E para provar ela se transformou em um ser com o rosto vermelho como sangue, chifres, pata de cavalo e uma cauda horrível. Em volta de todo seu corpo, flamejavam chamas que não queimavam Lúcifer. Ele se mostrou por poucos segundos e se transformou novamente em Alicia Keys. As chamas desapareceram. Quando a fumaça sumiu e a voz de Kata apareceu novamente, ela disse meio sem entender:

— Uau! Seus efeitos especiais são ótimos!

— E ainda sou dono da sua alma! – sorriu Alicia.

Kata engoliu seco, isso a deixava apavorada. Há menos de um segundo, ela nem sequer acreditava que existisse algo como uma alma.

— Imagino o que você está pensando – disse Lúcifer sorrindo. – Você acha que eu te enganei. Pois bem, c'est la vie, eu sou o Diabo, enganar e ser enganado é o centro das coisas aqui. Com certeza você também está pensando se pode recuperar sua alma tentando me enganar. Todos pensam sobre isso, mas nenhum até hoje conseguiu.

Kata fechou a cara.

— E tem mais. Eu sei que você está pensando que será a primeira a conseguir. Todos têm essa esperança. Vocês leram romances demais, ou viram filmes demais. É só na ficção que essas coisas fantasiosas funcionam.

Alicia Keys riu enquanto Kata pensava se sua irmã realmente estava pra cima e pra baixo com Jesus. Talvez ele pudesse a ajudar. Ela só precisava correr até a Marie e...

Mas o Diabo não tinha planos de deixar Kata sair dali.

— Vou te apresentar os outros Cavaleiros – disse Lúcifer.

Cavaleiros? Kata não estava entendendo nada. O que é que ele queria? Sair com ela para caçar raposas?

O Diabo estalou os dedos e de repente Kata não estava mais na frente do consultório, e sim sentada numa mesa do lado de fora de uma sorveteria em Malente. E eles não estavam sozinhos lá.

— Quero te apresentar – continuou Lúcifer – esse senhor aqui, é o Cavaleiro do Apocalipse de nome Guerra – e apontou para o ex-noivo de Marie, Sven.

— ... e esse aqui, o Cavaleiro do Apocalipse de nome Fome – ele apontou para um homem de batina e que era bem atlético.

E você será o Cavaleiro de nome Peste.

Kata não entendia nem metade do que estava acontecendo ali. Ela só sabia de uma coisa: queria sair de cena.

— Vou embora! – disse com toda a coragem que ela conseguiu encontrar.

— Eu no seu lugar não faria isso – sorriu Alicia Keys.

— Se eu estou entendendo bem – continuou Kata –, você só vai ter minha alma quando eu morrer. O que significa que eu posso fazer o que eu quiser. Por exemplo, ir embora.

— Sim, mas eu posso te matar a qualquer momento – sorriu o Diabo e estendeu a palma de sua mão com as unhas perfeitamente pintadas fazendo surgir ali uma bola de fogo.

Kata respondeu quase sem forças:

— Isso deve ser muito útil quando o acendedor de cigarros do carro não está funcionando.

— E se você estiver morta, sua alma é minha, e você, como punição pelo ato de ter me contrariado, terá que suportar as dores causadas por seu tumor para o resto da eternidade.

Um pavor inexplicável percorreu o corpo de Kata. Como assim, ter aquelas dores por toda a eternidade? E ela se sentou novamente, não só pelo medo petrificante de ter que suportar aquelas aflições, mas também pela ponta de esperança de ser a primeira pessoa a fazer o Diabo devolver sua alma.

45

Depois do beijo, fiquei anestesiada. E o Joshua também. Ficamos olhando para o lago por muito, muito tempo. Não éramos mais Marie e o Messias. Éramos apenas duas pessoas inseguras de trinta anos.

— Perdão, perdão. Foi uma péssima ideia a minha – gaguejei.

— Uma ideia bem boba – disse ele um pouco inseguro.

— A ideia mais boba do universo – completei.

— Não, isso foi a ideia do Pedro, ele não podia andar sobre as águas.

E o Joshua riu. Sim, ele riu! Um pouquinho só, mas riu. Ele não estava bravo comigo?

— Você não está bravo comigo?

Ele relutou um pouco e respondeu:

— Não, não estou.

Ele não estava!

O que aquilo significava? Ele tinha gostado do beijo? Ele queria mais? Eu, com certeza, queria! Mas eu deveria desafiar minha sorte? E tentar novamente?

Tanta coragem assim eu não tinha. Decidi continuar olhando por mais um tempo para o lago.

— Às vezes... – Joshua começou a falar e parou imediatamente.

— Às vezes...?

— Às vezes eu me pergunto se o Juízo Final não esconde outro plano de Deus e se há chances de não haver essa punição eterna para os pecadores.

— Outro plano? – eu quis saber.

— Não sei qual..., mas os caminhos de Deus são sempre maravilhosos.

— E singulares... – fiz uma piadinha.

— Hein?

— Ahn... nada, nada não!

E nós dois estávamos olhando inseguros para o lago. E então, como se o beijo tivesse tirado todo o peso dos meus ombros, eu vi uma saída para o nosso dilema:

— Por que é que você não fica por mais alguns anos na Terra?

Jesus me olhou assustado.

— Você quer que eu adie o Juízo Final?

— Isso mesmo! Então você poderá mostrar aos homens como viver de acordo com os ensinamentos do Sermão da Montanha – disse entusiasmada – e ainda salvar mais algumas almas!

Essa ideia deixou o Joshua eletrizado.

— Que ideia genial!

E eu fiquei eletrizada por pensar que uma ideia minha tinha eletrizado o Joshua.

— Você me acompanharia? – ele quis saber.

Ele queria me levar com ele? Como apóstola? Do fundo do meu coração, eu senti que eu não poderia ser uma apóstola padrão.

— Eh... então eu não vou mais precisar ir pro Inferno? – perguntei.

— Não – ele gargalhou –, não vai.

— Então... será um prazer!

E nós morremos de rir. Sua gargalhada era tão agradável. Eu queria ter segurado o rosto dele de novo em minhas mãos e dado outro beijo. Mas eu me segurei com todas as minhas forças.

— Por que você está sentada em cima das suas mãos? – ele perguntou nervoso.

— Por nada – respondi.

Nós ficamos em silêncio de novo, e então o Joshua disse:

— Eu gostaria de segurar sua mão.

— Então... segure – disse com o coração palpitante.

— Você está sentada em cima delas!

— Ah... é! – suspirei e deixei as mãos livres.

Então ficamos lá sentados novamente de mãos dadas. Eu estava feliz. E o Joshua também. Parecia que minha sugestão tinha mostrado para ele o caminho, pois nessa hora ele era metade Joshua, metade Messias.

Após alguns minutos de mãos dadas era hora do meu número "vamos estragar momentos maravilhosos".

— Deus não vai se opor a essa ideia? – perguntei pensando tanto na ideia de ficar de mãos dadas com o Joshua quanto desse novo plano de andar novamente pela Terra.

— Eu vou orar e pedir que Ele compreenda – respondeu Joshua. Ele pareceu seguro e decidido. Eu só percebi que ele não estava tão seguro assim porque parou de apertar minha mão.

— Seria delicado da sua parte se você me deixasse sozinho agora para que eu pudesse conversar com Ele – ele pediu.

— Claro... sem problemas! – respondi e me levantei, mesmo sendo muito difícil eu me separar dele.

Caminhei até a margem do lago. E enquanto isso eu ficava pensando em como minha vida iria mudar de agora em diante. A Marie de Malente ia andar pelo mundo com Jesus. Aquilo me pareceu estranho. Mas também maravilhoso. Será que eu e o Joshua nos beijaríamos de novo durante nossa jornada? Só de imaginar isso, eu ficava em um estado de felicidade plena, e a ideia aquecia meu coração... o que também aconteceu com o arbusto que começou a pegar fogo na minha frente.

— ***MARIE!*** – disse uma voz. Era uma voz imponente, que causava temor e ao mesmo tempo conforto. Mas acima de tudo: ELA ESTAVA VINDO DO ARBUSTO!

Eu olhei ao meu redor procurando um alto-falante ou coisa do tipo.

— ***PRECISAMOS CONVERSAR!***

Não havia nenhum alto-falante. Era mesmo o arbusto falando.

— Você é quem eu temo que seja...? – perguntei para o arbusto em chamas e conversei pela primeira vez na minha vida com uma planta.

— ***SIM, SOU EU.***

46

— Scotty na linha!

— O que está acontecendo? – perguntou Kirk.

— Eu me demito!

— VOCÊ ESTÁ DESVIANDO MEU FILHO DO CAMINHO DELE.

Eu não sabia o que responder, nem como deveria falar com Deus. Meu primeiro instinto foi me desculpar, mas minha voz...

— C... r... – não consegui dizer nada.

— RESPONDA!

— C...r...

— VOCÊ NÃO PRECISA TER MEDO DE MIM!

"Não precisa ter medo", o tipo era um piadista!

— VOCÊ QUER CONVERSAR EM OUTRO LUGAR?

— C... r... – respondi e tentei de alguma forma afirmar com a cabeça.

— ***VOCÊ ESTÁ REAGINDO COMO MOISÉS...*** – disse o arbusto, e eu percebi um tom de diversão em sua voz. Um tom que nem mesmo o arbusto conseguia perceber.

Quando pisquei, a margem do lago ao meu redor sumiu e eu estava em um antigo castelo inglês igual ao do filme *Razão e sensibilidade*, filmagem do romance homônimo de Jane Austen. Os móveis eram do século XIX, no ar pairava um cheiro de chá preto e orquídeas, e eu até estava usando um vestido tipicamente inglês com um corselete, que graças a Deus não me apertava, mas que caía como uma luva em minha barriga flácida. Pela janela dava pra ver um jardim com uma grama verdinha que, além dos ingleses, nenhum outro povo consegue aparar com tamanha precisão milimétrica. Claro que eu sabia que não estávamos mais no nosso mundo, Deus apenas escolheu um lugar que eu sempre achei lindo quando eu via em filmes e com o qual eu sonhava acordada. Talvez Deus tenha feito isso tudo especialmente para mim, ou talvez esse lugar fosse apenas fruto da minha imaginação. Não me interessava, desde que ele não aparecesse mais como um arbusto em chamas pra mim, eu estava feliz.

Eu bati em uma mesa de madeira, ela parecia muito real. Passei por uma porta de vidro e cheguei até o terraço, me sentei em uma poltrona antiga, mas muito confortável, aproveitei o calor dos raios de sol em meu rosto e escutei o canto dos passarinhos. O fim de tarde no castelo inglês era um bálsamo para minha alma inquieta. A única coisa estranha para mim era que Deus sabia exatamente que eu sempre quis flanar por um castelo inglês do século XIX. No plano teórico, eu sabia que Deus conhecia todos os segredos de todos os homens, ao contrário não o chamaríamos de Onisciente, e sim, no máximo, de Medisciente, mas quando, na prática, eu notei que Ele sabia de detalhes do meu desejo de estar em uma filmagem da Jane Austen, eu me envergonhei, não só porque me lembrei dos meus tempos de solteira e desiludida em que eu fantasiava uma noite de amor nesse castelo com o Marc Darcy.

Mas era impossível eu me preocupar ou me envergonhar de alguma coisa com esse jardim maravilhoso à minha frente. E quando eu estava completamente relaxada ali no terraço, uma voz me perguntou?

— Tudo bem com você?

Uma mulher da minha idade entrou no terraço. Ela parecia a Emma Thompson, vestia um vestido que ia até o chão branco com paetês, e sorria tão amistosamente como eu nunca tinha visto ninguém sorrir.

— Agora estou muito melhor – respondi.

— Que bom – respondeu Emma.

— É mesmo – confirmei.

— Você gostaria de tomar um chá?

Na verdade eu preferia um café, mais precisamente um café com leite, mas como isso não combinava com a atmosfera do castelo, respondi:

— Sim, obrigada.

Emma Thompson pegou uma caneca de chá à nossa frente – que eu não tinha notado, talvez ela tivesse surgido naquela agora – e me entregou o chá em uma xícara de porcelana branca com botões de rosa vermelha. Tomei um gole e, para minha surpresa, ele tinha gosto de café com leite, para ser mais precisa, o gosto do melhor café com leite que eu já tinha tomado na minha vida.

— Acho que você gosta do seu chá assim – riu Emma Thompson. Sua risada foi tão linda, amistosa e carinhosa que não me restava opção a não ser rir também.

— Isso aqui é o Céu? – eu quis saber.

— Não, eu fiz isso tudo especialmente para você.

— Deve ser muito prático ser Deus – respondi enquanto eu olhava para aquela maravilha de jardim.

— É mesmo – sorriu Emma-Deus.

— Você sempre é uma mulher? – graças à maravilhosa atmosfera, eu não tinha medo de fazer perguntas.

— Eu posso te mostrar como eu sou de verdade, mas é melhor não.

— E por que não?

— Porque essa visão seria capaz de fazer você perder a razão.

— É um bom argumento – respondi e, de novo, fiquei com um pouco de medo. Por isso eu evitei fazer outras perguntas que eu sempre tive curiosidade em saber. O que havia antes que Deus tivesse resolvido criar o Universo? Existiu mesmo o Paraíso? No que é que Deus estava pensando quando ele inventou a menstruação?

Ou os tumores?

Em vez disso, tomei mais um gole do meu chá *macchiato* e olhei para a grama bem aparada.

— Há mais de dois mil anos, Eu não falava com um homem como estou falando com você.

Querendo ou não, meu ego ficou enaltecido. Eu olhei de novo para Ele e perguntei:

— Você também convidou o Moisés para tomar um chá?

— Não, depois de todos aqueles anos no deserto, ele só queria comer um pão – respondeu Emma-Deus e tomou um gole de Sua xícara de chá. Então, finalmente, Ele chegou aonde queria e na razão que O tinha feito me levar até ali:

— Você está desviando meu filho do caminho dele.

— Sim – confessei. Era incontestável.

— Você o ama?

— Amo – também não dava para contestar essa.

— De uma forma que você não deveria amar?

— Hummm – relutei. Era claro que eu sabia que meus sentimentos por Jesus desviavam do padrão, mas não parecia que eu não deveria amá-lo daquela forma. Como isso podia estar errado?

— Por favor, deixe-o em paz – solicitou Emma-Deus e tomou mais um gole de Seu chá.

— Não, não vou deixar – soltei.

Emma-Deus colocou a xícara de volta na mesa e me olhou com um pouco de surpresa. E eu estava ainda mais surpresa por ter tido coragem de contrariar Deus. Ninguém deveria ter se dado bem fazendo isso.

— Você não quer deixá-lo? – perguntou.

— Não – agora já era tarde para eu tentar uma saída pela tangente.

— Você está colocando o Meu plano divino em risco? – agora Emma-Deus já não sorria mais.

— Estou... – respondi com a voz trêmula, eu já estava enfiada nesta até o pescoço, então o negócio era aproveitar a viagem. Eu não entendia a razão do fogo do Inferno ou do Dilúvio, por exemplo (quando eu era pequena eu imaginava três amigos pinguins, eu os chamava de Pingi, Pongo e Manfred, tentando embarcar na arca e sendo informados por Noé que só havia espaço para dois deles. Pingi e Pongo correram para a rampa de embarque da arca e Manfred precisou ficar, decepcionado para o resto de sua vida com seus amigos. Embora o resto da vida do pequeno pinguim tenha sido um período bem curto, já que logo depois começou a chover).

— Você duvida da Minha providência? – quis saber Emma-Deus.

— É que é muito difícil saber se Você é o Deus que ama ou o Deus que pune – respondi insegura.

— Eu sou o Deus que ama – veio a resposta sem rodeios.

Isso não me impressionou e eu pensei comigo: *Então explique o Manfred, o amigo pinguim.*

— Mas – prosseguiu Emma-Deus – também sou o que pune.

Essa era uma das lógicas divinas que eu não entendia, entre tantas outras, e isso ficava claro em mim.

— Vocês homens são Meus filhos, e como filhos vocês crescem e se modificam para sempre – ele explicou. – Vocês não são os mesmos que eram no Paraíso. Ou no Dilúvio. E como filhos, Eu preciso educar vocês à medida que crescem.

— Certo... – eu começava a entender. A humanidade no Paraíso, com Adão e Eva, era um bebê indefeso, e em Sodoma e Gomorra, um adolescente rebelde. Mas Deus sempre foi o pai compreensivo, que era ora legal, ora rígido, com o seguinte lema: se você continuar fazendo gracinhas, perderá a televisão.

E como dizia Jesus: as regras de como se comportar na casa de Deus estavam ali na Bíblia para qualquer um ler, Deus era, então, uma mãe responsável (ou pai, que seja) com regras claras.

Se você olhasse com atenção, perceberia que Ele era até bem paciente. Demorou um par de milhares de anos até que ele se irritasse com seus filhos, até então tinha dado espaço pra eles se desenvolverem, cometerem erros e corrigi-los, apenas para continuar cometendo erros diferentes. Então, seguindo o conselho dos especialistas em educação infantil, Ele era uma mãe perfeita.

Mas mesmo tudo fazendo mais sentido agora, eu pensei comigo: Ele precisava educar os filhos com ameaças de punição? Claro, havia muitos homens que não perseguiam seus impulsos egoístas pois tinham medo de ser punidos em algum momento – e então isso era uma tática que funcionava. Mas era preciso mesmo, daqui a pouco, mandar todo mundo pro Inferno? Proibir a televisão já não estava de bom tamanho?

Além disso, havia ali ainda uma coisa que eu não estava entendendo.

— Precisava mesmo ter sido na cruz?

— Desculpe? – perguntou Emma-Deus surpreso.

— A crucificação é um meio tão doloroso de morrer, ele não podia ter morrido dormindo?

Agora que eu conhecia o Joshua, seu sofrimento me incomodava muito mais do que nos meus tempos de adolescência na igreja.

— Isso é coisa de um pai... ou uma mãe!... que ama? – perguntei com a voz desafiadora.

— Não fui Eu, e sim os homens que o levaram até a cruz – Emma-Deus me corrigiu delicadamente.

— E por que você permitiu? – agora eu não ia deixar barato.

— Porque eu dei aos homens o livre-arbítrio.

E então estávamos de volta à pergunta das perguntas, que eu me fiz pela primeira vez quando tinha 14 anos e estava sofrendo por amor: por que que Deus deu aos homens o livre-arbítrio para que eles fizessem essas coisas idiotas?

— Porque... – começou Emma-Deus. Parece que Ele tinha lido meus pensamentos ou pelo menos chutado muito bem – Eu amo vocês.

Eu olhei bem nos olhos Dela, Ela parecia dizer a verdade.

— Ou você gostaria de viver sem livre-arbítrio, Marie?

Nesse momento eu imaginei as pessoas na Coreia do Norte ou os colegas do Tom Cruise da cientologia e outros zumbis sem vontade por aí.

— Não – respondi.

— Vê? – sorriu Emma-Deus carinhosamente. Parecia que Ela amava mesmo os homens. Talvez Ela tenha criado a humanidade porque sentia falta de alguém que pudesse amar. É isso, talvez Deus tenha Se sentido sozinho naquele Universo perfeito e despovoado. Como um casal, que mora em uma casa enorme cujos quartos das crianças ainda não foram ocupados e que, por isso, sentem vontade de ter filhos para encher o lar de risadas, alegria e chicletes pregados por todos os lados.

Por um breve momento, eu senti compaixão por Deus, que estava completamente sozinho no Universo e deveria estar Se sentindo mais sozinho que uma *top model* magrela na passarela.

— Você é a primeira pessoa a ter compaixão por Mim – ela disse com ar professoral e segurou minha mão, ela parecia mesmo um ser humano, e continuou: – Exatamente como você tem para com o Meu filho.

Agora ela parecia ter potencial para ser uma sogra que gostaria muito de mim.

— Mas... – continuou Emma-Deus – se você continuar com ele, ele será infeliz.

— Por quê? – perguntei temendo a resposta.

— Porque então ele terá que se separar de Mim – explicou Emma-Deus e voltou a mexer reflexiva em Seu chá. Ela parecia triste com a ideia. Ela amava esse homem mais que todos os outros homens, e não queria perdê-lo por nada.

— E se ele se afastar de Mim...

— ... isso machucaria o Joshua para o resto da vida dele, e partiria seu coração – terminei o pensamento.

— Você é um ser humano muito inteligente – me disse com voz séria.

— Então Você está ordenando que eu me afaste dele?

— Não, não estou.

— Não?

— Você tem o livre-arbítrio, a decisão é sua.

Nesse momento o jardim, o castelo e as porcelanas sumiram do meu redor, simplesmente tudo sumiu, inclusive a Emma Thompson, e eu estava de novo vestindo minhas próprias roupas na margem do lago de Malente, na frente do arbusto que não estava mais em chamas e que parecia completamente imóvel.

Comecei a pensar sobre a decisão que eu precisaria tomar. Se eu ficasse com o Joshua, isso o destruiria por ter que abandonar Deus. Se eu me separasse dele, meu sonho infantiloide de amor com o Joshua estaria terminado.

Então eu tinha que escolher entre duas coisas horrendamente horrendas. Legal esse livre-arbítrio, hein?

47

Frustrada, eu estava parada em frente ao indefeso arbusto e comecei a brigar com ele: Você não está sendo justo!

— Você está conversando com uma planta, Marie? – perguntou Joshua surpreso e eu fiquei congelada no meu lugar. Como eu não me virei pra ele, ele veio até minha frente, olhou para o meu rosto congelado e disse:

— Pensei que você já estivesse em casa há muito tempo.

O que eu deveria fazer agora? Contar pra ele do meu chá das cinco com Deus? Resolvi ganhar tempo dizendo algo vazio:

— Não, não estou em casa.

Joshua concordou, ele já tinha percebido isso.

Ficamos em silêncio por um tempo e de repente eu pensei que talvez Deus também tivesse convidado Seu filho para um chá, para discutir a problemática do relacionamento. Ele/Ela/Isso podia mesmo estar em dois lugares ao mesmo tempo. E então perguntei cautelosa:

— E... você conversou com Deus?

— Sim, conversei – respondeu Joshua e meu coração quase explodiu de angústia, talvez ele soubesse que eu precisava me decidir e fosse tomar essa decisão por mim. Embora eu preferisse que ele não se metesse nisso, eu não poderia suportar que ele terminasse comigo.

— E.. o que Ele disse? – perguntei ansiosa.

— Nada – respondeu Joshua um pouco decepcionado. Parecia que ele também estava esperando mais.

— Nada? – eu não podia acreditar.

— Deus conversa muito pouco com os homens – explicou Joshua.

— Covarde! – soltei.

— O quê? – Joshua ficou surpreso por eu ousar brigar com Deus, que tinha deixado por conta e risco do meu livre-arbítrio partir o coração de Joshua ou não.

— Eh... quero dizer... não você! – expliquei.

Joshua olhou ao seu redor, mas não havia ninguém, nem nas calçadas, nem nos arbustos e muito menos nas árvores.

— E o que você quer dizer então? – perguntou nervoso.

— Eh... hummm... a.. a.. a árvore! – gaguejei, já que eu não queria contar pra ele que eu estava xingando Deus, e menos ainda por que eu estava fazendo aquilo.

— A árvore? – agora Joshua não entendia mais nada.

Essa era uma conversa em que dava vontade de apertar a tecla de *backspace* e apagar tudo.

— A árvore... é... uma covarde, pois não oferece seus frutos a Deus – expliquei um pouco aliviada, com um motivo meio bíblico e meio plausível conseguindo minha excepcional saída pela tangente.

— Mas isso é um pinheiro – disse Joshua surpreso –, ele não tem frutos!

— Mesmo assim – insisti na falta de coisa melhor que dizer.

Uma coisa era clara: eu iria recusar o próximo convite dessa dona para um chá *macchiato*.

— Por que de repente você parece tão brava? – perguntou Joshua.

Se eu dissesse a verdade pra ele agora, pensei, ele é que ficaria com raiva de Deus pela primeira vez em sua vida. Mas se Joshua ficasse com raiva de Deus, ele sofreria e... e... e... só a ideia de que o Joshua poderia sofrer fez que minha raiva se fosse e que eu ficasse apenas muito triste.

— Marie, o que está acontecendo? – Joshua estava perdido, era de se esperar, já que meu sentimentos mudavam mais que os de uma mulher na menopausa.

A pergunta era: o que mais magoaria o Joshua? Um conflito com Deus? Ou me perder? Essa pergunta não era tão difícil de ser respondida. Joshua nunca poderia perder Deus, porque sua vida se baseava no fato de que Ele era seu Pai. Já eu, bom, ele poderia me perder sem grandes danos – como todos os homens antes dele.

Isso era tão difícil pra mim – e talvez também pra ele – mas meu livre-arbítrio só poderia tomar uma decisão: eu seria a primeira mulher a terminar com Jesus.

— Eu... acho que não é certo eu ficar com você – disse eu, insegura e procurando as palavras certas.

Joshua parecia ainda mais perdido.

— Você precisa seguir seu caminho, e eu o meu – continuei.

— Você... você não quer ficar comigo? – perguntou Jesus sem poder acreditar.

— Não...

Joshua não estava entendendo aonde eu queria chegar. Era de esperar, ele não tinha tanta experiência com tipos como eu.

— A gente não combina... – eu disse a verdade e terminei com uma frase típica para fins de relacionamento.

— E por que não? – perguntou Joshua. Era difícil fazê-lo entender as coisas.

E isso só o deixava ainda mais encantador. E complicava muito as coisas pro meu lado.

Era hora de eu usar a carta da diferença de idade? Eu tinha uns trinta e poucos, e o corpo dele parecia que tinha a mesma idade, mas ele tinha mais de dois mil anos. Ou eu deveria dizer que eu não era boa o suficiente para estar com ele, já que ele sabia transformar água em vinho, e minha maior habilidade era não ter habilidade nenhuma.

— Não... não é você, sou eu! – evitei detalhes e percebi que eu tinha soltado outro clichê de términos de relacionamento. Se eu continuasse assim, ia acabar dizendo: "mas nós podemos continuar amigos".

— Eu... eu não entendo – respondeu Joshua.

— Olha – tentei argumentar sem falar de Deus, porque eu não queria que ele ficasse com raiva do Pai –, mesmo que você decida por não fazer o Juízo Final e viajar pelo mundo, para salvar os homens, nós viveríamos tão platonicamente como você e a Maria Madalena, e pra falar a verdade, eu não quero isso pra mim.

Que a Kata sempre dizia que Platão era um idiota, achei melhor guardar pra mim.

— Não será como Maria Madalena – contestou Joshua.

— Não? – agora eu estava passada.

— Eu queria finalmente viver um amor.

Precisei de um tempo até conseguir processar essa frase. Joshua estava falando sério. Isso... eu não podia acreditar! Entrei em chamas. Fiquei com frio. E então com calor de novo. E agora eu também tinha os calores das mulheres na menopausa.

— Eu acho – continuou Joshua – que mereço viver como um homem normal entre os homens.

Meu beijo tinha libertado desejos reprimidos de todas as privações a que ele já havia se submetido. Ele era um homem completo.

E se alguém nesse mundo merecia amar e ser amado, esse alguém era ele.

Tudo bem, talvez não necessariamente comigo...

— Eu não sou digna do seu amor... – eu disse.

— Todos os homens...

— Por favor, não me compare com o Papa novamente – interrompi.

— Todos os homens que levam consigo o amor no coração, como você, são especiais.

Depois dessa frase, eu tinha mais calores que qualquer mulher na menopausa.

Ele levou sua mão ao meu rosto, e senti-las foi quase tão maravilhoso quanto nosso beijo.

— Eu tenho um desejo que não revelei nem mesmo para Maria Madalena...

— Qual é? – perguntei, um pouco mais calma. Em algum momento, alguém precisaria explicar pra ele que não é legal ficar falando da ex o tempo todo.

— Eu tenho o desejo de... – ele parou – eu queria fazer isso com Maria Madalena, mas então ela me disse as palavras que me impediram...

Então ele se calou. A lembrança o machucava muito.

Mas agora eu estava muito curiosa. Eu queria saber o que a Maria Madalena tinha dito pra ele, mas era muito mais interessante eu perguntar: qual era seu desejo?

— Um dia... – ele precisou juntar todas as suas forças para verbalizar esse desejo. Seu medo de ser rejeitado por mim podia ser facilmente notado.

— Um dia...? – perguntei com voz dócil e tentei não mostrar todo meu desconcerto. Eu sentia que algo maravilhoso estava por vir.

— ... formar uma família.

Meu coração pulou uma batida. Isso era extraordinariamente extraordinário. Uma família... talvez com duas filhas... como eu sempre sonhei.

Por um milésimo de segundo, eu imaginei eu e o Joshua em um *trailer* todo equipado e confortável, como aparece nesses filmes norte-americanos, viajando pelo mundo, da Austrália até o Grand Canyon. Joshua pregaria a palavra de Deus, eu ensinaria Mareike e Maia – e pediria pra elas, caso tivessem puxado o pai, para transformarem água em Coca-Cola.

Nesse milésimo de segundo, em que eu fiquei sonhando acordada, eu fui feliz como nunca tinha sido antes na minha vida. Mas eu não podia viver essa fantasia. Meus olhos se encheram de lágrimas.

— Marie? Eu falei algo errado? – perguntou Joshua triste, quase relutante.

— Não, você não disse nada de errado...

Ao contrário.

Ele respirou aliviado. Já eu, estava prestes a espernear como uma criança. Ele quis me confortar em um abraço. Mas eu não podia permitir. Porque então com certeza eu iria ficar com ele. Pra sempre. E não me importava qual era a opinião de Deus sobre isso.

Então eu afastei o Joshua de mim e mantive-o a certa distância de mim com minhas mãos.

— Marie? – agora ele não entendia mais nada. Eu o havia magoado, mas ele não queria se separar de mim. Ele tentou pegar minha mão novamente, e eu precisei dizer pra ele algo definitivo, que ele não pudesse contestar – e então pensei em uma coisa que me ajudaria em meu objetivo e que, além de tudo, ainda era uma verdade:

— Joshua... eu não acredito o suficiente em Deus.

Isso parecia ter sido um golpe na cabeça dele, e ele deu um passo para trás. Eu pensei em explicar que eu acreditava na existência de Deus – afinal de contas, eu tinha acabado de tomar um chá com ele –, mas que eu não estava completamente certa de que ele era o Deus que amava. Mas eu evitei dizer isso, me parecia sem sentido... o mais importante já tinha sido dito: eu não acreditava o suficiente em Deus.

Joshua estava em choque. A mulher com quem ele queria construir uma família parecia agora pouco apropriada para a função.

Eu não podia tirar a dor dele, porque eu não conseguia lidar nem com a minha. E por isso eu disse sem forças: mas podemos ser amigos...

E saí dali cheia de dúvidas. Pelo meu ombro, vi como ele tinha ficado lá me olhando, sem saber o que pensar e muito triste. Mas ele não veio atrás de mim. Ele não queria seguir uma mulher que não acreditasse o suficiente em Deus.

48

Apressei-me em direção a minha casa, sem pensar muito sobre o que tinha acontecido, ao contrário, eu não conseguiria conter minhas lágrimas. Eu tinha feito a coisa certa, mas por que a coisa certa me fazia sofrer tanto?

Mal abri a porta, papai me cumprimentou no corredor e me sorriu pela primeira vez em muitos dias.

— Eu me alegro demais por você estar tentando achar um caminho com Svetlana.

Primeiro pensei comigo: isso não me levou a lugar algum – mas então percebi que isso não era verdade, graças à Regra de Ouro, eu tinha ganhado o amor do meu pai de volta. Ele tentou me abraçar meio sem jeito, daqueles abraços que os pais dão em filhas adultas. Quando me soltou, ele me disse:

— Sua irmã foi viajar de uma hora pra outra.

— O quê? – eu não estava entendendo.

— Ela disse pra onde?

— Ela disse alguma coisa sobre Jerusalém.

Eu peguei meu celular e liguei imediatamente para a Kata a fim de saber o que estava acontecendo. Mas eu só ouvi uma gravação dela dizendo: "Hoje não é o fim dos dias, e eu vou voltar, sem dúvidas".

Ela não podia viajar. Jesus ainda precisava curar o tumor dela, e ele realizaria isso, mesmo eu tendo feito o que eu fiz com ele. Ele não era um ex-namorado magoado normal, ele era Jesus, oras bolas!

— Ela deixou algo pra você no seu quarto – disse papai.

— Um presente de despedida – temi.

Ele assentiu e eu corri para o meu quarto. Em cima da minha cama, havia uma tirinha desenhada por ela:

Quando eu li aquilo, comecei a chorar copiosamente.

49

Enquanto isso

Lúcifer, ainda travestido de Alicia Keys, estava prestes a embarcar com seus três Cavaleiros em um Learjet em um aeroporto militar com destino a Jerusalém. O jatinho pertencia a um fisiculturista austríaco, que tinha enormes dívidas de gratidão com Lúcifer.

Enquanto eles subiam com suas bagagens, Kata lutava com todas as suas forças por sua alma, deixando Lúcifer inseguro com essa história de Cavaleiros do Apocalipse no Juízo Final:

— A gente vai perder essa batalha, não? Deus é com certeza muito mais poderoso que você!

— Não vamos perder – o Diabo a confrontou.

— Mas está escrito que nós vamos perder para Jesus e que seremos jogados no fogo eterno do Inferno – agora, o padre atlético começava a ficar com medo, e Sven, diante desta possibilidade, a roer as unhas de aflição.

— Isso não vai acontecer – explicou Lúcifer chegando ao último degrau da escada.

— Talvez você seja um instrumento de Deus, como nós Cavaleiros somos o seu – Kata disse de forma nada encantadora. A testa negra e feminina de Lúcifer se enrugou. Aquela mulher que lhe causava tanta fascinação tinha achado um jeito de deixá-lo preocupado, ele sofria com essa pergunta há muito, muito tempo, mais precisamente desde que ele era uma cobra no Paraíso. Desde aquela sedução com a maçã, esse pensamento não tinha abandonado o Diabo nem uma vez, essa sensação de que, de alguma forma, ele estava sendo usado pelo Senhor no Céu.

— Tudo que você faz, você faz de acordo com os planos de Deus – explicou Kata.

O Diabo ficou parado, a fascinante cartunista tinha razão: ele estava fazendo tudo conforme os planos e, se continuasse fazendo isso, ia perder, exatamente como estava descrito no plano.

— Isso é verdade – ele admitiu depois de muito sofrer com a ideia.

Kata mal podia acreditar que ela tinha sido capaz de fazer o Diabo duvidar de si mesmo.

— Não vamos mais para Jerusalém – ele informou.

A esperança de Kata cresceu, será que isso seria assim tão fácil?

— E não vamos dar início ao Juízo Final na próxima terça-feira.

Kata vibrou de alegria por dentro, tinha sido fácil. Ela tinha impedido os planos do Diabo. Mas enquanto ela se deleitava, ele informou:

— Vamos iniciar a guerra contra o Bem hoje! Em Malente!

E Kata pensou consigo: Isso não está saindo como planejado.

— Vocês receberão seus cavalos agora – continuou falando.

— Cavalos? – perguntou Kata que desde a adolescência odiava cavalos.

— Vocês não são os pedestres do apocalipse! – brincou o Diabo, e disse pra ela – Você é segunda Cavaleira com mais força.

Fato que deixou Sven e o padre atlético um pouco enciumados.

— Como segunda mais forte, quer dizer que eu sou sua favorita? – provocou Kata.

— Sim, você é! Mas o lugar do Cavaleiro mais forte já está ocupado. E eu não tenho como mudar isso. É alguém que anda pela Terra desde o começo dos tempos – explicou o Diabo com uma voz que assustou Kata.

— Eu gostaria de apresentar essa criatura para vocês – disse ele apontando para Marie, que para a surpresa de Kata, agora também estava sentada no corredor do Learjet.

— Esse é o Cavaleiro de nome Morte – apresentou o Diabo.

— Essa é minha irmã – respondeu Kata quase sem ar.

E o Diabo sorriu:
— A Morte gosta de tomar a forma dos seres que ela logo irá levar consigo.

50

Eu não parava de chorar em minha cama, eu já tinha chorado algo próximo a metade ou dois terços da eternidade. Se eu não chorava por causa do Joshua, então eu chorava por causa da Kata, e se não chorava por causa da Kata, estava chorando por causa do Joshua. Era um carrossel choroso-melancólico. No que dependesse de mim, esse mundo idiota poderia terminar agora, e de certa forma eu não ligava se eu iria para o Reino do Céu ou se eu queimaria no fogo eterno. O principal era que isso tudo terminaria.

— Marie! – disse uma voz grave.

O padre Gabriel estava na porta. Como o Titanic, eu precisava mesmo de um segundo *iceberg* agora.

— Seu pai me deixou entrar – explicou e perguntou. – Você está chorando?

— Não, estou regando as plantas do quarto – respondi.

Eu percebi que a presença de Gabriel ali era uma coisa boa. Eu não queria continuar chorando na frente dele, e dei um jeito de parar.

— É por causa de Jesus? – Gabriel perguntou e se sentou ao meu lado na cama, mesmo eu não o tendo convidado – ele me disse que você o abandonou.

Será que Joshua tinha mandado o padre até aqui para tentar me convencer? Talvez ele não estivesse aceitando que eu tivesse terminado com ele e quisesse lutar por mim mais um pouco. Deveria haver alguns homens que se sentiam desafiados por mulheres difíceis.

— Ele vai essa tarde para Jerusalém – disse Gabriel destruindo minhas esperanças.

Para não voltar a me descabelar novamente, perguntei o que ele estava fazendo ali.

— Vim me desculpar com você – respondeu Gabriel. – Você não é um joguete do diabo, caso contrário você não teria deixado Jesus seguir seu caminho. Perdoe-me.

— Tudo bem – respondi, eu estava muito desiludida para ainda ficar nervosa com ele.

— E eu também cometi uma injustiça enorme com a sua mãe – Gabriel estava muito arrependido – Será que você poderia interceder a meu favor?

— Acho que interceder não será suficiente, ela precisará ser amarrada ao pé da cama.

Gabriel concordou, então ele apertou daqui e dali e disse:

— Ainda há uma coisa que você deveria saber, e que eu também preciso contar pra ela.

— O quê?

— Eu sou um anjo.

— Isso não é muito humilde da sua parte.

— Quero dizer, eu sou um anjo de verdade – ele explicou. – O Arcanjo Gabriel que se tornou um homem.

Há alguns dias atrás, eu teria respondido "Tri li li liiii". Mas nesse meio-tempo, eu tinha aprendido a não duvidar tanto. E se eu pensasse direito, isso explicaria muitas coisas: a cicatriz nas costas de Gabriel, o fato de ele ter dado abrigo a Jesus e o de ter avisado a mãe de Jesus sobre seu nascimento.

— E você não precisa ir para Jerusalém lutar ao lado de Jesus? – perguntei.

— Preciso, mesmo eu sendo um homem agora, essa seria minha obrigação.

— Mas...?

— Eu estou resistindo a ela. Eu quero estar ao lado de Sílvia e interceder por ela quando ela se apresentar diante de Deus.

Diante da minha surpresa, ele me explicou que minha mãe foi a razão para que ele quisesse se tornar um mortal, e que esperou por todas essas décadas por um sinal de amor dela. Eu fiquei tocada quando ouvi isso, era tão romântico, tão mágico, e ao mesmo tempo tão estúpido, mas isso é o romântico do amor, não?

Eu senti que tinha ficado com uma pontinha de inveja da minha mãe, já que, pelo amor que sentia por ela, Gabriel ofereceu a Deus suas asas.

E eu convenci minha mãe, pelo telefone, a se encontrar com Gabriel. Eu pedi para ele não dizer nada sobre sua origem até que o fim do mundo chegasse, caso contrário ela não acreditaria e se sentiria enganada por ele.

Gabriel concordava com essa visão e se desculpou com minha mãe pelo comportamento dele, sem esclarecer seu segredo. Depois, os dois ficaram um tempo sentados na minha cama, um ao lado do outro, como dois adolescentes inseguros. Por um longo tempo. Por muito, muito tempo, até eu perceber que nessa época não havia mais como desperdiçar tempo com isso. E por isso eu disse: vamos logo, se beijem!

Os dois deram um sorriso amarelo, então minha mãe entregou seu coração e beijou Gabriel. Ele estava um pouco inseguro, afinal de contas, eu estava lá no quarto, mas minha mãe apertou os lábios dela com tanta força nos dele, que ele não teve opção a não ser beijá-la de volta. Por um longo tempo. Por muito, muito tempo, até eu perceber que parecia que os dois tinham me esquecido, e começavam a esquentar a situação. Eu pensei comigo: *Que ótimo momento para evaporar!*. Então caminhei até a porta e quando eu estava saindo, lá estava papai. Ele viu sua ex-mulher dando uns amassos.

— Sílvia? – ele perguntou assustado.

Os dois na cama pararam de se beijar e olharam para ele inseguros. Havia momentos em que eu queria ser o Ligeirinho, o rato mais rápido do Velho Oeste.

Eu achei que o papai fosse ter uma crise de nervos, afinal de contas ele sofreu por mais de vinte anos pela minha mãe. Mas nada disso aconteceu. Ele sorriu e disse:

— Parece que nós dois encontramos o caminho para a nossa felicidade.

Mamãe sorriu de volta.

— Sim, encontramos com certeza.

Estranho, há dois dias eu desejava que meus pais ficassem juntos novamente, mas agora eu me sentia muito feliz que eles não brigassem mais e estivessem aproveitando suas vidas com seus novos companheiros. É, parecia que até que enfim eu tinha conseguido amadurecer, bem a tempo para o fim do mundo.

Meu pai nos convidou para um café na cozinha e depois para um sorvete no centro da cidade. Mamãe e Gabriel pareciam apaixonados enquanto comiam, e papai e Svetlana também, já eu não olhava com muito amor para minha batata.

Eu estava ali sentada entre dois casais felizes – o típico pesadelo de uma solteira – e sentia muita falta de Joshua. Ainda havia alguns dias até a próxima terça-feira, e eu passaria esse tempo sofrendo por amor. Que legal!

A filha de Svetlana entrou correndo na cozinha, o papai tinha feito batatas fritas especialmente pra ela. Nesse meio tempo, a pequena tinha conhecido uma nova amiga chamada Lulu, que pertencia ao grupo de meninas de sete anos que usavam *gloss*. As duas se sentaram à mesa e recusaram sistematicamente todas as investidas de Svetlana para colocar algum legume em seus pratos. Eu vi essa pequena garota e pensei em Maia e Mareike, as duas filhas que eu sempre desejei, e de repente percebi que homem maravilhoso e extraordinário o Joshua era. Não por suas curas milagrosas, nem por sua capacidade única de andar sobre as águas, não, ele tinha sido o primeiro homem que queria construir uma família comigo e com o qual eu também queria. No relacionamento com o Marc, era eu que queria construir uma família, e ele estava tão interessado em crianças quanto na monogamia, e com Sven era ele que desejava uma família, enquanto eu não tirava os olhos da minha cartela de anticoncepcional. Agora, todos aqueles homens mais errados do mundo pelos quais eu podia ter me apaixonado tinham se tornado o mais certo do mundo.

Mas eu tinha mandando esse homem extraordinário para longe de mim, porque Deus assim me ordenou. Tudo bem, Ele não ordenou, apenas me deu a ideia. Ele deixou que meu livre-arbítrio decidisse. E ele se decidiu contra minha própria vontade.

Liliana e sua amiga de *gloss* riram alto quando papai, ao tentar colocar *ketchup* no prato delas, se manchou todo de vermelho. A risada da pequena era adorável – para ser sincera, parecia com a risada de um bebê hiena quando ele encontrava um antílope com a perna quebrada. E eu pensava nas risadas de Maia e Mareike, que seriam muito, muito mais adoráveis.

Por que eu não lutei por nosso amor?

Só porque ele não era realista?

E por que Deus tinha algo contra ele?

Que argumentos mais bobos para uma pessoa que ama.

Nem Gabriel tinha se submetido completamente às ordens de Deus. Eu observava como ele ficava feliz quando minha mãe colocava a mão dela em seu colo. Se o Gabriel podia ser assim tão feliz mesmo não tendo seguido o caminho traçado por Deus, talvez o Joshua também pudesse. Se ele sentisse mesmo alguma coisa por mim – e eu não tinha dúvidas disso, o Joshua não podia mentir –, ele poderia superar o conflito com Deus. E precisava! Não dava pra ser filhinho de papai (nem de mamãe, nem de qualquer outra coisa) pra sempre, certo?

Eu olhei no relógio, e Joshua embarcaria para o porto de Hamburgo a qualquer momento para tomar seu navio para Jerusalém. Talvez ele já estivesse lá cantando um salmo com as prostitutas convertidas do Moulin Rouge.

Se eu continuasse encarando minha batata, eu nunca iria descobrir.

E com certeza eu nunca mais constituiria uma família.

É claro que eu sabia que a chance de eu conseguir isso era uma em 234 fantasilhões. Mas eu precisava arriscar. Se Deus tivesse algo contra isso, então ele não deveria ter me dado o livre-arbítrio. Nem inventado a droga do amor.

51

Pulei da cadeira e expliquei para o papai que meu surto nada tinha a ver com as habilidades culinárias dele – mesmo ela tendo o potencial de causar pânico generalizado. Saí de casa e tomei o caminho do lago em direção à casa paroquial. Eu corri como o apressado Harry, aquele da Sally. Mas meu condicionamento físico não era suficiente nem para quatrocentos metros, então eu comecei a ficar ofegante e, depois de setecentos metros, eu estava quase sem ar. Pouco depois disso, senti aquela pontada no lado esquerdo – como é que as pessoas nas comédias românticas conseguem correr por meia Nova York sem se cansar? Tudo bem, eles tinham um diretor que precisava dos quadros correndo em diversas partes da cidade, no total, eles deveriam correr mais ou menos uns quarenta segundos. E além disso, eles não usavam salto alto como eu estava agora. Quando uma mulher estava com um, ela os jogava longe durante a corrida sem quebrar as pernas e continuava descalça pela cidade, sem nunca pisar em um caco de vidro ou caca de cachorro.

Mas eu não estava em um filme, e a margem do lago estava cheia de cocô de cachorro, cacos de vidro e camisinhas usadas (os estudantes de Malente chamavam a margem de *Way of life*), então não seria uma boa ideia eu tirar meus sapatos. Às vezes a realidade tinha seu toque de idiotice.

Arrasada pela dor que eu sentia no baço, me arrastei pela escada que subia até a casa paroquial. Quando comecei a pisar nos cascalhos, vi Joshua saindo da casa paroquial com sua mala. Apesar da dor, corri até ele e, ofegante e suada, esperei que ele não notasse as manchas nas minhas axilas.

— Marie, parece que você estava perdida no deserto do Sinai – disse ele impressionado.

Eu não dei continuidade a esse assunto, eu estava feliz de que o Joshua ainda não tivesse saído em viagem. Mas ele não parecia nem um pouco feliz em me ver. Ao contrário.

— Por favor, saia do meu caminho – ele ordenou.

— Eu...

— Você não acredita em Deus – ele me cortou.

— Eu nunca disse isso – respondi tentando relativizar –, eu disse que não acredito o suficiente em Deus.

— Não acreditar o suficiente não é o suficiente – ele respondeu ríspido e passou por mim. Ele me deixou lá plantada. Simples assim.

Ninguém podia me deixar plantada. Nem ele.

Nervosa, gritei atrás dele:

— Não me venha fazer a cena do cachorrinho arrependido, Joshua, vamos conversar como dois adultos!

Joshua se virou pra mim e respondeu:

— Não sei como um cachorro pode se arrepender.

— Foi uma metáfora – expliquei nervosa.

— E da minha parte, ironia – respondeu Joshua.

Ótima hora pra ele aprender como usar a ironia.

Olhamos um nos olhos do outro com certa raiva. De uma forma que só duas pessoas que se importam profundamente uma com a outra, podem fazer. E isso me deu a impressão de que estávamos muito longe de uma reconciliação, que dirá então de constituir uma família. Hora para aplicar a Regra de Ouro: o que eu gostaria de ouvir no lugar dele? Uma explicação objetiva!

— Eu acredito em você – comecei adotando um tom suave na voz –, e a maioria das coisas que você disse no Sermão da Montanha eu acho que são realmente muito boas.

Isso o deixou menos nervoso, eu pude notar que sua testa já não estava mais tão franzida de raiva.

— ... mesmo sem entender 100% do que você quis dizer com aquele papo de pérolas e porcos...

— Eu quis dizer que.. – Joshua começou a explicar.

— Não me interessa o que você quis dizer! – interrompi grosseiramente.

Ele se calou e eu tive a impressão de que ele também não se importava com os porcos nesse momento.

— Por você – continuei explicando, agora mais calma –, eu fiz as pazes com a minha mãe, com o meu pai e até mesmo com a mulher que eu chamava de vadia siberiana...

— Vadia siberiana?

— Também não é importante – eu disse. – Além disso, acho que eu até amadureci um pouco, me tornei adulta. E há três dias ninguém apostaria suas moedas nisso, nem mesmo eu... Mas tem uma coisa que eu ainda não entendo: essa grande cena Deus-punição-Inferno... sabe? Eu sou do tipo que acredita na educação não-autoritária.

— Educação não-autoritária? – perguntou Joshua nervoso – Marie, você está falando como um dos endemoniados de Gerasa.

Eu não tinha ideia de quem esses endemoniados eram, mas supus que fosse melhor mesmo nunca tê-los conhecido. Mas o Joshua tinha razão, eu precisava ser mais clara e falar de um jeito que ele me entendesse.

— Como está escrito na Bíblia? – perguntei – Viva sem medo em seu coração. Viva sem medo de punições ou do fogo do Inferno. "Faça o bem às pessoas ao seu redor devido a seu livre-arbítrio e seja sua própria consciência, pois assim sua vida ficará mais rica e melhor".

Joshua ficou em silêncio. Então ele disse:

— Isso... não está escrito na Bíblia.

— Mas deveria – e finalmente consegui esclarecer meu ponto.

E isso o fez pensar. Então, completei:

— Do jeito que eu te conheci, você não parece ser um homem que puniria as pessoas.

Ele parecia não acreditar.

— Você é muito diferente – expliquei –, um homem que sabe ensinar... um homem que sabe curar... um homem que inspira as pessoas... um homem...

Que beija muito bem! – era o que eu queria dizer, mas minha voz não conseguiu exprimir minhas lembranças.

— Você tem razão – respondeu –, não é o medo que deveria reger a vida das pessoas, e sim o amor.

Quando ele disse "amor", ficou muito claro o que ele estava tentando dizer. Quando ele disse "a" estava falando sobre o amor cristão ao próximo, e quando completou "mor" ele estava pensando em nós dois.

Ele me olhou como fez antes do beijo. Aquele beijo maravilhoso. Eu não tinha escolha... meus lábios se aproximaram novamente dos dele... e dessa vez, os dele também se aproximaram dos meus... eles se aproximaram... se aproximaram.. se aproximaram mais...

E de repente ouvimos uma gargalhada.

Era uma gargalhada muito alta, não parecia ser coisa desse mundo e era muito, muito maligna. Ela vinha de cima, do céu. Nossas cabeças se distanciaram e nós olhamos para cima, então vimos quatro cavalos abrindo as nuvens do céu de Malente. Os Cavaleiros queimavam em brasa. Nos cavalos rodeados de fogo que invadiam a Terra, eu vi imagens que eu não podia distinguir ao longe, mas eu sabia instintivamente que os Cavaleiros eram mais assustadores que os animais.

— Os Cavaleiros do Apocalipse – constatou Joshua deixando sua surpresa transparecer em sua voz.

Eu senti um nó no peito de tanto medo.
— Eu preciso ir até lá – disse Joshua.
E eu preciso ir fazer xixi de medo, completei em meus pensamentos.

52

Enquanto isso

O primeiro Cavaleiro que pousou no centro de Malente com seu cavalo em chamas era o homem de nome Guerra. O Diabo tinha emprestado a Sven duas forças sobrenaturais – assim como para os outros dois Cavaleiros – para que não se queimassem no fogo dos cavalos e, também, para fazer que todo o ódio reprimido dos homens fosse extravasado na presença deles. O Sven mesmo tinha muito ódio reprimido, especialmente contra mulheres. Ele sempre tinha sido carinhoso com elas, com sua mãe, com as médicas do hospital em que ele trabalhava como enfermeiro, com sua noiva Marie... e o que ele recebeu em troca? Sua mãe achava que ele não valia as dores do parto que ela sofreu, as médicas o chamavam de "Irmã Sven" e Marie, no casamento, tinha criado uma nova escala para medir sua submissão. Mas agora, graças ao Diabo, Sven podia deixar seu ódio fluir. Em poucos segundos, o centro de Malente tinha se transformado em uma área de "proibido ultrapassar". As pessoas inofensivas que estavam fazendo compras tinham se transformado em seres que espumavam de ódio e que queriam abrir alguns crânios. Uma mulher chutou seu marido bem naquele lugar em que dói bastante, já que ele não queria fazer uma vasectomia, mesmo eles já tendo quatro filhos. Uma senhora rechonchuda meteu a mão na cara de uma amiga, apenas porque não se conformava que ela pudesse comer todos os doces sem engordar, dois mórmons ameaçavam homens com uma faca em punho para que finalmente fossem permitidos entrar em suas casas, e um jovem muçulmano abandonou sua formação em gastronomia para seguir uma carreira em que seria recompensado por virgens. Além disso, o turco, dono da melhor loja de kebabs de Malente, gritou para um skinhead: "Saia daqui!", e saiu correndo com sua faca elétrica atrás dos neonazistas que, agora, só conseguiam balbuciar coisas como: "Isso... isso é intolerante demais!".

No meio dessa zona de guerra, pousou o segundo Cavaleiro do Apocalipse. Quando era criança, o padre atlético Denis tinha sido muito, muito gordo, e as outras crianças tinham dado apelidos pra ele como "rolha de poço". Quando virou adolescente, Denis começou a praticar esportes obsessivamente, comia apenas cenouras e bebia energéticos que tinham um gosto mais sintético que uma camisa de poliéster. Ele sempre mordia as mangas da camisa de tanta insegurança. Por fim, Denis havia ficado forte e definido, mas ele ainda sentia muita fome, já que não podia nem pensar em voltar a ter a mesma imagem que antigamente. Mas agora, como o Cavaleiro de nome Fome, ele percebeu que todos os homens tinham uma obsessão na vida que não poderia ser calada. Alguns sentiam falta do amor, outros queriam dinheiro, sexo e alguns só queriam ter o cabelo bonito. Essas obsessões pessoais e impossíveis de calar, reprimidas em cada um dos homens eram trazidas à tona apenas pela simples presença de Denis na superfície terrestre. Um senhor de meia-idade chamou sua mulher, com a qual ele estava casado há mais de 35 anos, de "pedaço de carne-seca" e foi atrás de moças de vinte anos que andavam com blusas que deixavam o umbigo de fora. Mulheres solteiras roubavam os bebês dos carrinhos, e uma mãe solteira, completamente exausta, até incentivava; o grupo dos vigilantes do peso saqueava a seção de doces dos mercados, estudantes do ensino fundamental, as lojas de celulares e, para surpresa de todos, muitos homens saqueavam butiques para se vestir como mulheres. Além disso, um restaurador de obras de arte que até hoje nunca tinha vivenciado sua inclinação para piromania, tinha descoberto como as proteções dos monumentos da cidade eram altamente inflamáveis.

E sobre esse Inferno, pousou o terceiro Cavaleiro do Apocalipse de nome Peste. Enquanto Sven e Denis se deleitavam com seus novos poderes, Kata tentou manter-se afastada, mas um impulso cada vez mais forte a obrigava a mostrar seu próprio lado sombrio. Quando seu cavalo começou a voar sobre o hospital da cidade, ela não pôde fazer outra coisa. Ela veio muito rapidamente e pousou no andar mais alto do hospital, que teve suas paredes queimadas pelas chamas do cavalo. Os pacientes olhavam pra ela em choque e em pânico, mas Kata, parada na entrada do hospital em seu cavalo, só tinha olhos para os médicos, uma profissão que ela odiava. Para a maioria deles, sua dor tinha sido inexistente, e então ela começou a se valer de seu novo poder: ela podia fazer surgir de repente naquele minuto as doenças que já estavam no corpo das pessoas, mas que só apareceriam anos mais tarde. A médica-chefe ganhou uma combinação de diabete com Mal de Parkinson, para que ela não pudesse aplicar em si mesmo as injeções de insulina. No plantonista, ela encontrou uma compulsão alimentar unida a um amplo espectro de alergia a comidas. E o jovem médico-assistente foi presenteado com demência e incontinência urinária, para que ele pudesse fazer seus rins trabalharem incessantemente sem se lembrar de onde ficava o banheiro mais próximo.

E assim, Kata não se lembrava mais de que queria enganar Lúcifer, ela estava completamente inebriada por sua nova força.

O único Cavaleiro que não desceu imediatamente e que ficou sobrevoando Malente de modo tranquilo como um urubu foi o de nome Morte. Ele ainda assumia a forma de Marie e esperava ansiosamente que ela fosse a primeira vítima fatal do Juízo Final.

53

Joshua correu para o centro, mas lá havia muitas nuvens de fumaça negra por todos os lados. E seus passos eram tão apressados que eu não conseguia acompanhá-lo. Droga de sapatos.

Ao ver Joshua apressado, apesar da cidade em chamas e dos Cavaleiros do Apocalipse, eu só conseguia pensar no beijo que havíamos perdido. Eu estava muito triste por esse momento mágico ter sido interrompido. Então a felicidade voltou, pois percebi que o Joshua tinha vontade de me beijar de novo, mas meu coração se encheu de medo, porque temi que fosse muito tarde para nós, já que a programação do Juízo Final tinha sido adiantada.

— Como é que o Juízo Final já pode estar começando? – Joshua se perguntou olhando para o céu.

— Achei que a coisa toda só fosse começar na terça-feira. Além disso, estamos em Malente, e não em Jerusalém.

— Nunca subestime a força e a maldade de Lúcifer – respondeu Joshua sério.

— Eh... – um pensamento atormentador me ocorreu – o que acontece se ele ganhar a batalha final?

— Então – me disse Jesus –, o Mal perdurará para o resto da eternidade.

Eu tremia de medo ao pensar que assassinos, sádicos e investidores financeiros teriam o controle de tudo em suas mãos. Eles iriam torturar as pessoas boas, e, como ninguém mais poderia morrer, isso duraria para toda a eternidade. Pensando assim, o fogo do Inferno era praticamente um dia no *spa*.

O centro parecia uma zona de guerra que, quando aparecia na televisão, a gente mudava de canal rapidinho, já que era bem melhor assistir a "Como preparar o jantar perfeito". As casas estavam pegando fogo, a multidão saqueava as lojas, os homens andavam enfurecidos pelas ruas, e um turco perseguia um *skinhead* com uma faca elétrica – pra falar a verdade, essas notícias não apareciam com tanta frequência no noticiário. Antes que eu pudesse pensar se eu gostaria ou não de ver uma notícia como "*Skinhead* fatiado no centro da cidade", Jesus foi até um homem machucado sentado no meio-fio com um corte embaixo do olho e que, por isso, não enxergava mais nada e estava resmungando:

— Ela nunca tinha me dito que me achava tão ruim de cama...

Joshua se sentou ao lado dele, e o homem deu grito apavorado, como se a qualquer momento ele fosse apanhar de novo. Mas o Joshua disse pra ele: "Não tema".

Então ele cuspiu na rua e, com o cuspe fez uma pequena massa, colocando-a sobre o ferimento do homem. Então ele abençoou uma água que estava em uma garrafa em sua bolsa e passou sobre a massa no rosto do homem, e o machucado sumiu e o homem pôde ver novamente. Mas não só isso: a simples presença de Joshua ali fez um grupo de homens se aglomerar ao redor dele e se esquecer completamente de sua ira e de sua avidez. Os sentimentos ruins se transformaram em paz de espírito. Os saques pararam, bem como qualquer ato violento, e uma mulher devolveu o filho à sua mãe, mesmo que essa não tivesse ficado assim especialmente contente com o fato. E minha própria paz de espírito fez eu me sentir um pouco alheia àquele Inferno, mas eu acabara de me lembrar que meus pais tinham planos de tomar um sorvete na cidade com o Gabriel, a Svetlana e as duas crianças. Eu queria pedir para o Joshua ir procurá-los comigo, mas eu sabia que Joshua não poderia abandonar os homens ali naquele estado apenas para ir procurar minha família, que talvez estivesse a salvo – com um pouco de sorte eles ainda estariam em casa aproveitando a comida empapada do papai. Então corri com os pés doendo na direção da sorveteria. No caminho vi casas pegando fogo, homens vestindo roupas de mulher e crianças espancando um vendedor de celulares. Ouvi a sirene de uma ambulância tocando, e eu me alegrei de que ainda havia médicos para ajudar o Joshua a salvar as pessoas. Mas quando eu olhei para o veículo percebi que ele estava andando descontrolado, e bem em minha direção. Eu fiquei paralisada de medo. A ambulância foi se aproximando, mas eu não conseguia me mexer, mesmo com o meu cérebro gritando para as minhas pernas: "Vamos, suas gordinhas, mexam-se!". Mas o medo da morte tinha interrompido a comunicação entre meu cérebro e minhas gordinhas.

— Scotty, nós vamos conseguir?
— Vai ser difícil.
— Quão difícil?
— Mais difícil que quebrar a pedra de Uhura!
— Isso é BEM difícil.

Eu já conseguia enxergar o motorista pelo para-brisas. Ele estava com a cara vermelha e inchada, como se tivesse alguma alergia atacando todo o seu corpo. Existia isso? E o que tinha provocado isso? Talvez as bananas que ele tinha enfiado com avidez na boca. Ele estava conseguindo me ver através daqueles olhos inchados? E se conseguisse, ele não estava muito ocupado devorando a comida? Que coisa horrível poderia tê-lo deixado maluco daquele jeito?

Eu tinha poucos segundos até que o carro me atropelasse, não era nenhum consolo que o cuidado médico de emergência fosse estar imediatamente ali para me socorrer.

Então ouvi um cavalo em chamas relinchar sobre mim. Olhei para cima e vi os Cavaleiros se reunirem, e assim consegui ver de relance quem eram eles. Por um segundo, achei que um deles fosse... não, não é possível!

Mas só o pensamento de que eu tinha mesmo visto aquilo fez o choque sair do meu corpo e a comunicação entre cérebro e pernas voltar a funcionar, por último ouvi a ordem do cérebro: "Pulem agora!". Ou celulite será o menor de seus problemas! Os músculos da minha perna se estiraram num salto, o carro estava a poucos metros de distância e, em vez de frear, o motorista abriu um saco de castanhas e jogou em cima de seu rosto. Pulei o mais longe que eu pude, alguma coisa como menos de dois metros. O carro perdeu o controle de vez e bateu em um poste de luz, a não mais de quarenta metros de distância de mim.

Eu levantei com muito custo, tudo doía, minhas pernas estavam esfoladas. Eu mal tive tempo de me recuperar do primeiro susto, olhei para o motorista. Ele estava inconsciente, com certeza por causa do acidente, fora isso ele tinha muitas bolhas que pareciam de queimadura, provavelmente por causa da alergia.

Eu fiz um pensamento positivo para que Joshua logo viesse ao encontro dele para salvá-lo e me apressei para a sorveteria. Eu precisava saber se minha família – e sim, eu estava contando a Svetlana e a filha dela – estava em perigo. Eu vi um homem que queria fazer um cinto de carnes para ele, mas não sabia muito bem como encaixar uma na outra, e uma mulher que pulava em cima do quadril de seu marido e gritava: "Agora você está vasectomizado!".

Eu estava contente que a fúria das pessoas não estava destinada a mim, eles pareciam muito ocupados em cuidar de suas próprias batalhas. Era quase um milagre que ninguém tivesse morrido ainda, mas isso era só uma questão de tempo. Então um senhor de meia-idade pulou na minha frente e disse:

— Adoro meninas de vinte anos...

— Então o senhor está um pouco atrasado comigo – respondi e tentei continuar meu caminho, mas ele não deixou.

— ... mas eu não consigo fisgá-las.

— Fisgá-las?

— Mas você também está fresquinha e crocante – ele disse e um fio de baba escorreu pelo canto de sua boca.

— Ao contrário do senhor – respondi e tentei novamente continuar, mas novamente ele pulou na minha frente.

— Eu adoro as cheinhas – disse e me agarrou. Eu não sabia o que me deixava mais irritada, que esse tipo estivesse me agarrando ou que ele tivesse me chamado de "cheinha", de qualquer forma, respondi:

— Então vá procurar a Oprah.

E dei um chute bem forte em seu joelho. Ele gritou e eu corri, tão rápido quanto meus pés doloridos e minhas pernas com câimbras permitiram. Ainda bem que o velhote também não era um dos mais rápidos. Nossa perseguição foi com certeza uma das mais lentas em toda a história das catástrofes. Por fim, o homem foi parado por dois mórmons que gostariam de conversar com ele em paz sobre Deus e que não aceitavam mais um "Não, obrigado".

E eu continuei correndo em direção à sorveteria em que as duas meninas estavam se digladiando na mesa do lado de fora, e elas se arranhavam e se mordiam, porque Liliana queria a qualquer custo o brilho labial da amiguinha. A mãe Svetlana não estava nem vendo o que estava acontecendo, ela estava muito ocupada segurando uma garrafa d'água e indo desiludida de homem em homem, e em cada um deles ela via uma salvação, enquanto meu pai amaldiçoava minha mãe e gritava: "Por sua causa eu fui infeliz por mais de vinte anos!". Eu queria separar os dois, mas então eu vi o Gabriel no telhado do prédio de quatro andares do outro lado da rua. Ele abria os braços como se quisesse voar. Ele era um homem, mas algo havia despertado nele o desejo de voar novamente, mesmo que para isso lhe faltasse um par de asas. Eu não sabia por onde começar:

com as crianças se estapeando, Svetlana rodando sem direção, o meu pai enfurecido ou com a futura mancha que Gabriel se tornaria na calçada. Então Joshua se aproximou e assumiu o controle. Com uma voz tranquila, ele conseguiu convencer Gabriel a se afastar do parapeito, tirou a raiva de meu pai com a mão e acalmou Svetlana, e ainda fez as duas meninas compartilharem o *gloss* fraternalmente. "Não ajunteis tesouros na Terra, e sim ajuntai tesouros no Céu, porque onde estiver o vosso tesouro, aí estará também o vosso coração".

Enquanto ele dizia isso, eu via em seus olhos o amor pela humanidade. E eu percebi o que a Maria Madalena teria dito pra ele um dia. Com certeza essas eram as palavras...

— Você precisa de muito tempo para gozar!

Não, não foram essas as palavras.

— Por favor, invoque sua divindade para que possamos acabar com isso logo!

Isso também com certeza ela não disse.

Eu me virei e vi uma mulher negra sentada em uma mesa tomando um café e olhando de uma maneira estranha para o Joshua. Ela parecia a Alicia Keys, que era uma das mulheres de quem a Kata mais gostava. Kata? Será que era ela que estava lá em cima... não, não podia ser!

— Quanto tempo, Jesus! – disse a diva do *soul* que com certeza não era diva do *soul* coisa nenhuma.

— A última vez que nos encontramos foi no deserto da Judeia, quando você tentou me seduzir – Joshua respondeu para a mulher.

— E você não se deixou convencer – sorriu Alicia e se transformou com um estralo em uma criatura vermelha com chifres e pata de cavalo, uma imagem como você esperava ver num filme de terror... isso se você não pensasse no Stephen King.

— Scotty?

— Sim, capitão!

— Eu me demito também!

— O que você acha de nos tornarmos fazendeiros sustentáveis?

— Ótima ideia, Scotty, excelente ideia!

Todo o meu corpo chacoalhava de medo, meu nariz estava irritado com toda aquela fumaça, que também irritava meus olhos, mas o Joshua nem pestanejava. Com um gesto, Lúcifer o convidou para sentar à mesa. Mas Joshua não se mexeu, apenas ordenou com um gesto discreto que Gabriel nos tirasse dali. Minha família, Svetlana e as crianças seguiram Gabriel, mas eu fiquei lá. Gabriel veio até mim, tocou meu braço e quis me tirar dali, mas eu disse apenas:

— Não vou sair do lado dele.

Gabriel sorriu orgulhoso:

— Eu fiz um mau juízo de você.

Então ele tirou os outros dali o mais rapidamente que ele pôde. Mefisto, vermelho como sangue, não se importava, ele sabia que mais cedo ou mais tarde todos seriam dele. Ele se voltou pra Jesus e disse:

— É hora de você começar a lutar. A guerra começou.

Para ilustrar seu ponto, ele chamou a atenção para o caos que havia se instalado em Malente e, com aquela cauda horrível, tomou mais um gole de seu café.

— Não vou lutar – respondeu Jesus.

— Você não quer participar da Batalha Final? O Diabo abandonou seu café.

— Não – respondeu Joshua delicadamente, mas com firmeza.

— Você vai começar de novo com a sua cena de "ofereça-lhe a outra face"? – Lúcifer tentava manter a coerência, ele queria uma batalha sangrenta, e Joshua estava se recusando a dar isso a ele.

— Eu diria de outra forma, mas considerando o conteúdo de sua fala, sim você está certo – Joshua deu razão pra ele.

Talvez Lúcifer estivesse inseguro, era isso que eu esperava, que isso o desestabilizasse tanto que ele acabasse com o caos ali mesmo naquela hora... Afinal, quando um não quer, dois não brigam.

SCHL
WATCHER

EU QUERO FAZER XIXI!
HLECKE
DÖNER

Mas Lúcifer riu com malícia como só o Rei das Trevas pode rir.

— Se é assim que você quer, caro Jesus, então eu vou destruir o mundo sem nenhum oponente.

Meu Deus! Esse papo de oferecer a outra face não estava funcionando.

— VENHAM ATÉ MIM! – Lúcifer gritou para o Céu e os quatro Cavaleiros com seus cavalos em chamas começaram a voar ao nosso redor. Agora que eles estavam perto, finalmente reconheci seus rostos... um dos Cavaleiros era... o novo padre?

O outro era... Sven??

E ainda tinha... a Kata?!?!

E o quarto Cavaleiro parecia comigo.

Por que ele se parecia comigo, nem me preocupei em perguntar. Minhas dúvidas tinham se evadido.

Os Cavaleiros sobrevoavam o centro de Malente e sua intenção era clara: eles queriam aniquilar Jesus.

Eles pousaram bem ao nosso lado. Os cavalos bufavam, e de suas narinas saíam chamas de fogo do Inferno, e com o resto da fumaça que ainda estava ali da transformação do Diabo, tudo isso junto me impedia de enxergar. Sven e o novo padre se alegravam com aquela carnificina toda, isso os deixava inebriados pelo poder. Como eu sabia o nome dos quatro Cavaleiros do apocalipse, eu pude combinar logicamente as informações e pensei: essa Cavaleira que se parecia comigo, com olhos frios e vazios, é a Morte. O fato de ela parecer comigo não trazia nenhum bom augúrio.

O medo da minha própria morte foi completamente suplantado pelo meu sofrimento de ver a Kata ali. Ela estava montada em seu cavalo em chamas sem se queimar. Ela me olhou com os olhos tristes e disse com a voz trêmula:

— Ele me ameaçou a sofrer pelo resto da eternidade as dores do tumor... eu não fui forte o suficiente para resistir... ou para enganá-lo e tomar minha alma de volta... Perdão...

Não havia nada o que perdoar, eu a entendia: não era a tarefa mais fácil do mundo viver sob os ensinamentos do Sermão da Montanha quando se estava saudável, mas quando você tem um tumor e ele devora seu corpo, era um prazer vender a alma para o Diabo.

— Eu também não seria tão forte – respondi e percebi um sorriso fraco, débil, quase inexistente em seu rosto. Ela estava agradecida por eu não a julgar.

Lúcifer se colocou entre nós.

— Eu espero não estar atrapalhando a conversinha fiada entre as duas irmãs, mas eu preciso ordenar que Jesus seja destruído agora.

— Será um imenso prazer – disse Sven para Joshua.

— Mas a culpa é sua – riu o padre atlético um pouco sádico. – Se você tivesse me dado todos os poderes que Lúcifer me ofereceu, eu nunca teria passado para o lado dele, mas você sempre me abandonou. Lembra quando, na oitava série, o professor de natação me disse na frente de uma garota que eu era um estorvo para o meio ambiente?

Joshua não respondeu, seu corpo e seu olhar firme mostravam que ele não tinha nem uma ponta de medo em si. Com certeza essa foi a forma como ele se apresentou diante de Pôncio Pilatos.

O único dos Cavaleiros que não estava concentrado nele era a Morte, ela só tinha olhos para mim – uma observação que eu poderia facilmente ter vivido sem.

Denis e Sven estavam prontos para usar suas forças recém-adquiridas, o que exatamente eles estavam fazendo, eu não consegui entender, mas, quando eles estenderam suas mãos em direção ao Joshua, esse gritou imediatamente e todos os seus músculos começaram a se contrair. Algumas vezes, o ódio aparecia em seu olhar, às vezes a ira, e então o desejo, mas ele sempre conseguia controlar todos esses sentimentos. Uma coisa que não agradava nem um pouquinho a Lúcifer. Ele foi até Kata e, com um sorriso amarelo, ordenou:

— Ajude-os!

Minha irmã quis se negar, mas, como ela mesmo tinha dito, ela era muito fraca, o medo do tumor pela eternidade a fez aproximar-se de Joshua com seu cavalo. E de repente, suas feridas nos pés e nas mãos voltaram a sangrar. Eu não sabia o que era mais horrível de ver: o Joshua sofrer daquele jeito, ou a minha irmã, pois como Cavaleira de nome Peste ela era a que mais fazia aquele homem sofrer, como ela mesma tinha padecido há algum tempo, o que ela morria de medo de que voltasse a acontecer por toda a eternidade. Eu precisava fazê-la parar, não só pelo bem de Joshua, mas pelo próprio bem dela. Eu me coloquei entre os Cavaleiros e o Joshua, que mal podia se manter em pé e segurava seus gritos de dor com o todo o resto de suas forças.

— Se é Jesus que vocês querem – eu disse para os Cavaleiros –, vocês terão que me matar primeiro.

Eu tinha um resto de esperança que o Sven e a Kata ainda sentissem alguma coisa por mim e nos deixassem finalmente ir embora. Joshua fez um gesto débil com a mão – falar ele não conseguia mais, sua luta interna era terrível –, mas o gesto era claro: eu deveria sair dali. Ele não queria que eu me sacrificasse por ele. Mas eu não saí dali.

Kata afastou seu cavalo um pouco para trás, ela não me puniria com a peste; seu amor por mim, nesse momento, era maior que o medo dela.

— Lute! – ordenou o Diabo.

Ela balançou a cabeça com um movimento negativo. Ele não tinha tanta força sobre ela. Porque o amor dela por mim era maior que o medo. Do jeito dela, ela tinha conseguido enganar o Diabo.

E ele não gostava disso. Ele apontou para Sven com sua cauda. Ele não poderia se opor à força do Diabo, e também não queria, já que seu ódio já o havia devorado.

— Tudo bem – ele me disse. – Te matar vai me deixar muito feliz!

Quando ouviu isso, o corpo de Kata começou a tremer. Joshua também estava sofrendo, mas ele não tinha mais forças, ele estava lutando com seus próprios demônios despertados pelos Cavaleiros. E aquele que se parecia comigo sorria com frieza. Eu sabia que eu iria morrer. Mas não tinha medo. Apenas raiva. De Deus. Pelo sofrimento da Kata. E do Joshua. E eles sofreriam ainda mais se eu morresse ali.

E por isso eu gritei irritada para o Céu:

— Eli, Eli frika sabati!

E eu ouvi uma resposta:

— ***ISSO SIGNIFICA: "MEU DEUS, MEU DEUS, MINHA ALMÔNDEGA NÃO DÁ FRUTOS".***

54

Em volta de mim, o cenário se congelou, como se alguém tivesse apertado o *pause*. Ninguém mais se mexia, todos eram estátuas. Aquele ser rodeado de fumaça tinha o olhar enfurecido, Jesus estava lá parado sofrendo com suas dores, o fogo que saía das narinas dos cavalos estava congelado no ar, e Kata tinha parado de tremer. Ninguém mexia um músculo, nem gritava de dor ou desespero. De repente, tudo estava em paz.

E em silêncio.

A única coisa que dava pra ouvir eram as chamas que queimavam as folhas de um arbusto que tinha aparecido do meu lado do nada.

— Eli, Eli, dharma, sabalili! – me dirigi a ele e esperei que dessa vez eu tivesse falado as palavras certas.

— E ISSO SIGNIFICA: "MEU DEUS, MEU DEUS, MEU INTESTINO ESTÁ SOLTO".

— Você sabe exatamente o que eu quero dizer – resmunguei e tive vontade de abrir um extintor de incêndio em cima daquelas folhas que queimavam.

— ***PERDÃO*** – respondeu o arbusto e se transformou em Emma Thompson, que dessa vez não estava vestindo uma roupa do século XVIII, e sim umas roupinhas bem simples da nossa época mesmo. Deus não parece ser o tipo de mulher que gosta de roupas caras e de marca.

— Eu não te abandonei. Eu não abandono nenhum dos homens – respondeu Emma-Deus.

— Dá pra perceber, é só olhar para o seu filho – respondi com raiva.

Emma-Deus pareceu se compadecer, até de Joshua, que estava ali parado com o sofrimento congelado em seu rosto. Então ela disse:

— Meu filho não quer que o Juízo Final aconteça.

— Se você quiser colocar a culpa em mim, dizendo que eu coloquei essas ideias na cabeça dele, fique à vontade. Eu tenho orgulho de ter feito isso!

— A culpa? Olha, você é responsável por isso – afirmou Emma-Deus tranquilamente.

— Então me mande para seu fogo do Inferno idiota – reagi com raiva, eu não tinha mais medo, nem do Diabo, nem de Deus, nem de ninguém!

— Você quer que eu te queime? – perguntou Emma-Deus.

— Você também pode me congelar, faça o que achar mais divertido – esbravejei.

— E por que eu faria isso?

A pergunta me impressionou e eu me acalmei um pouco:

— Porque... porque eu estraguei tudo!

— É, você estragou.

— Mas?

— Você fez isso por amor.

E seu sorriso fez todo o meu ódio se dissipar.

— É, isso é verdade – confirmei.

E o sorriso ficava ainda mais bondoso e mais maravilhoso, então Emma-Deus me disse:

— Como eu posso te punir por isso? Nada poderia me deixar mais orgulhoso.

55

Eu fiquei paralisada ali. Emma-Deus olhava ao seu redor, e pra onde ela olhava o mundo se restaurava. Os homens, congelados, paravam de sangrar, as chamas e a fumaça desapareciam, as casas em chamas voltavam a ser novas em folha, e até mesmo a ambulância que havia se chocado com o poste e o médico que estava dentro dela também pareciam normais novamente. Emma-Deus olhou para o Diabo e os cavalos em chama, e eles desapareceram no ar. Bem como a Morte. A Morte ter sumido foi algo que me aliviou. Kata, Sven e o padre atlético estavam civilizadamente sentados à mesa da sorveteria, e o local parecia novamente uma praça sem graça de qualquer cidade do interior, a não ser pelo fato de que todos estavam congelados, e um deles era o Joshua. Emma-Deus passou a mão por seus cabelos, e ele também sumiu.

— Eu vou vê-lo novamente? – perguntei assustada.

— Isso vai depender dele – respondeu Emma-Deus, e eu percebi que Ela também queria sumir agora.

— Mas eu ainda tenho uma pergunta.

— Pergunte.

— Por que tumores?

— Ou a menstruação? – riu Emma-Deus.

Assenti.

— Sem nascimento e sem morte, não há vida.

Eu ainda disse:

— Claro, mas não dava pra criar umas coisas menos incômodas? – mas Ela já havia sumido.

No momento seguinte, a vida voltou a acontecer normalmente na praça, como se nada de extraordinário tivesse ocorrido. Os homens não estavam tresloucados pelas ruas, ao contrário, faziam suas compras sem quebrar nenhuma vitrine. Parecia que nenhum deles se lembrava do que havia acontecido. Quase nenhum. Os ex-Cavaleiros do Apocalipse agora homens comuns, me olhavam com um olhar culpado e envergonhado. Eu não me importava com o Sven e com o padre atlético, mas...

— Kata...

Eu fui até ela, mas ela se levantou e começou a andar. Ela não podia olhar pra mim. Eu queria ir atrás dela, mas o Gabriel, que acabara de aparecer, me impediu:

— Dê tempo para sua irmã. Ela vai precisar dele até processar isso tudo.

Eu assenti, o anjo tinha razão. Ele também se lembrava do que havia acontecido e elaborava teorias de que todos que haviam tido uma experiência com o sobrenatural nunca mais poderiam se esquecer.

— Mas... por que Deus cancelou o Juízo Final? – perguntei pra ele.

— Para isso há apenas duas explicações – respondeu Gabriel. – Ou Deus já havia planejado isso tudo como um teste, como com Abraão e Jó...

— Abraão e Jó? – perguntei.

— Abraão não precisava sacrificar seu filho, mesmo achando que essa era a vontade de Deus. Foi só um teste. E Jó, que suportou todas as dores que Deus impôs a ele, também foi posto a prova pelo Todo-Poderoso. No final, ele foi curado de sua doença e pôde ter sua família de volta.

— Estou sem entender – disse confusa.

— Talvez o Juízo Final e essas profecias do Apocalipse de João tenham sido quimeras, aquilo tudo não iria acontecer de verdade, tudo era um truque para descobrir o potencial da humanidade. E a pessoa escolhida para essa prova dessa vez não foi um Abraão ou um Jó, e sim você, Marie.

Eu ainda não estou entendendo.

— Seu amor fez Deus se impressionar com os homens.

Eu respirei fundo, e Gabriel sorriu:

— Você... uma figura bíblica. Quem é que poderia imaginar?

A teoria dele que tudo isso – o Juízo Final, meu encontro com Joshua, o chá com Deus – tinha sido um teste para a humanidade e que Deus havia me usado como representante fazia eu me sentir mumificada, então eu perguntei:

— E... qual é a outra possível explicação?

— Você teve uma sorte danada.

A sorte, se fosse esse o caso, eu não podia perceber, porque o Joshua não estava mais comigo – eu iria vê-lo novamente? Eu me despedi de Gabriel e fui até nosso lugar no lago, sem muitas esperanças. Mas uma coisa inacreditável aconteceu: Joshua estava lá sentado, olhando para a água que reluzia tranquilamente os raios de sol. Eu mal podia conter minha felicidade por vê-lo, sentei-me ao lado dele e coloquei meus pés na água ao lado dos dele. Depois de um tempo de silêncio compartilhado, ele me disse:

— Conversei com Deus.

Eu poderia ter perguntado se a teoria do Gabriel era válida, e se eu realmente era um fantoche semibíblico de testes, mas eu tinha outra coisa muito mais importante para perguntar:

— Ele vai permitir que nós... – comecei e interrompi a frase no meio porque eu tinha medo da resposta. Eu queria ter sugerido para o Joshua que ficássemos em silêncio sentados um ao lado do outro pelos próximos cem anos.

— Ele vai deixar nosso futuro nas mãos do nosso livre-arbítrio – disse Joshua.

— Você... você... você... eu? – perguntei gaguejando.

— Sim, você e eu, se nós assim quisermos.

— Você... você... você...? – perguntei para o Joshua sobre seu livre-arbítrio.

— Sim.

Era simplesmente inacreditável.

Ele pegou minha mão e, quando seus dedos encostaram nos meus, ele disse:

— Como Gabriel, vou me tornar um mortal.

— Mortal? – perguntei nervosa.

— Eu vou voltar à Terra como um homem normal e viver uma vida até minha morte terrena.

Ele era capaz de desistir de tudo por mim, até de sua imortalidade. Isso era muito romântico. O mais delicado que um homem já havia feito por mim.

Mas eu não gostava disso.

— Mas você precisa mesmo morrer...? – perguntei puxando minha mão.

— Preciso, pois só assim eu posso envelhecer. Imagine, você lá com 97 anos e eu assim, como estou agora...

— Então eu namoraria um homem mais jovem, o que há de errado nisso? – interrompi.

— Mas só assim poderemos viver uma vida normal, ter filhos e formar uma família.

— Uma família... – suspirei.

— E eu sustentarei nossa família sendo carpinteiro.

Eu não tinha certeza se o salário de um carpinteiro seria suficiente para sustentar uma família, dependeria do mercado de construção, mas eu também poderia trabalhar. E se era seu livre-arbítrio se tornar um mortal, quem era eu para impedi-lo?

Nesse momento, uma castanha bateu em minha cabeça. Ela vinha do lago, de um pedalinho em que a filha de Svetlana e a amiga estavam. As meninas agora, as duas, tinham *gloss* nos lábios, estavam sorrindo despreocupadas, e pra mim ainda era muito difícil achá-las bonitinhas. Mas o Joshua sorriu pra elas, e eu me lembrei daquele Inferno, de como ele ajudou as meninas e de quando eu pensei no que Maria Madalena teria dito pra ele.

Aflita, olhei para ele.

— O que vai acontecer comigo? – perguntou Joshua, e pela primeira vez eu percebi um pouco de medo na voz dele.

E eu disse baixo:

— Nosso livre-arbítrio precisa se decidir contra nós.

— Agora você parece ainda mais possuída que os endemoniados de Gerasa – disse Joshua com a voz levemente trêmula. Era horrível vê-lo com medo.

— O que Maria Madalena te disse, por que vocês não poderiam viver o amor de vocês? – perguntei.

Ele ficou em silêncio por um tempo, parou de tremer e respondeu com a voz cheia de coragem:

— Porque meu amor deve pertencer a toda a humanidade.

— E por isso você não poderia morrer – suspirei quase sem forças – e também não poderia ficar comigo.

E ele não respondeu mais nada. Eu tinha razão. E a Maria Madalena também.

Não é legal perceber que a ex-namorada era mais inteligente que você.

Joshua havia parado de lutar por nosso futuro juntos. Seu livre--arbítrio seguiu seu destino. E se decidiu contra nós.

E meu livre-arbítrio estava de acordo com o dele.

Às vezes não é nada divertido ter pensamentos tão parecidos.

Ficamos sentados calados por uma última vez olhando o lago. Eu lutava contra as lágrimas que insistiam em cair. Eu venci a luta contra a maioria delas, mas uma rebelde, nervosa e idiota deixou meu olho e escorreu por minha face.

Joshua levou sua mão até minha bochecha e me deu um beijo terno, e as lágrimas secaram.

Parei de chorar.

Com o beijo ele tirou todo o meu pesar. Da mesma forma que ele curou a pequena Liliana da epilepsia.

Jesus me acariciou novamente na bochecha e disse:

— Eu te amo.

E então sumiu na brisa de verão.

E eu fiquei sozinha, sentada ali.

E essa foi a vez mais bonita que um homem me deixou sentada sozinha.

56

Enquanto isso

Emma Thompson e George Clooney estavam sentados no banco de frente para o lago alimentando os patos. Toda vez que um deles morria com um pedaço de pão envenenado por Clooney, Emma ressuscitava o pássaro, deixando Clooney muito frustrado. Mas o que mais o irritava era que ele era apenas mais uma das variáveis no plano divino.

— Então – disse Clooney ao perceber que nem mesmo na luta pelos patos ele era mais forte. – O Juízo Final não vai acontecer?

— A humanidade cresceu – respondeu Emma.

— Mas ainda está longe de ser perfeita.

— Mas nenhum adulto é – Emma sorriu satisfeita.

Clooney não gostava de satisfação, toda sua existência ele havia ansiado pela batalha final, e agora, toda a razão de sua existência tinha sumido. Era assim que se sentiam todos os desempregados que estavam prontos para vender sua alma por um novo objetivo de vida.

— Você vai ganhar aquilo que sempre quis – confessou Emma.

— O livre-arbítrio? – Lúcifer tinha medo de cogitar essa hipótese.

— Sim, finalmente você pode ir para sua ilha tropical paradisíaca, como você sempre quis.

Clooney riu aliviado. Agora ele poderia viver só e não precisaria mais se importar com esses pecadores irritantes. Deus o presenteou com seu próprio Reino dos Céus.

— Posso...? – ele começou.

— Não, você não pode levar a cartunista.

Clooney mordeu os lábios, deu de ombros e disse:

— Não se pode ter tudo – e saiu dali sem agradecer. Ele iria para a ilha tropical no jatinho do governador da Califórnia.

Depois que o Diabo desapareceu, Jesus veio caminhando até Emma e se sentou ao lado dela.

— E você, meu filho, volta comigo para o Céu?

— Não – respondeu Joshua com segurança.

— Você vai ficar com a Marie? – Emma estava impressionada, mas não era surpresa alguma, Jesus poderia fazer com o livre-arbítrio dele o que ele quisesse.

— Também não. Mas graças a ela eu sei o que devo fazer agora.

— E o que é? – Emma estava muito curiosa.

— Vou viajar pelo mundo.

— E você nunca mais verá a Marie?

— Claro que verei, eu sempre voltarei para cá sem ela saber, para ver se está tudo bem com ela, e com os filhos e os netos...

— E também bisnetos – Emma sorriu.

— E os filhos deles também – Jesus sorriu de volta.

57

Eu fiquei sentada ali por muito tempo, olhando para a água e completamente em paz. Meu coração já não doía mais. O beijo de Joshua tinha garantido que eu não precisaria mais sofrer com isso, e que eu estava livre para me apaixonar por outra pessoa. Quando o sol começou a se por, me levantei e fui caminhando para casa. Na metade do caminho, senti uma vontade profana, mas urgente, de "eu preciso fazer xixi". Já que agora eu tinha sentimentos ambivalentes por arbustos, fui até a locadora do Michi, que estava bem ali do lado. Ele queria saber o que havia acontecido, e eu expliquei pela porta do banheiro que a próxima terça-feira não era mais uma data crucial para o mundo.

— Que fantástico! – ele comemorou aliviado.

Mas entre nós, ainda havia o problema de ele estar apaixonado por mim. Por isso, depois de lavar as mãos e entrar no assunto amigavelmente, perguntei:

— O que o Franko Potente pretende fazer com o tempo da prorrogação?

— Ah, o velho Franko – respondeu Michi – percebeu que a vida pode acabar a qualquer minuto.

— E?

— E por isso ele não quer mais viver um amor que ele nunca poderá realizar e se cadastrou em alguns desses sites de relacionamento. Menos no sadomaso.com.

— O Franko é muito inteligente – disse eu.

— Eu nunca achei que não fosse – respondeu Michi sorrindo. E eu estava feliz que nós poderíamos viver nossa amizade platônica novamente.

Quando cheguei em casa, Kata estava sentada no jardim à sombra de uma linda árvore e desenhando nos últimos minutos de luz do dia. Eu me sentei ao lado dela e ela disse:

— Eu não sou uma heroína.

— Pra mim você é – respondi.

— Mas eu o segui.

— Não até o fim.

— Eu deveria ter resistido a ele... mas sozinha não sou tão forte como sempre pensei, caso contrário eu teria conseguido... — disse Kata parecendo arrasada. — Mas eu não quero mais ficar sozinha, eu preciso de alguém.

Minha irmã precisava de mim. E eu dela.

— Você vai ficar em Malente? – perguntei.

— Por que você está perguntando isso?

— É melhor eu ficar com você até você melhorar – disse eu.

— Pelos próximos cem anos? – perguntou triste.

— Enquanto for preciso – respondi sorrindo.

Então ela me abraçou.

— Você está me sufocando! – resmunguei. E ela respondeu:

— Eu sei!

E eu a apertei mais ainda. Depois de toda essa maluquice, era bom me sentir em paz novamente nos braços dela.

— Scotty?

— Sim, capitão!

— Estou adorando nossa fazendinha sustentável.

— Eu também, capitão, eu também.

Quando eu e a Kata terminamos de nos abraçar, ela me mostrou o bloco com a nova tirinha.

Embaixo dela havia a palavra FIM – me assustei.

— Essa é a última tirinha que eu vou desenhar da série *Sisters*.

— A última?

— Eu sou outra pessoa – ela riu – e você também.

Ela tinha razão. Eu tinha feito as pazes com os meus pais e até encontrado coragem para contestar Deus e enfrentar o Diabo. Eu descobri o que estava dentro de mim.

Eu não era mais uma m.o.n.s.t.r.a.

Tudo porque eu tinha aprendido a me amar.

APROVEITÁ-LO, FINALMENTE!
FIM

Agradecimento especial ao Ulrike Beck, que sempre acreditou nesse projeto, Marcus Gärtner, Marcus Hertneck e Michael Tötenberg, os melhores agentes desse e de todos os outros universos.